三民叢刊207

懸崖之約

海男 著

三民書局 印行

在似與不似之間

——序《懸崖之約》

胡廷武

一九八六年，中國的文學事件之一，是青年詩人海男率她的妹妹徒步走黃河。是年一月，她們從青海省巴顏喀拉山的雅拉達澤山麓出發，經過五千多公里的長途跋涉，到達山東的黃河入海口，行走了整整一年。旅途中，飄著茫茫大雪的高原，裹著透明冰層、在太陽下閃著耀眼的淡藍色光芒的山峰，一望無垠的大戈壁，放牧著白雲的大草原，雄偉壯麗的、飄蕩著撼人心魄的「信天游」的山塬。高樓林立的城市，鑲嵌在田地中的平靜的村莊，黃河入海口二十萬人淘金的驚心動魄的場面……這一切，無疑啟發詩人海男的激情。但是詩人同時也目睹了黃河兩岸，稀疏的林木所掩蔽不住的無邊的荒涼。這次旅行，她們還遇到過預料不到的凶險和病痛，高燒幾乎奪去了海男的生命。總之，這是一次詩意之旅、荒涼之旅、艱辛之旅。走黃河沒有在海男的創作中留下多少痕跡，她寫過一些與此有關的詩，但是這些詩就像紫色的駱駝刺花，寥若晨星地開在遼闊的大沙漠上，沒有引起太多的注意。這次行動對於海男來講，更多的收穫是間接的，她從中華文明的發祥之地，看到了日出日落的博大氣象，看到了生活和人類命運的不可預見性和難以想像的多樣化，看到了文學資源的無比豐富性。而更重要的是，這次黃河之旅，成了她文學之旅的象徵，那就是勞苦、曲折、艱險，必須以百折不撓的意志奮力拚搏，才可以抵達成功的彼岸。

這一次徒步走黃河，在中國文壇上並沒有引起多大震動，但對海男自己來講，也許是很重要的。雖然在此之前她寫過許多詩，但到目前為止她所出版的十幾部著作中，全部作品都是一九八六年以後創作的，因此可以說，她真正的文學道路，是從黃河的源頭開始的。長篇小說《懸崖之約》是這十幾部作品中的一部。我不想在這裏說這部小說寫得如何，作品的最權威的評判者是廣大的讀者和歷史，我只想談談這部小說給我的整體感覺和聯想。

翻開這部長篇小說，我最深切的感受，首先是作者試圖讓傳統和現代派有機融合的匠心。對於中國文學，傳統這個詞語意味著在亞細亞洲生存繁衍的中華民族；意味著淵遠流長的中國文化——文化遺產、民間風俗、藝術形式、審美習慣等等；尤其是意味著漢語，它特殊的韻律、節奏，它獨具特色的表達和接受的方式。在這個意義上，我們有許多成功的作品，除了唐詩宋詞，《紅樓夢》以外，還有從先秦諸子、《左傳》、《史記》開始的數不勝數的古代和近現代的文本。「五四」白話文運動以後出現的小說、散文、詩歌，有人認為從語言、結構到風格，都是舶來品，我覺得這是偏頗的話。僅從語言而論，這些作品從整體上看，使用的是較為規範的現代漢語是無疑的。我們今天來看魯迅的雜文，老舍、巴金的小說，朱自清的散文，聞一多的詩，仍有無不曲盡漢語之妙的感嘆。說到結構和風格，從審美習慣的角度說，中國人讀這些作品，並無器官移植之後那樣的排異之感、陌生之感，相反倒是舒服愉悅的。我想說，是這些古代和近現代的文學文本，培養了中華民族的審美情趣和審美習慣。而這種情趣和習慣一經培養起來，是不容易改變的。

我曾經同海男談起過以上的這些話題。我還同她談起過現代派，談起過杜拉斯，我們共同認為，這位西方現代派文學的代表人物，她的最成功的作品也是她的代表作《情人》，從創作手法上講，恰恰是現實主義的。我現在來談海男的《懸崖之約》，我感覺，這部小說從總體風格上看來，它是現實主義的，當然，它借鑒了若干現代派的手法。

在談論文學藝術的現代派及其淵源的時候，人們很容易提到畢加索、馬蒂斯、梵・高、卡夫卡、格里耶、杜拉斯，甚至福克納等等，一大串名字，卻沒有人提到愛因斯坦。當然愛因斯坦不是文學藝術家，他除了是一位科學家之外，充其量只能兼有業餘小提琴演奏家這個頭銜。但是他所發現的相對論，不僅從根本上推翻了牛頓的絕對主義機械力學觀點在全世界長達近兩個世紀的統治地位，而且在世界範圍內影響了人們的世界觀和方法論，「一切都是相對的」，成了一面在世界文明的原野上高高飄揚的時代精神的旗幟。這種精神對作家藝術家的啟示在於，文學藝術的價值、美感和創作規律不是絕對的，一成不變的；傳統的美不是至高無上的。於是在百家爭鳴的各種哲學派別的影響下，那些雄心勃勃的作家藝術家，便紛紛開始另闢蹊徑，尋求傳統之外的創作方法和表現手法，在新的時代精神的土壤之上，頭緒紛繁的各種文學藝術流派如雨後的春筍，破土而出。就這樣，相對論超出了自然科學的範圍，為整個社會打開了新的思想境界，在哲學和文學藝術等諸方面，引起了世界性的革命。

有人會說，早在愛氏的相對論發表以前，歐洲就已經有現代派存在，比如象徵主義。我說是的，但是這並不能改變在相對論出現以後，現代派才成批地脫穎而出並開始風靡世界，蜚聲文壇這個事實。還有一個事實是，早期出現的現代派，在二十世紀初，找到了自己的哲學皈依之後，其觀念和陣營才更趨於穩定。

我們簡要地回溯現代派的這種淵源關係，目的在於說明兩點：其一，「一切都是相對的」，是現代西方哲學也是西方現代派文學的靈魂和精髓；其二，西方現代派文學，同現代的西方哲學有著一種血緣關係，幾乎每一種新的文學派別後面，都有一種哲學後盾；有些簡直就是同一精神觀念的不同方式的表述或表現，比如存在主義、結構主義，它們既是哲學的派別，也是文學的派別。很難設想一種現代派文學可以離開某種哲學或思想，而能夠獨立存在並蔚然發展。現代派傳入中國很早，在三十年代就曾經影響過一些作家的創作，而真正大的影響，是七十年代末以來的這二十來年，但至今沒有成為氣候。西方現代派文學與西方的時代精神是緊密相聯的，中國的現代派也必須從中國現代的時代精神中找到自己的根，它才可能賴以生存和發展。我認為中國的現代派文學，要麼是至今沒有找到自己的根，要麼這個根，根本是不存在的。

當然誰也不能否認，現代派對中國當代文學的影響是廣泛而巨大的。一般說來，當我們提到某一種現代派文學樣本的時候，它既意味著一種觀念或創作方法，又意味著一種獨具特色的表現手法。檢讀二十年來的中國現代派文學，我認為它們基本上是停留在學習手法這個層面上，但這並不意味著徒勞無功，相反的我倒認為是很有意義的。我個人覺得，在傳統的基礎之上，大膽地吸收現代派的一些長處，可以豐富文學的表現能力，這是當代中國文學的一個重要課題。值得注意的是，一些青年作家多年來一直在探索「傳統」和「現代」相結合的道路，在他們那裏，傳統是根，是中國特色，而現代派提供了表達方式上的多種選擇，這種探索已經有了令人矚目的成果，海男就是這些青年作家中成就突出的一位。不論是她的其他作品，還是我們面前的這部《懸崖之約》，都可以明顯地看出這種探索的足跡。

《懸崖之約》故事很簡單：一位患了腦癌的垂死的病人，忽發奇想要在臨死以前，最後一次見一見在她短暫的一生中，與她有過深刻交往的那些人，於是她分別到他們居住或出沒的地方探望了他們。從謀篇上來看，它有點像《老殘遊記》那樣的線性結構，就是以主人公的活動為線索，在時間和空間的轉移中，遭逢不同的人，從而演繹出一系列的故事。其中出現的人的生活方式、思維方式、價值觀，有著我們所熟悉的濃郁的中國味道。另一方面，我們也從小說中品嘗到了一些異味，像德克士炸雞和漢堡包那樣的味道。我平常喜歡吃德克士炸雞，而漢堡包卻從來不會吃，對現代派也是這樣，有些手法我是欣賞的，而有的我則不以為然。在《懸崖之約》中，主人公單嵐的名字只出現過一次，不細心的讀者未必能看得見，事實上她從頭到尾，只是一個符號，代表著一個女人，一個垂死的人。這樣做的效果，我想是強調了主題的普遍性，我覺得作家達到了她的目的。但是這個故事並不具有普遍性，因為在現實生活中，一個患了腦癌，生命危在旦夕的病人，不可能再到處瘋跑，這個事實上不可能發生的故事，只是作家「藝術上的空想」（徐訏），或者說作家在「以想像的方式介紹世界」（薩特）。顯然作家並不熱衷於像傳統的文學作品那樣，描述一個真實的、可能發生或已經發生過的故事，她只是在借助這個虛構的故事，表達關於心靈、感情和人格的各種境界和觀念。

作家把傳統和現代派兩種手法有機地結合在一起，讓人讀來既優美，又諧調。這就不能不涉及到作家的語言了。海男是從寫詩開始她的文學生涯的，在她轉入小說創作以後，我們仍可從她的行文中，讀到一種詩歌的韻味。我想在這裏引用小說中的一小段：

「哦，小姐，你想用紙牌算命嗎？」在一條深巷裏我去尋找秀姐。突然從我身後傳來了一種聲音，這聲音儘管很滄桑但仍然很熟悉。它彷彿出自打磨過的石片上發出來，然而我似乎了解聲音的過去。我愣住了，回過頭去。一位梳著髮髻的婦女徐徐向我走近，哪怕她已經被熱帶雨林的陽光吹拂了幾百遍，我也能認出她來。然而當我想叫她秀姐時，她卻低聲說：「小姐，我有話需要告訴你，你的臉上有凶兆，到我家裏去好嗎？我可以用紙牌為你算算你的未來。」在她的眼裏我仍然是一位小姐，即使已經到了四十歲。我感到想去撫摸她的影子，因為她並沒有認出我來，因為我的著裝使她認為我是一位小姐，因為她是閣樓上住著的幽靈。我不想讓她進入往事之中去，我要跟隨她而去看她家有沒有霍的存在。

這是一段敘述性的文字，我覺得它具有好的敘述文字的優點，比如簡潔、明朗、有動感，同時它有一種神秘的懸念，有吸引力，引人入勝。但我在這裏還要強調的是，這其中迴蕩著詩的韻律，我相信讀者只要試著在適當的地方分行，就可以把我所舉出的這一段文字當著詩歌來朗誦。這部小說當然給了我很多感受，但其中較為強烈的就是這種閱讀詩的感覺，以及由此創造出來的氛圍——小說的、文化的、社會的、情景的、情感的、情緒的氛圍——而這一切又無不具有濃郁的詩意。

海男的作品，大多是寫普通人的，她以詩一般的語言寫普通人的悲歡離合，寫他們的幸福和苦難，寫他們平凡而又多變的生活；寫他們在平凡而多變的生活中總是想把握自己的命運，又總是把握不住，而在這種把握不定中，顯示出他們的善良或邪惡、高尚或卑劣、雄起和畏瑣。也許這一點不能算是海男個人的特點，因為任何一位作家，不能總是在撰寫英雄模範的材料，他們更多的是在和普通人交往，關注普通人，寫普通人。海男和一般作家不一樣之處或許在於，她是「專為女性而寫作」的。她筆下的主人公，多數是女性。到目前為止，海男一共著有十來部長篇小說和中短篇小說集，其中的主人翁，除個別例外，其餘都是女性。在這些作品中，她寫出了許多女人的形象，寫出了不同時代、不同女人的故事和命運。英國女作家伊麗莎白・鮑溫說過，小說是什麼，小說是一個故事；這個故事是虛構的，但它必須讓人感到真實。我不知道海男是不是同意鮑溫的這個觀點，但她的小說的確故事性很強，人物都是在故事裏活動，就像魚兒在海裏游泳一樣。就是在一個又一個美麗曲折的故事中，作家完成了解讀女人的目的。當然她的小說不是女兒國，不過多數時候，她是為了寫女人而涉及男人的。這一點，自然還不是海男區別於一般作家的界石，因為「專為女性而寫作」的作家，在全國範圍內並不少，甚或可稱為一個作家群。

海男與其他以寫女性為旨趣的作家的不同之處，應該說在於她的作品除了研究女人自身外，還總是站在女人角度，對男性進行深刻的思考和探索。格里耶說過，兩性戰爭是歷史發展的原動力，這句話在中國不會有多少人敢苟同，但社會歷史的兩個主角，一個是男人，一個是女人，這大概又是不容忽視的事實。因此站在男人的角度研究女人，或者站在女人的角度研究男人，不論對於歷史，對於社會，對於文學來說，都是有意義的，有價值的，也是有趣味的。在《懸崖之約》這部作品中，女主人公用理智的利刃，解剖各種各樣的男人，分析他們對於女人的欲求、感覺；他們的社會野心、怯懦，他們的致命的弱點，讓人讀來，有眼睛為之一亮之感。不論是多情的流浪漢，始終愛著得不到的女人的畫家，還是不愛卻也不放手的守情奴，永遠愛著隔壁的女人的膽怯的偷獵者，不論是愛著遙遠的偶像的夢幻家，還是在不斷地移情別戀中衰老的情種，這些畫廊中的人物，我相信會成為一面面豎立在男人面前的鏡子，讓他們照見自己隱藏在堂皇外表之下的靈魂。小說中，主人公或許也可以說是作家的一些識見，充滿著睿智。比如「男人沒有女人在場就失去了靈感；如果沒有女人讓他喪魂失魄，就失去了想像；如果沒有女人左右，他的生活就失去了立場。你如果具有這三種魅力，那麼你就能永遠佔有他。」又比如「無論什麼男人也會回到世俗之中，因為只有世俗之愛，才有可能占據一個人的生命。」這些話，像格言一樣充滿哲理，經得起長時間的咀嚼。

作為一位女性作家，海男肯定具備女性作家共同的一些特點，但她也不同於一般的女性作家，比如一般女性作家都比較細膩，而海男的作品，卻很少在細節上精雕細刻，她的手法是較為寫意的。看她的作品，我不時會想起齊白石老人畫的花卉果蔬，雖說她自己說過她的追求是在「似與不似之間」，但作為欣賞者卻有強烈的認同感，就是說大家認為那是真的、神似的。海男的小說，好像就是這樣一種風格。大師還說過，「不似欺世，太似媚俗」，看海男的作品，這好像也是她在致力於傳統與現代派相結合時，所追求的一種境界。不知我這些想法是否有道理，我願意就教於海男的讀者們。

是為序

二〇〇〇年三月二十五日

目次

懸崖之約

楔子

——男人與女人在此約會中的故事，貫穿著一個幸運的結局和另一種戲劇的結局——帶著一生踐約的這個女人此刻正在出發，她在尋找你，她所會見的每一個人都暗示著你的出現，在這不朽而秘密的約會中，有一種巨大的幸福和巨大的痛苦等待著你，所以，在這些踐約故事中你會將手伸出去，尋找到比渴望更真實的那個人。

——海男

有一幅圖像隱藏在一座島嶼上，為了讓你看到，現在我們把圖像拉近：（她將頭垂在床沿上，在她枕頭裏藏著她的零散的頭髮，也許還藏著她的戒指，她不是垂垂老者，她剛進入四十歲——「你會感到你在兩種本能間掙扎；她們想逃避但同時她們又希望著同異性的不期而遇」）。

床，向她永久地敞開了，彷彿最初，那是最原始古老的一瞬間，面對著一只水甕和一群蜜蜂，面對著一邊牆壁和一邊門檻，時間在她故鄉的護城河外的小樹林裏，她那紅色的身體中的一朵玫瑰突然間怒放，當時，她就暈了過去。此刻，恐怕沒有人阻止這種現實，恐怕再也無人有力量來阻擋她此後的日子在床上輾轉，在一本翻譯成中文的書籍中，她尋找過《法句經》上的一段原文：「我已戰勝一切，我無所不知，我的生命是純潔的，我已拋棄一切，無所欲求。我自己已找到求生之路，我能稱誰為師？誰又會是我的學生呢？」但她仍在摸索，就在這一天，這個世界與她有著最後聯繫的一個人正在尋找她，她意識到了嗎？手裏有被風吹拂著的芬芳四溢的信箋，欲望仍在佔據她的四肢，因為她無法拒絕信箋中散發的芬芳四溢的誘惑，更確切的說，她拒絕不了那個男人對她的尋找，每每想到那個男人在尋找她，她就有一種痛不欲生的感覺，她決定從床上起來，給那個男人寫一封信，變成了她此刻全部的欲望。

噢，腦癌——這幾乎是她從床上起來後面對的唯一的世界，因為給那個男人寫信，意味著她所面對的難題告訴他，她眨著睫毛，她的睫毛仍然又濃又黑，在乾燥的秋日的上午，她寫了一封信，信中的內容洩露了她的秘密，她患了腦癌，這算不上什麼秘密，這只是她消失的秘密，她把這種秘密告訴給那個男人只是為了阻止他四處尋找她。

她把那封信疊起來裝進一只信封——這是她樂意幹的事情，在她開始睡眼惺忪的時刻，做這樣的事情能夠阻止她去想死的問題，她真的害怕死，她不願意死在這假想中的一只郵票似的小旅館，她也不願意就此告別人間，醫生告訴過她讓她好好治療，然後動一次手術，切除大腦裏的那個核，天啊，她完全沒有繼續聽下去，她不相信大腦裏的那個核能夠切除。

然而，她可以逃過那座醫院，趁那個醫生給她開住院單的那一剎那，她突然像十八歲那年跑出父親監禁她的那座城一樣跑出了醫院白色的樓梯，剛進入四十歲的她仍然步履輕盈，哦，腦癌，她為什麼不奔跑呢？因為在她的全部經驗裏，跑可以滋長一個人的地平線，如果一個人沿著地平線奔跑的話，那個人就可以沿著磁針的一分一秒，沿著讓身體過癮的一條河流，沿著從未經歷過的蹤跡讓自己在奔跑之中接近那座平緩的山崗，讓身體就此能夠顛簸起來，時而上升，時而下降，在奔跑中她也可以就此抓住身體中物質的那部份誘惑，因為有人告訴過她：「物質是我們奮鬥實現的，是來自冥冥之中上帝的召喚——它是我們夢的實質。」

她直奔這座旅館，距離她生活的那座城市有五百公里，距離那座醫院就更遠了。現在，她沿著小鎮上的石板路去尋找一座郵局，一塊黑色的絲巾包裹著她的頭，就在她看到那座郵局時，從她身體的某個地方突然上升一個詞：約會。她將那封信從郵筒中擲進去，她聽到了那只信封同郵筒中的陌生信封摩擦時的聲音，彷佛在一剎那，四十年來的所有人都朝著不同方向呼喚著她的名字，她突然產生了一個從未有過的計劃，她要在去天堂之前去訪問同她記憶中銘心刻骨的每一個朋友，他們之中的人也許是她的母親，也許是她的密友，也許是她的情人，也許是她的過去的丈夫，也許是她的女友。就在郵局門口，她突然發現了自己一直在踐約之中展開翅膀，過去如此，將來也是如此。而過去已經結束了，將來還沒有開始，誰若在這樣的時刻為自己的生活尋找到想像力，尋找到遍佈石灰岩之上的別人生活的地址，那麼生活意味著才剛剛開始。

「開始」，是一個具有誘惑力的詞彙，她知道上帝此刻正讓她開始另一種生活。那麼，她的生活將從明天的約會中，因為有了昨天的記憶，明天的約會才可能像一邊磁場，她必須從她的初戀的那座城開始，她閉上雙眼就可以想像通向那座城的一條路上，沙堆裏的轍印和兩旁的蘋果樹，她開始興奮起來，回到旅館，她就出發了。

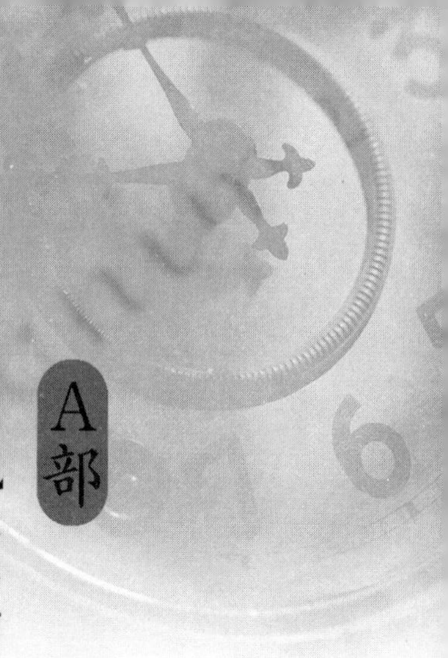

A部 親愛的，你已經變老

可對於一個女人來說，與之相應的卻是抑制意識——因為我們女性表示愛的器具是她們的整個身體，甚至可以用眼睫毛、腳趾甲——這種抑制意識傾向於轉移、否定、甚至背叛。愛的表達必須以別離甚至沉默的方式來完成。

——約翰・厄普代克

眾所周知，我之所以在獲悉自己患了腦癌之後尋找過去記憶中的人或事完全是為了逃避死亡的糾纏。此刻我正在飛機的機身內部，一架銀灰色的飛機一旦離開地面，它就長出翅膀，看到飛機的翅膀時，我出現了第一次乘飛機時的那種激動，我的身體在顫動時，飛機也同時在顫慄，整個機身在顫慄，透過窗戶我能夠看到飛機長出的兩隻翅膀在金屬的不和諧之中碰撞著大氣流和雲彩。

我想起了我將去訪問的第一個人。

他叫肖克容，一個典型的南方男人，而他出現在我記憶之中時，是在二十多年前的那座南方小鎮上。對於別人來說，初戀可以戲劇般的來臨，也可以戲劇般地消失。我的初戀中幾乎沒有性的回憶，更沒有性的一絲氣息環繞著此刻的我，年僅十八歲的我自己陷入一場初戀完全來源於父親對我的監禁生活。我剛穿上母親縫製的那條白色短裙時，在那個上午，當石榴樹綻開花朵時，我父親對我的監禁生活就已經開始了。現在想起來，父親對我的監禁有充分道理，因為父親除了是我的父親之外，他是一個男人，他用男人的那種經驗監禁著我，是因為他看見我穿上了一條白色的短裙，當我的小腿在陽光下裸露時，父親敏感地意識到我的身體，我的裸露的小腿意味著將被別的男人看見。確實，我的白裙使我在一個現實的物質世界裏區別了別的女孩，而且，最為重要的是自從穿上那條白短裙之後，我的身體發育得很快，在身體發育的每一個階段，在宇宙的存在之中，我與男孩的目光相遇時，身體會顫抖，目光會慌亂。

飛機在下降，如果有朝一日我離開人世，我的身體會上升而不是下降，此刻，我跟隨著機身的速度，跟隨著機身之中一百多人的呼吸之聲，他們的呼吸正在為一段空中的時間的結束而感嘆，我們又安全回到大地，我剛鑽出飛機，似乎我已經觸到一粒塵埃，觸到了在宇宙萬物之間自由的滑翔速度。不錯，感受到速度證明我的生命並沒有衰竭，在我觸到一粒塵埃之前，我曾經為大腦中的那個核——尋找措詞，尋找恐怖的源頭，然而，一粒塵埃碰痛了我的眼簾和面頰，甚至碰痛了我的私處，但是，足夠了，因為擁有了被我用雙手觸摸到的那粒塵埃，我拎著箱子，沿著地平線想在孤立無援的時刻尋找到我初戀的男友生活的這座城市，就在這時我已經順著灰金屬簾門的自動閃開走進了一座枝繁葉茂的樹葉凋零的城市。有誰能告訴我，我的初戀者，現在有沒有預感到我來了。是的，我來了。我到他身邊來了。這是深秋，出租車將和拉到一座旅館，他問我到哪裏去，我說請幫我尋找一座旅館，他一下子明白了我的意思，並且論證我來自異鄉，所以，他沒再說一句話，因為他領悟到了我眼神中異常的迷惘，我已經四十多歲了，仍在尋找一所旅館，一座避居地，我像電視屏幕上那些有故事情節的女人一樣激發起了這位南方出租司機的想像力，他把我帶到了一座鵝黃色的旅館，他對我微笑了一下。

肖克容，我只知道你在這座城市，而我並不知道你的雙翼在哪裏著落，甚至你身上散發出來的氣味我早已忘記，當初我們試圖通過手拉手的方式走到橋那邊去，甚至連接吻也沒開始，我的父親就發現了你的身影，在他監禁之下是決不允許我在透明的空氣中穿著那條白色短裙與你約會的。所以，他要制約我們的約會，這對於他來說太容易了，除了去學校之外，他幾乎不允許我外出，我的撒謊我的任何理由都無法使他的神經鬆懈，我看見了父親繃緊神經的時刻，在那時刻，我希望世界上發生戰爭，或者有一個女人把父親帶走，只有這樣我才能逃走。

逃走，我穿著白色短裙趴在窗臺上，只要我的父親神經鬆懈，我就有可能逃走。我喜歡用逃走的方式去完成我的初戀，事實上是去體驗我的初戀。肖克容，你就是給我帶來初戀的那個男人，你就是稱之為男人的那個男孩，我們同歲，在父親的神經終於鬆懈下來的那天下午，他確實被一個女人帶走了，母親告訴了我一個信息，那個女人來了，她預感到並不願意看到的那件事情終於發生了。那個女人是誰對於我並不重要，最為重要的是父親解決了監禁我出入的法則，當我從門檻中逃走，氣喘吁吁地奔逃著與你前去約會時，你對我說：膽小鬼。肖克容，那個傍晚，我們坐在護城河堤上，你拉著我的手，你不斷地、幾乎從不間斷地叫我膽小鬼。我靠近你，嗅著你鼻孔裏和嘴裏發出的氣味，我就是那個膽小鬼，我就坐在你身邊，你是我的初戀，從那一時刻開始，沒有人能改變這種事實。

鵝黃色的旅館就像一只鋼琴上的鍵盤散開了。進入客房的第一件事近於狂熱，首先，我必須利用鏡子尋找我生活的傾向，昔日那個保持著矜持姿態的我到底有沒有存在著，昔日那個有時候動輒就消失在別人眼皮之下的女人今天會不會也會從鏡子之中消失。此刻，我將風衣掛在衣架上放進一只同樣是鵝黃色的衣櫃，我的身材修長，在鏡子裏、在映現我影子的平面上要我此刻生活的傾向，在這座與外界隔離的房間裏，我在鏡子中看不到大腦中那個核，也看不到那個核正在順著我的血液蔓延，此刻，一件銀灰色長裙裹住了我的欲望，其實，自從醫生告訴我大腦中已經長了一個核時，來自我身體中的作為一個四十歲時的欲望就已經消失殆盡了。但一旦我在鏡子中看到我的身影，沉浸在一片銀灰色空白之中的自我又加入了每一刻的努力，我在努力尋找冷漠中包裹著的那些凸現的記憶，而肖克容是我尋找中的第一個人，一個二十多年沒見面的男人，每每想到與他的會晤，我就想把自己的身體隱藏到一片漆黑之中去，已經過去了二十多年，毫無疑問他已經成婚，而且已經像蛻掉一層皮一樣把我擺脫，而且他也許根本用不著像蛻掉一層皮一樣就已經輕鬆而體面的把那個穿白裙的女孩忘記了。這是生活而不是真理，在任何一個明智的男人那裏都會尋找一種藉口。將一個毛頭女孩忘記的藉口。而此刻，我尋找的正是這樣一個男人，在他已經忘記了一個初戀的女孩之後，在我與他的距離越來越遠之後——我已經尋找到了鏡子中我此刻生活的傾向。二十多年的長別離確實算不了什麼，約翰・厄普代克說：「可對於一個女人來說，與之相應的卻是抑制意識——因為我們女性表示愛的器具是她們的整個身體，甚至可以用眼睫毛、腳趾甲——這種抑制意識傾向於轉移、否定、甚至背叛。愛的表達必須以別離甚至沉默的方式來完成。」

哦，尋找電話，這是尋找肖克容最簡單的途徑了，眾所周知，只須問114就可以詢問到私人電話，在我孤獨無奈的情況下我終於尋找到了這種契機，彷彿在距離越來越遠的情況下尋找到了那塊確定之中的起伏不平的山坳和草坪。經過了一次次的查詢，終於查到了肖克容的電話號碼：5167888。到此，我的第一個尋訪者的形象出現在屏幕上，他柔弱地出現在護城河堤上，那是一段歷史的序幕，正是在那被風吹開的序幕裏，我和那個穿白裙的小女孩從掙脫父親監禁我的門檻裏逃出來，轉眼之間，依賴於另一個男孩拉住我的手進入世界的外屋之中去，正是在那場序幕裏，沒有欲望的那種咀嚼，使我們來不及偷吃禁果就分開了。

肖克容，每當我看見你閃現在那段歷史的序幕之中，我就會回到我是一個小女孩的年代，我並不期待你會揪開我的白色裙裾，也並不渴望如果時光倒轉，我們可以第一次偷吃禁果。所以，我平靜地坐在沙發邊，茶几上有一架紅色電話機，這意味著我會尋找到你並聽到你的聲音。從這個意義上來說，撥通你的電話意味著讓你進入二十多年前，進入我們的身體散發出毫不疲倦的年代，因為那個時刻，除了彼此好奇、愛戀之外，我們還沒有佔據過彼此的身體，也就沒有彼此佔據對方的欲望。在沒有滋長佔有慾的情況，一切回憶都迴繞著我們的青春，肖克容，我就要開始撥電話了，你在電話線的另一端有沒有產生預感，我想起了你的妻子和你的婚姻生活，看起來，憑我的預感，你可以進入很現實的生活之中去，因為在多年以前，你就非常注重我來自現實的形象，比如我穿什麼襪子、鞋子，你還叫我為膽小鬼，這一切的一切意味著你可以在現實中游泳，你不會成為虛弱的懦夫，你會像所有人一樣硬著頭皮過世俗生活。

啊，天曉得，就在我開始撥第一個阿拉伯數字時，我突然感到天還沒有黑下來，而且不是周末，你一定在外面還沒有回家，我看上去有些疲倦，除了在電話中親自聽到你的聲音之外，我不想讓別的女人，尤其是你婚姻生活之中的妻子聽到我的聲音，這並不說明我在忌妒你的現實生活，恰恰相反，我在維護你正有的生活。我希望靜悄悄地訪問你，而不是去驚動你的家庭，我要讓你意識到在分別了二十多年以後我突然來見你，我沒有任何別的目的，如果說有目的存在的話，是因為我快死了，儘管醫生並沒有宣佈我的死期，然而，那個大腦中的核毒素正在強行地蔓延。肖克容，我知道，聰明的女人絕對不會在此刻來見你，可我不是那個聰明的女人，事實上，多年來，我一直按我的方式生活，儘管我在很多時候都變得愚蠢，不過，直到現在，我還不想去改變這種愚蠢的方式。我愛過你，在我被父親監禁起來的那些日子，除了母親之外，我愛過的唯一的人就是你，那是我的第一次蒼白而又熾熱的愛情，儘管後來我就再也不愛你了。即使現在來見你，我也沒有愛你，從十八歲以後我就再也不會愛上你。

我在消磨著這段時間，所以除了旅館之外我必須出去走走，世界在外面而不是在這家鵝黃色的裏面，簡言之，在這座城市沒有別的人認識我，我需要的是將一段時間打發掉，只因為天還沒有黑下來。

穿上大衣，我的身材修長，但我仍穿著一雙高跟鞋，我對這座城市懷著一種特別的興趣，因為你就生活在這座城市，儘管我盡力將鞋子的節奏減輕，但從我鞋子下面仍發出了孤獨的聲音，它會讓那些喜歡生活在寂靜之中的人們感到心煩嗎？其實，並沒有聽到我鞋子下面的聲音，人們正在懷著消除與他人和世界的隔閡，每一個人正將思想轉移到事物和人身上去，而我自己從腳下發出的聲音只可能驚動那些灰塵。只有在我自己的堡壘裏面，我腳下的聲音才會使光陰和時間感到惶恐不安。

這是一個角隅，通常我總會走到不同的角隅裏去，因為在每一個角隅我更能尋找到跳動著的火焰的隙縫，在那張開的雙重火焰之中，陌生人和異鄉人放慢了速度，他們在每一個角隅之中有了自己的經歷和故事，我就是在一個奇特的角隅的燈光照耀認識了那個與我有過一次短暫婚史的男人，他叫游民，我會去訪問他，訪問我們初次見面的那個角隅。而現在，我置身的這座角隅與他沒有關係，甚至一點關係也沒有，但這個角隅肯定與肖克容有關係。

一個大鼻子男人同我擦身而過，他的神態正順其自然的安排，他經過了角隅，他的衣袋裏也許裝著一副撲克牌，那副牌能使他昏昏欲睡的姿態蛻換，我對撲克牌的劇變心領神會，在這個世界上，我像那些用撲克牌算命的女人一樣可以用一副撲克牌攫住我的神經……此刻，我知道在那個大鼻子男人的口袋裏一定潛藏著一副有歲月痕跡的撲克牌。

好吧，且讓我暫時忘記沉溺在我自己的那副撲克牌中的心愛的遊戲，在我未患絕症之前，我一直是一個喜歡遊戲的女人，我深諳我們一勞永逸的命運始終是一次旅行，所以，直到此刻我也沒有放棄這次旅行。

在銀色的角隅深處，那個將外套領子扣緊的另一個男人他也許正患著感冒，我看見他不住地抽搐著鼻子，但對他來說，約會不會輕易取消，對他來說，這次約會似乎已經期待已久，唯一不幸的是因為抽搐著鼻子，他約會的姿態顯得不優雅。但她來了，她是他的尤物嗎？那個比他小好多的女孩她撲進了他的懷抱，他一邊抽搐著鼻子，覺得幸福輕而易舉地就來到了。

我意識到這是一個約會的角隅，嘿，在那個男人繼續抽搐著鼻子伸出手去撫摸著那個女孩面頰時，我突然驚訝地發現了某種奇蹟，這個男人四十多歲，他有點像肖克容，我為什麼這麼說話，因為我看見了他的手，我太熟悉肖克容的那雙手了。

即使那雙手變成一種枯萎的樹枝，我也能認出來，那是一雙厚實的手，那是一雙骨結凸現的手，從少年時代我似乎就已經牢記了那雙手，因為我的初戀與那雙手產生了親密的關係，然而，這雙手此刻正在撫摸著另一個年輕女人，她幾乎比他要年輕十歲或者二十歲。我深信自己沒有猜錯，他肯定是肖克容，我的初戀者，然而，他已經開始禿頂，而且禿得很厲害，我心裏幾乎喊出聲來：親愛的，你已經變老。

肖克容正在約會進入新的戀愛，那麼他的家庭呢？或許他的家庭已經解體，或許他的配偶已經去世，不管怎樣，這次戀愛對他來說閃爍著一種狂熱，他伸出手擁抱那個年輕女人時似乎已經期待很久了。

我有他家裏的電話，天黑下來後我回到了旅館，我想從某種意義上來說他仍然是我的初戀者，我一定要與他親自會晤，我撥通了電話，是一個女人接的電話，她似乎對我的聲音很敏感，她第一句話就問我是誰，我告訴她我是來自他故鄉的朋友，她才鬆弛下來，她問我找肖克容有什麼事，我說也沒有什麼事，她說肖克容在哪裏不知道，他們之間早就分居了，但是她不會輕易與他解除婚姻，她大約窒息已久了，她告訴我，肖克容毀了她的青春，現在她已經四十歲了，他突然不要她了。我勸了勸她，她讓我如果方便的話作為來自他故鄉的朋友能夠勸勸肖克容。

擱下電話之後，我再一次想起了肖克容那隻抽搐的鼻子，他正在否定過去的生活，帶著他的那種狂熱，然而，親愛的，你的頭已經開始禿頂，你已經開始變老。

肖克容，你的生活已經凸現出來了，我沒有想到，尋找你是如此地容易，而且是在那片角隅，二十多年以後我看到了你生活中真實的一面，那個女孩，不應該叫她為女孩，而應該稱她為女人，這個女人是你此刻新的秘密和生活，因為你已經厭倦了你的婚姻，這是我沒有想像到的，在我記憶中，你完全是一個務實的男人，我絕沒有想到你會與你的妻子分居，當然，這一切重要的因素來源於你尋找到了那個年輕女人，她重新給了你激情和幻想，她一定給你帶來了新的鑰匙，她正在給予你勇氣擺脫使你感到疲憊不堪的家庭。

我深信見到你是那麼簡單，你一定還需要在那僻靜的角隅等待那個女人，現在，我要到那個角隅裏去，我要去會晤你，這件事情我必須了結。星期六的晚上已經降臨，這是情人們約會的日子，我不是你的情人，過去不是，將來也不可能做你的情人。

但我要會晤的，二十多年已過去，親愛的，你已經變老，我要去角隅裏等你，儘管我早已不是你等待的那個女人，然而，星期六晚上我仍然穿了一套白色秋裝，作為二十多年前那個穿白裙子的女孩的另一種形象，我去會晤你僅僅是為了了除我在活著時隱沒在記憶中的對往事重現時的訪問。

星期六，這是戀愛者迷亂時刻，他們帶著鮮花，也帶著煩躁，還帶著渴望……每當星期六降臨時，一些人還掩蓋著偽裝，迷亂的星期六晚上，約會者尋找著約會的天堂，我此刻就去約會，肖克容，不，親愛的，我來會晤你，就像所有約會者一樣期待著你在場景中出現，雖然我不是迷亂的約會者，但我深知與你約會意味著我想進入二十年前的約會之中去。無法與你預先約定時間，所以我得提早到那片角隅裏去。

那個年輕女人比你我都來得早，她已站在星期六的約會地點如期渴望之中翹首等待，這是我沒有料到的，我已步她後塵而來，她比我年輕，而且比我有熱情，這一點，無可置疑。

我站在她一邊，我想打一個賭，如果你來了，你如果還能認出我來，那麼你的初戀仍然保持在那只瓶子裏，如果相反，那個小女孩已經在你生活中不復存在。此刻，我睜大雙眼，這個小小的賭注使我集中了精力，不放過任何一個人，因為從我身邊走過去的每一個人都可能會是你。

我聽到那個女人叫出了你的名字，那陣旋律使我醒悟到你來了，而我剛才似乎仍在尋找時機衝出父親監禁我的門檻之外去，而此刻，在你走過去衝動地擁抱那個年輕女人時，我的賭注失敗了，你並沒有看見我，因為你直奔主題，她也許就是你星期六晚上約會的靈魂。而我就站在你們旁邊，我看著你們的擁抱，看著你垂下頭來時開始禿頂的頭，我的心在繼續下沉著，親愛的，你已經變老，我同樣也在變老，因為你不可能再認出我來了。時光帶走了什麼，帶走了我被你抓住的小手，也帶走了父親監禁我與你見面的方式。我自由時，我們已經被改變。我默記了這個事實，我環顧了我的影子，這麼說，從今以後，我們是真正的陌生人了。

初戀在你生活中已經不復存在了嗎？到現在為止，那個穿白色短裙的少女難道已經變成了泡沫，它再也不可能替代你更為牢固的生活，就在這時，你突然看了我一眼，你會認出我來嗎？我盯著你的眼睛，暮色在繼續上升著，它幾乎罩住了你認出我的一切，如果想認出我來，你必須克服種種障礙，而且你必須從那如癡如醉的年輕女人的懷抱脫離而出，因為你認不出我的最大障礙在於你已經不會打破枷鎖去回憶，因為現實就是你的枷鎖，婚姻的裂紋就是你的枷鎖，而此刻緊擁住你的這個年輕女人同樣是你愛的枷鎖。

我盯著你的眼睛，彷彿在盯著時而分叉，時而匯合的一道光線，哦，但你怎麼會認出我來呢？我已四十歲，彷彿在用年輕發出一種低沉的聲音，哦，所以你緩緩地移開了目光，你就那樣在片刻之間就把我否定了，是的，我已經不是你記憶中的一道風景線，你看到暮色上升，你同樣也感受到了你應該抓住已有的新生活，何況站在你身邊的這個年輕女人正用橄欖色的皮膚摩擦著你的面頰，你的全身在燃燒，來自現實生活的燃燒抵毀了你記憶中的任何場景，就這樣，你放棄了在記憶中，在那幽靈似的護城河堤上尋找那團白色的影子，你們相擁著決定離開時，你又看了我一眼，這最後一眼終於使我明白了，你根本不會將我投入二十多年前的那座池塘之中去，你看我的目光只是好奇，因為我一直在觀察著你們，不，我一直在專心致志地看著你們的擁抱。你一定覺得我不太正常，好了，我突然蘇醒了。

我目送著你們的背影而去，只有在這樣的時刻我才意識到時間的冰冷和粗糙，它使我們每個人都因時間在流逝中的速度而顫抖，我的初戀者到了四十多歲，哦，他也在顫抖，經歷了一次婚姻又將進入新的婚姻，這一顫抖，這一無助的攀援姿式無疑不在催促我離開，也在催促他變老。

親愛的，我將不再目送你遠去，我將拉開我的鎖鏈將我放進去。因為我的會晤已經完成，而我此刻是一個旅行者，我將趕上今天晚上的火車或者飛機，用這種唯一的方式，我將觸摸到一條隧道，看見天空在第二天變得澄藍起來。

親愛的，你已經變老，你已認不出我來了，或者你根本不再需要去初戀中尋找青春，這就是你變老的原因之一嗎？

當然，我們之間已經會晤過了，我已沒有時間和力氣再去尋找你了。來自沙漠的風每時每刻都在包圍著我，如果我就此停留，我就會死去，儘管弗羅依德說死亡是欲望的最後一次目標。

B部 親愛的撲克牌，你在哪裏

我被幽禁在這個上下左右都是可怕的天藍色屋子中，只有那個天窗不是藍色的。我舉目望著天窗，一截松樹枝映入我的眼簾。只見它本身漸漸錯位，一分為二，變成了兩枝；隨後，兩根樹枝又像幻影似的慢慢靠近、複合，變成了一枝。我久久不能理解其中的奧秘，最後害怕起來，大聲說或非常清醒地想：「我出不去了。我處在一個受魔力控制的地方。」

——比約・卡薩雷斯

教會我用撲克牌來算命運的是一個女人，在我二十歲時，我們家遷徙到一座熱帶城市，即使走在大街上呼吸到的都是香蕉樹和菠蘿蜜的清香。所以，在我生命垂危的日子裏我想去那座熱帶城市看望那個女人。那是滇南的城市紅河，我乘著一輛小火車來到了紅河縣，拎著箱子，撲進了滾滾的熱浪之中，在這裏即使冬天也是一座火爐，所以，我得把大衣脫下來，把那套秋裝塞進箱子。然後，我買了一只削好皮的菠蘿蜜放在嘴裏咬了一口，我覺得它太甜，此刻，它幾乎是我在這個世界上嘗到的最甜蜜的物質，我品嘗著那種甜蜜進入了另一座城市，一座已經被全面篡改過的熱帶城市。

從火車站到我們原來居住的那片小山坡只須十五分鐘，記憶中的那條小路此刻變成了寬闊馬路，我們住的那片山坡已經矗立起一座幾十層的商業大樓，面對著這一切，我挺直著身體，因為一不小心，我都會被歲月的浪花捲走，因為就是在那片小山坡上，住著我的鄰居，一位比我大十歲的婦女，就是她，教會了我用紙牌算命，她不是紅河人，她來自異鄉，到底是從哪裏來的，她從未告訴過我，她租住著一套房屋，彷彿只是為了用紙牌算命，或者等待一個男人回來，她等待的那個男人叫霍，我經常聽見她叫著霍的名字，霍是一位商人，將紅河的水果販送出去，每每出門都是幾十天，她無聊的時刻就用紙牌算命，她叫秀，她讓我叫她秀姐。

一副紙牌攤開之後，在悶熱的熱帶氣候之中，她裸露著手臂，她的手臂潔白纖細，她還裸露著腳坐在草席上給我講每一張紙牌的意義，在她那裏，每一張紙牌都暗示著一個場景的降臨，她穿著淺藍色裙裾，她不是女巫，她只是一名用紙牌打發時光的女人，因為時間寂寞難耐，那些紙牌上就佈滿了命運的暗礁和命運的多種可能性，有時候，她開始打呵欠，她將一副紙牌攤開，她纏綣地站出來，她來到窗口，她的思緒有些紛亂，她告訴我霍在別處會找女人，我問她為什麼，她告訴我紙牌上已經潛伏著一個危險的女人，她正在霍的旅途中干擾霍的生活。我無法去安慰她，久而久之，我也學會了用紙牌算命。

親愛的撲克牌，你現在在哪裏？

你當然在我箱子裏，在我的衣服深處，你已經是我的護身符，離開了你我就會心神不定，我攜帶著你就像攜帶著我的另一種靈魂在周遊世界，我把你攤在我的膝頭和床上，你的存在集中在我對你的迷信上，因為我迷信你存在著我的秘密，而當你的秘密集中在那些窗外的沒有風景的地方時，我知道風景就要降臨，你集中著我輕微的顫慄，你使我發出過驚惶失措的聲音。你使我費盡了力量把我的幻想重新找回來，是的，你還集中了我的愛情並把我所愛的那個男人帶到身邊來，你熱切地幫助我活著，直到如今，你仍然升起一股熱氣，潛藏在我體內，並使我去尋找旅途，尋找朋友和戀人。

親愛的撲克牌，你到底在哪裏？

尋找秀姐，現在她已經五十歲，我想，她肯定還住在這座熱帶之城，仍始終如一地堅持著用撲克牌來算命運。因為她的一生就是用秘密輾轉的一生，秘密幾乎是她等待中熱切渴望的一種涼爽的泉水，我看見過她站在泉水中沐浴的情景，那是霍即將歸回的頭一天，她帶我到山腳下的溫泉池邊，她讓我把衣服脫去，我們在溫泉池中沐浴時她告訴我，紙牌告訴她，霍明天就會回來。噢，紙牌，因此，我知道秀姐在紙牌中完成了她的一次又一次探索。

比約・卡薩雷斯說：「我被幽禁在這個上下左右都是可怕的天藍色屋子中，只有那個天窗不是藍色的。我舉目望著天窗，一截松樹枝映入我的眼簾。只見它本身漸漸錯位，一分為二，變成了兩枝；隨後，兩根樹枝又像幻影似的慢慢靠近、複合，變成了一枝。我久久不能理解其中的奧秘，最後害怕起來，大聲說或非常清醒地想：『我出不去了。我處在一個受魔力控制的地方。』」這個地方就是紅河——一座常年被陽光所終日照耀的城，我鑽進了它的觸鬚和綠色長藤之中去，因為既找不到舊跡也無法尋找到秀姐，我只好住進了旅館。

在越來越明亮的陽光下面，親愛的撲克牌，你在哪裏，我住進旅館的第一件事就是攤開紙牌，在濃密的紙牌所暗示的那扇門的影子中我看到了秀姐仍生活在紅河，於是，我才鬆了一口氣，尋找秀姐，也就是尋找她教會我的，也許是毫無意義，也許是樂趣無窮的那副紙牌。

秀姐，我仍記得妳拿赤腳在房間裏走來走去，除了等待霍，妳幾乎無所事事，紙牌在妳手上移動著，二十年過去了，妳與霍仍生活在一起嗎？妳們生孩子了嗎？妳曾那樣喜歡孩子，希望在霍安定下來後跟他生一個孩子，然後，霍總是像許多男人一樣不停地出門，妳知道妳的命運就是等待的命運，不停地玩弄那副紙牌的妳在紙牌中有沒有把妳的命運改變。

只有我做了女人進入紙牌生活時，秀姐我才慢慢理解了妳赤裸著腳在屋裏的草席上走來走去等待霍的那種焦慮之情，所以，我一直忘不了妳，因為妳是如此生動，這說明妳每天都在舉行儀式，只要霍出了遠門，妳就每天舉行自己的儀式，用紙牌、用秘密、用疲憊、用愛情、用憂慮、用絕望。

「哦，小姐，妳想用紙牌算命嗎？」在一條深巷裏，我去尋找秀姐，突然從我身後傳來了一種聲音，這聲音儘管很滄桑，但仍然很熟悉，它彷彿出自打磨過的石片上發出來，然而我似乎了解這聲音的過去，我愣住了，回過頭去，一位梳著髮髻的婦女徐徐向我走近，哪怕她已經被熱帶雨林的陽光吹拂了幾百遍，我也能認出她來，然而，當我想叫出她秀姐時，她卻低聲說：「小姐，我有話需要告訴妳，妳的臉上有凶兆，到我家裏去好嗎？我可以用紙牌為妳算算妳的未來？」在她眼裏，我仍然是一位小姐，即使已經到了四十歲，我感到想去撫摸她的影子，因為她並沒有認出我來，因為我的著妝使她認為我是一位小姐，因為她是閣樓上住著的幽靈。我不想讓她進入往事之中去，我要跟她去看看她家裏有沒有霍的存在。

親愛的撲克牌，你在哪裏？

她走在前面，她仍然步履輕鬆，進屋後我看到了一個熟悉的動作，我看見她將一雙腳從鞋子裏退出來，仍然鋪著草席，因為天氣太熱，只可能鋪草席，她赤著腳並讓我也赤腳，她說唯有這樣才能感到我的命運，我竭力想讓她認出我來，我說二十年前我就生活在紅河，她看了我一眼說二十年太長了，許多事情已經面目全非，很顯然她已經忘記了住在旁邊的那個女孩，我想是因為霍使她的注意力轉移了，那個霍在哪裏呢？我環顧她的家，始終沒有感受到霍的存在。她讓我洗手，然後再洗紙牌，我竭力想引起她注意，所以我用了二十年前洗牌的方式將紙牌洗了三遍，她愣了一下抓住我的雙手說：我知道你是誰了。

親愛的撲克牌，你在哪裏？

此刻，你就在我手中被我的手指移動著，秀姐已經認出我來，她鬆弛地聳了聳肩膀，我可以看到她的無奈，但認出我來她畢竟很高興，她說只有有緣份的人才會再次重逢，是的，親愛的撲克牌你在哪裏？我問起了霍，她笑了笑說霍在二十年前就無數次地背叛過她的感情，這一點她通過紙牌所暗示早已知道，只不過她仍然在等待，但她只等來了最壞的結局，霍終於從旅途中帶回了一個女人，霍說，如果你能夠容納她，我們依然生活在一起，如果不能，那就只能分手。紙牌再一次鋪開，她遵循了紙牌所暗示的道路離開了霍，她本來想永遠離開紅河，但在沿著紅河水尋找路線時，她遇上了另一個男人，並與那個男人成婚，不幸的事仍然在等待她，一年以後她的丈夫在一次意外事故中喪生。從那以後她一直拿紙牌卜占命運來維持生計，這就是秀姐的命運。她講完了她的故事，事實上，她早就已經平靜忘，她說奇怪的事總是發生著，霍領來的那個女人只跟霍生活了幾年時間就無法忍受紅河的熱帶陽光，她跟著一個男人私奔了，霍沒去找回她，過了很長時間，霍敲開了秀姐的門，霍想重新與秀姐生活，但秀姐的感情已經變成了冰，她不會再接納霍了，但多少年過去了，霍總是一次次地敲門，秀姐說她開始迷惑了，紙牌也不能夠告訴她應該怎麼做。

親愛的撲克牌，你在哪裏？

秀姐用紙牌為我算命時，我便開始虛弱，因為我非常懼怕秀姐透過紙牌看出我可怕的命運來，秀姐說，你選擇旅行是對的，因為唯有旅行才可以幫助你。她隱去了許多事情，因為她害怕挫傷我，事實上她知道我了解自己的命運，就在這時我們聽到了敲門聲，秀姐說只有霍會這樣敲門。

霍進屋時我便告辭了，霍已經不像二十年前那樣風流倜儻，他散亂的目光此刻正集中在秀姐身上，他不可能再去旅途中尋找故事，他已經決定把秀姐當作他追求的最後一個女人。

這是親愛的紙牌告訴我的。

走出那條小巷，紙牌已經證明了秀姐的命運，與秀姐見上面似乎我的心事已經了結。就在我回旅館的路上，我卻見到了我的老師艾德，他當初是我上高中時的語文老師，我二十歲那年他剛三十歲。他說他能夠很快認出我來，取決於他喜歡讀報，因為我是幾家報紙的專欄作家，報紙上還刊登過我的照片。他邀請我到他家裏去喝茶聊天，我看著我的老師，二十年前我曾悄悄地暗戀過他一陣子，當時，他有一頭茂密的頭髮，他現在依然還保持著他那頭茂密的頭髮，儘管裏面添了幾根白髮。說真的，他並不是我旅程中會晤的人，也許我已經將那段暗戀他的記憶忘了，自從我的生活中出現了那個旅行者以後，我就不再暗戀我的老師了。那個旅行者並沒有出現在紅河，他出現在我二十一歲時，那是我的短途旅行之中。我自然會去會晤他，到旅程中去會晤他。

現在讓我回到紅河來，當我的老師艾德邀請我到他家去喝茶時我沒有拒絕。我坐在艾德老師的小閣樓窗前喝茶時發現我正用我的雙手托著茶杯的圓圈，為什麼茶杯下面會有圓圈呢，因為我正在想那副屬於我自己的撲克牌在哪裏，由於我總想著撲克牌正在控制著我的情緒，實際上我的情緒卻在變成圓圈，因為我深知只有圓圈才能讓心靈保持著平靜，因為我仍被煩惱干擾著。

「你身上仍有一種氣息，」艾德老師坐在我的對面，他似乎在勾勒出我的往事，勾勒出一根根緩慢增加的線條，以致於我完全不能察覺他往下會說些什麼。

「氣息」，我身上的氣息他會嗅到嗎？難道他過去曾經嗅到過我的氣息，他突然站了起來，他就站在我的身後，他伸出兩手放在我的肩上，我輕聲說：「別這樣，艾德老師，請別這樣，」他毫不理會我的請求，他的聲音清晰、果斷：「你是不是害怕別人看見我們，這座城裏的人已經不認識你，而我已經快死了，你不知道我已經快死了嗎？」我站起來，轉過身面對著你，就在這一刻，你的聲音彷彿不是從嘴裏發出，而是從一黑管中，類似薩克斯管、鏽跡斑斑的鐵管、廢棄在郊野的管子中發出來，用來讓我感覺不到自身死亡的進程，或者用來讓我獲得另一種勇氣，直面另一個將死的人。

陽光照在你的嘴角上，這是一種意想不到的、有益的效果，它使你的嘴唇變得嚅動起來後不會蒼白，你的嘴唇在陽光中嚅動，如同在嚅動你的某件樂器，只為了讓那件充滿灰塵的樂器發出聲音，你說：「我二十年前就嗅到了你身上的氣息，」我愕然地看著你，變得不知所措。

不幸的是你彷彿敞開了封閉已久的心扉，你找到了傾聽你傾訴的人，你不顧一切地把二十年前我身上的那種氣息轉換為今天的語言，在二十年後你把語言抓得那樣緊，你說：「那茉莉花的氣味直衝我來，在教室裏，在小路上，在開放的石榴花中，你身上有淡淡茉莉花氣味，你曾經用眼睛看著我，當你用眼睛看我時，我感到害怕了，二十年前我畢竟是你的老師，我不能對你產生任何別的念頭，因為我當時想，那是犯罪的念頭。然後，二十年過去了，在這二十年裏，別的女人給我帶來了短暫的快樂，但她卻忍受不了紅河谷的陽光，她又回到北方去了。現在，我可以說了嗎？」

哦，親愛的撲克牌，你在哪裏？

我沒有聽我的老師艾德說完就想起了我的那副撲克牌，它使我具有逃跑的力量，我抓起我的包，用意想不到的速度尋找到了一條捷徑，從他身邊，輕浮地、慌亂地找到了那條捷徑，然後伸長我的腿，躲藏到別的路上去了。

親愛的撲克牌，你在哪裏？

我的感覺是那樣錯亂，因為我根本沒有想到在二十年後與我的老師相遇時，他會把二十年前的往事告訴我，他甚至記得我的氣味，但從未有人告訴過我，我的身上有一種茉莉花的淡淡氣味。

我回到旅館，我終於聽不到他的聲音了，他將說些什麼，他將要說出口已經被我制止，他像許多男人一樣在二十年前的某個季節，竟然不露聲色地嗅到了我的氣味。

我希望尋找到出口，卻遭到抵抗，因為我在散開在床上的那堆撲克牌中尋找到了一種秘經，因為我看到了我老師艾德的死亡，從某種意義上來說他的死亡比我的死亡來得更快，是的，他將要死去，他已經告訴我，所以，他已經不害怕了，儘管二十年後他仍然是我的老師，但是他已經衝破了束縛他的戒律，於是，我站在窗口，望著西邊漸漸下沉的落日，我的心也在慢慢地下沉著。我意識到我不應該從艾德老師身邊逃走，不管他會告訴我什麼，面對一個將迅速死去的人，我不應該再考慮任何別的什麼，因此，我要回到他身邊去，聽他把話說完再離開也不晚。

我在上樓，聽到了艾德老師的咳嗽聲，我不知該幹什麼？我似乎看不到他的身影，他沒有在閣樓上，也沒有在別的地方，但我聽到了他的咳嗽聲，我拐進一間小屋，有一層屏障擋住了我，「是誰在外面，」我說出了我的名字，他哦了一聲告訴我別掀開屏障，因為他在洗澡。哦，我噓了一聲，回到我們喝茶的閣樓上來，我眺望著紅河橋上的人影，在暮色中，他們被染成紅褐色成為細塊的玻璃擋住了我的視線。我坐在木椅上，我不知道艾德老師為什麼會在暮色降臨時藏在屏障之中沐浴，難道這也是他的生活方式，終於，我聽到了咳嗽聲離我越來越近，我感到他就站在我身邊，他正伸出手來，想試圖放在我的肩膀上。我想，這一次我無論如何也不能驚慌失措，就讓他的手放在我的肩膀上好了，就讓他站在我身後敘述好了。

親愛的撲克牌，你在哪裏？

所有這一切都是人在活著時的最後一點生命中的風景，好像為了驅除炎熱和寒冷，他們竭盡全力靠近一座充滿希望的懸崖，哪怕會就此掉下去，哦，生命，親愛的撲克牌，你看到生命了嗎？

他的雙手正在撫摸著我的雙肩，似乎在我的肩頭飄動著許多泡沫，在那些白色的，看不見的泡沫裏，他在二十年前的呼吸中尋找我身上的茉莉花香，而我似乎在閉著雙眼，我暗戀過我的老師，雖然時間很短，我甚至已經認不清楚我的心跳。

親愛的撲克牌，你在哪裏？

除了伸出雙手撫摸到我的兩肩，艾德老師已經沒有力量做什麼事情，即使我把自己交給他，他也已經沒有力量。他的欲望只在那雙手的撫摸之中，因為在喪失力量的情況下，撫摸是人生最纖弱的方式之一。所以，我平靜地坐著，感受著我的老師喘息之聲，如同坐在一座沙灘上，用我的身體感受到大海的潮起潮落，直到他終於停止了撫摸，他坐下來，在旁邊的那把椅子上，他告訴我他在紅河教了一輩子的書，做了一輩子的語文老師，他享受過很多風景，而此時此刻在他人生的最後旅途，他卻享受到了一種最獨特的風景。

噢，風景，難道我是他的一片風景嗎？我們面對著暮色繼續上升，如同面對帶泥土味的樹根和植物之莖，他坐在對面，他不住地咳嗽，身體彷彿在煤中掙扎。

他突然說：「妳走吧，快離開我走吧！我快要死了，我並不想當著妳的面死去，實際上，我已經作好了死亡的準備，夕陽上升時我就坐在屏障中的木盆中沐浴，這樣的日子已經持續一個月了，每次沐浴完畢我就等待進入天堂，彷彿有神在召喚著我。此刻，妳走吧，我快死了，我已經嗅不到妳身上的茉莉花的氣味了。」

在他的聲音裏除了我離開，我不可能再留下，我的老師他已經不再有欲望，他唯一的等待是進入天堂，似乎有一支樂曲在旋轉著，我要離去了，因為我的存在讓他煩躁，因為他今天晚上已經嗅不到我身上的茉莉花氣味了。

親愛的撲克牌，你在哪裏。

我被幽禁在這個上下左右都是可怕的天藍色屋子中，只有那個天窗不是藍色的。我舉目望著天窗，一截松樹枝映入我的眼簾。只見它本身漸漸錯位，一分為二，變成了兩枝；隨後，兩根樹枝又像幻影似的慢慢靠近、複合，變成了一枝。我久久不能理解其中的奧秘，最後害怕起來，大聲說或非常清醒地想：「我出不去了。我處在一個受魔力控制的地方。」

我敲開了秀姐的門，在悶熱的下午，在一場暴雨即將來臨之際，秀姐穿著一套黑裙，彷彿發生了許多事情，她的眼睛深陷，她告訴我她手中的那副撲克牌已經不具有意義了。為什麼，她告訴我她又鑽進了霍的懷抱，從那一時刻開始，她的撲克牌再也沒有測示出什麼東西，我告訴她，為什麼非要在撲克牌中生活呢？與霍重新開始一種新的生活才是最為重要的生活，實際上這種生活比一副撲克牌指示的東西更有意義。是的，她當著我將那副撲克牌拋進了正在燃燒的火爐，她的這個動作卻是我未想到的，我想阻止她，但已經來不及了。我的話已經說完，我再也看不到她的撲克牌了，我悄然離開了她的房屋，消失在我應該消失的地方。

使我離開紅河的時機已經降臨，然而我卻遲遲沒去買火車票，因為有一件事仍然懸掛在我面前，那就是艾德老師，我想，儘管我想離開，但是我無論如何也無法離開的重要原因就是我想陪陪我的老師。

親愛的撲克牌，我不能把你拋進火爐，我坐下來，攤開了撲克牌，突然，我看到了一種不可思議的光，那是籠罩在一個男人頭頂上的暗淡的光，那個男人不是別人，他就是艾德。

我有可能就是那個把那團暗淡之光所驅除的女人，艾德肯定在最後的日子會需要我再次出現在他身邊，於是，我被我親愛的撲克牌所召喚著回到了他的身邊。那同樣是一個暮色拂動的時刻，我敲了敲門，似乎沒人，但門沒鎖上，我推開門走了進去。

我叫著艾德的名字，上樓，拐彎也沒看見人，我想起了那道屏障，也許他仍像往常一樣藏在屏障之中沐浴。

屏障是艾德最隱密的世界，每當暮色上升時他渴望著沐浴，渴望著進入水草的涼爽之中，然後從疲憊不堪的熱帶雨林和荒漠之中逃走。

我站在屏障之外，叫了一聲他的名字，但沒有聲音，於是我逕直走進去。

他就躺在熱氣騰騰的木盆之中，赤裸著彷彿睡著了一般，事實上他已經在沐浴中停止了呼吸。我伸出手去似乎觸到了他的心臟，但是心臟已經停止了跳動。

親愛的撲克牌，你在哪裏。

那團暗淡的光已經消失，艾德再也不需要我的幫助。然而，站在他身邊的那一刻我看不見他的裸體，他彷彿已經化成了石頭或者變幻成時空和土壤。

在秀姐和霍的幫助下我們為艾德老師舉行了簡單的葬禮，然後把他似乎已經送進了天堂，在茂密的盤旋著菠蘿蜜的觸鬚旁邊，艾德老師的墓碑矗立著。

親愛的撲克牌，你在哪裏。

乘火車前我環繞著紅河縣城走了一圈，因為我深信我再也不可能回來了，在這樣的時刻我無疑是悲哀的，甚至是沉重不堪的，所以，任何一位陌生人都會乘隙走進來，他們與我搭訕，站在熱帶的陽光下面，他們研究我的身份，也在研究我的悲哀和痛苦。

我不理會他們奇怪的目光，正像不理會我已經將我的頹喪和病態的影子和目光留在身後一樣，但一個男人仍然跟了走來。他似乎出奇地膽怯，跟我說第一句話時，嘴唇在顫抖，他很年輕，到底有多大，二十五歲還是三十周歲，我已缺少判斷年齡的原則，他第一句話問我是不是丟失東西了。這完全是年輕男人的問話，但他仍跟著我，我回味著他的話，我想，他說得對，我是不是丟失東西了。

那麼，我把什麼東西丟失在紅河縣城了，我對著他微笑了一下，他說他已經觀察了我好幾天，他生活在這座縣城上，他知道我是外地人，他還說我顯得很恍惚，也很美麗，他是我旅行開始以後第一個讚美我的陌生人，我的面神經開始變得柔和起來，我感謝他的讚美，這聲音使我再次意識到我在活著。他請我去喝茶，在一家茶館裏，他給我講了一個故事。

下面是他講述的故事：

他叫劉韻，他的女朋友叫徐莎莎。當劉韻獲知徐莎莎得了血癌時，他帶著他的戀人徐莎莎搭上了一輛綠色火車開始出發。年僅二十三歲的徐莎莎轉眼之間就跟著劉韻來到了一座島上。一周以後因為隨身帶的藥品用完了，劉韻將徐莎莎託給了島上的另一個朋友趙疑，他們是在島上認識的，而且徐莎莎對趙疑很有好感。當他帶著藥回到島上旅館時，服務員告訴他，趙疑一早就帶著徐莎莎到沙灘上去了。海風將漁網吹得沙沙作響，劉韻沿著海灘向下走去，他看到了徐莎莎被風吹起來的長髮和她那件白顏色的短風衣，走在徐莎莎身邊的趙疑緊緊地攥著她的手臂，劉韻突然感到一種不祥的東西，也許是徐莎莎的身體已經很衰竭了，然而就在這時，前面的影子突然不再向前移動了，他們緊貼著身子，趙疑伸出手去撫摸著徐莎莎的長髮，他還彎下身子吻了徐莎莎的前額。劉韻愣住了，這是一種意想不到的情景。然而，事情卻真的發生了。那天晚上回來後，徐莎莎開始發高燒，在高燒中她遍遍地叫著趙疑的名字，劉韻來到隔壁房間把趙疑叫了過來，徐莎莎抓住趙疑雙手，她的目光中的火焰似乎從水底的深淵中升起來，她似乎想表達什麼，趙疑坐在旁邊，默默地看著徐莎莎，他不住地點頭，似乎已經聽到了徐莎莎要表達的那些東西，而他們三個人，只有劉韻知道徐莎莎的病情，就連徐莎莎自己也不知道。

為了這一刻，他們決定來一場決鬥。

通往沙灘的小路只掛著幾盞黯淡的路燈，這時候已經是半夜的三點多鐘了，小路上已經沒有一個人，劉韻握住拳頭，在這一生中他還從來沒有用拳頭撞出過什麼東西。是的，從來沒有過，而現在在黑夜中他的身體還洋溢著熱情的力量，這力量是為了他的戀人徐莎莎，他曾經深愛那個女孩，她是他的初戀，甚至是他最重要的一切，而現在她被一個男人抓住了她的雙手，為了這一切他要和他較量。他聽著身後的腳步聲，那聲音充滿節奏感，也許就像他的歌聲一樣有旋律感，劉韻聽過他的歌聲，他是一位來島上旅遊的歌手，在海邊，他們三個人坐在沙灘上眺望夕陽時，他唱過一首歌。他顯然比劉韻高大強壯，但劉韻並不害怕這一切，他告訴自己，我一定會擊敗他，因為我充滿著對徐莎莎全部的愛情。

在黑暗的沙灘上，他們的決鬥開始了半小時，劉韻一開始就衝著拳頭迎著黑暗中的影子而上，他感受到了拳頭上的劇烈的火焰正在內心燃燒，他被趙疑推倒在地上時他的頭剛好觸到海上來的潮水，他的頭被泡沫淹沒著，有一瞬間他幾乎已經快要窒息了，就在這時他突然翻轉上來用同樣的方式將趙疑推倒在泡沫和潮水之中，當他意識到趙疑可能快死了時，他的雙手鬆開了，因為他已經沒有一點力量，他坐在湧滿潮水的沙灘上，他真的已經沒有一點力量了，當趙疑站起來對他說：「我們的決鬥還要繼續進行下去嗎？」他在黑暗中搖了搖頭。劉韻看著黑暗中的大海，此時此刻，他已經不再需要決鬥，他被徐莎莎面臨的現實世界所徹底籠罩著，他對自己說：「她就要死了，除了醫生之外，沒有一個人知道她快要死了。」

那天晚上，趙疑離開後，劉韻就一直坐在湧滿潮水的沙灘上，他的臉上掛滿了淚水。因為任何人也無法看見他在流淚，他可以把平常不能輕易流出的那些淚水流出來。

後來，他看到了大海上的拂曉，他還看到了漁夫們正在撒網，無論怎樣，這座島嶼仍然是一座平靜的島嶼，一座快樂老家，他聽到後面有聲音，他轉過頭去，趙疑抱著徐莎莎已經來到他身後，他們看了他一眼，就朝前走了。劉韻目送著他們的背影，也許這就是徐莎莎的快樂老家。不知道為什麼，看到這情景他很平靜。

他消失了，離開了島嶼，他仍深愛著徐莎莎，臨走時，他給徐莎莎和趙疑各自留下了一封信，他告訴徐莎莎在島上多住些日子，他給趙疑留下了他的電話號碼，並暗示趙疑，如果有什麼事發生了請一定告訴他。

他回到了自己的小屋，他在畫板上試圖想畫一個不死的女孩，他調動著鮮豔的色彩，這裏面沒有一點黑色，因為他害怕黑色，從島上回來以後他一直抗拒著黑顏色。所以，他確信那些鮮豔的色彩就是徐莎莎快樂老家的顏色。一個多月來，他幾乎什麼事也沒有做，他沉溺於那些跳動的顏色，似乎這幅畫會使他的惡夢消失。然而，那天半夜他被一陣電話鈴聲驚醒時，他從黑暗中走出來拿起了電話，他的心怦怦直跳，電話是趙疑從島上打來的，他告訴劉韻：一個多小時前徐莎莎突然在他懷抱中停止了呼吸。

她死了，他不相信。所以他連夜趕到了火車站，又趕到了島嶼，趙疑抱著徐莎莎坐在一片沙灘上，劉韻走過去，他仍然不相信徐莎莎已經死了，他去撫摸她手上的脈跳，但什麼也沒有感覺到，他抬起頭來看著徐莎莎，她緊閉著雙眼，似乎在微笑，趙疑說：她真的死了。

他的故事講完了，他說他一直想把這個故事面對著一個陌生人重新講述一次，而我就是那個陌生人。

哦，親愛的撲克牌，你到底在哪裏。

C部 親愛的旅行者

> 精疲力盡的他長久地聽著峽谷間河水的喧鬧聲，水面上月光閃爍，因為月亮已經升起，彎彎的新月十分明亮，兩角朝上，彷彿是兩座相距很近的峭壁間的小船，這時他隱約聽見對岸有馬在奔跑，甚至還聽到呼喊聲，其中幾個音節在山岩間迴盪，彷彿有人告訴了他，正在設法尋找他：「你是誰？」
>
> ——米歇爾・布托爾

你抓起你鈷藍色的旅行包從車廂裏走出來時，我恰好在抬頭時看見了你，我感到奇怪，因為在火車廂裏我從未看見過你，你顯然也要在這座小小的站臺目送火車遠去，而你我都面臨著這座圖釘似的小站走出去。我不認識你，你顯然也不是我這次旅行所要會晤的人，因為我從未想過要與一個陌生人去會晤，我只是留意到了你下了火車，拎著那只鈷藍色的旅行包，我並不對你手中的那只鈷藍色的旅行包有多大興趣，我只是覺得那團鈷藍色隨同你的手在移動，它比深紅色旅行包和深褐色、黑色的旅行包更獨特。

你是典型的旅行者，你穿著牛仔褲和牛仔上衣和一雙打磨過的牛皮鞋，顏色是黑色，它順從你的腳，那雙腳很大，也許是一雙特號鞋，因為只有特號鞋才能貫穿你身體的旅行。你走在我前面，你並沒有留意到我的存在，很顯然，你早已習慣面對陌生人，尤其是面對陌生女人，她們決不會延誤你的行程，甚至也不會成為你眼睛裏的一種顏色。

那麼，你有多大年齡了，只有那些既有人生經驗又沒有喪失熱情的男人才會拎著一只鈷藍色的包獨自去旅行。除此之外，只有那些懷著夢想的男人，他們的夢想似乎總沒有實現的一天，我的意思是說即使那夢想已經呈現在眼前，他們仍然認為那不過是過往的風景，他們的夢想總是呈菱形波浪，穿越在田野、礦區、葡萄園和布滿歧途的路上。你屬於前一類男人還是後一種男人呢？

好了，我不想揣測也不想捕捉你身上的故事，因為我的身體在回憶的侵蝕之中不能保證我到底能活多久，我不能保證我能否再次搭上火車，順著鐵軌線上的羽毛，那漫天飛舞的羽毛去經歷活著的更多奇蹟。

走出了火車站的門，在你的那只鈷藍色旅行包即將消失之前我才明白了一個事實，我來到這座小站並不是去會晤什麼人，在車廂裏，播音員用清脆的聲音告訴了我，這是元謀小站，元謀具有著名的土林風景區。我被這聲音所纏繞著，彷彿看見樹枝和南方的藤蔓中升起一座塵埃標立的柱子，它就是土林嗎？這麼說，我下了車是來訪問一座土林。是的，我終於尋找到了我的目的，因為在我被一個強大的魔鬼受控於他出沒的陷阱時，我必須隨時隨地為自己尋找到目的，因為時間對於我來說已經太少了。

但是你不可能消失殆盡，你鑽進了那輛中巴車，從火車站到土林旅館還有十公里路程，而且只有唯一的一輛中巴車等在空曠的布滿塵埃的草地上，我與你顯然要乘同一輛車進入土林旅館，就這樣，我又看到了那只鈷藍色的旅行包，因為那只旅行包我甚至沒有看清楚你的面孔，它就是把你安排在路上旅行的並把你鑲嵌在廢墟和灰燼之中試圖主宰你的一種力量嗎？我坐在你旁邊的空位子上，我進車廂時，你似乎看了我一眼，我不是那讓你在第一眼中就能銘記的女人，我已經不漂亮，雖然過去我曾經漂亮過，在過去的那些日子，如果我想勾引別人，那種方式對於我來說不費吹灰之力，但那也是一種真實的遊戲，人在年輕而富有魅力的時刻總是想製造很多遊戲。而此刻，在鏡子中我發現了我的臉，那張對未來感到渺茫的臉，那張佈滿了蜘蛛似的灰色的臉，使我打了一個寒戰，每到這樣的時刻，遊戲的快樂在手腕上閃著磷光的手錶的指針中深陷下去，我已經不再擁有勾引別人的力量和快樂。所以，我坐在他旁邊，有幾分鐘，車廂裏因為只有我和他，那種驚人的寂寞使我避開了他的目光，我在盯著那只鈷藍色的包，我在盯著那只包關閉著，只有那團鈷藍色凝固而上升，它變成了他的旅行。

終於有幾個旅行者上來了，他們在我們後面下的火車，所以我並沒有看見他們，他們屬於一支隊伍，也許是結伴旅行者，也許是一支小型旅行團隊。他們嘰嘰喳喳的聲音罩住了車廂，我把頭靠在椅背上，似乎想睡過去。但我並不想睡，我只是希望能快點進入土林旅館，我要避開他們的聲音，我要避開那只鈷藍色的旅行包，天啊，但睜開雙眼，那只鈷藍色的旅行包仍在我視線之內。

「你不舒服？」他突然問我。

「為什麼這樣問我？」我感到緊張，我害怕別人看到我的疾病，看到我的絕望，看到我的卻路。

「哦，沒什麼，也許剛下火車，每個人都會有些面色蒼白，我的氣色也不會太好……哦，你好像是南方人？」

「對，我是南方人……」

「我來自北方，我出門旅行已經有幾個月時間了。」

我似乎了解了他的一些東西，但這只是我們看到的外在的風景線，但他確實是北方人，有著一口流暢的標準普通話。這就是我對你的初步了解，在我未進入那座旅館，脫去風衣，在我未將頭埋在枕頭上休息時，眼睛所看到的始終是那只鈷藍色的旅行包。

然後是進入一條高矮土林的小路，進入了一座紅色的牆壁之中，它就是土林旅館，進入旅館的第一件事就是去尋找浴室，它幾乎就是讓我身體變得脫胎變骨的方式之一，只有面對浴室，在迂迴繚繞之中把自己滋生著病毒的腦袋放在水龍頭下面，被清泉清洗著灰塵和迷霧時，我才會重新活過來，才會拋去影響我面對生活細節的種種哀怨。

所以，在我像一隻小鳥一樣在浴室被泅濕了身體時，我慢慢地忘記了那個旅行者和那只鈷藍色的包，我穿上了睡衣，下午六點鐘，我就穿上了睡衣，這顯然說明我在拒絕著生活，我在拒絕著那只鈷藍色的包對我的誘惑。我站在窗帷裏面，我並不想躺在床上去，因為我深知不久之後的某一天我將永久地躺在床上，躺在墓地，那時候我有足夠的時間躺在成群的紅色和黃色的蝙蝠舞動著翅膀的黑暗之中，所以，似乎是我意識到了這一點，所以我揪開了窗簾的一角。

我看到了他，他背著一架黑色的照相機，右手拎著腳架，他站在院子裏，正在往上看，他的目光從窗戶上掠過，最後停留在我的窗戶上，你突然肯定我就住在裏面，你突然轉身進入了大廳，然後再進入了樓梯，然後我聽到了敲門聲。我穿著睡衣為你打開了門，你說了聲對不起，你驚訝地問我是不是這麼早就要休息，還沒等我回答你就果斷地說：我們可以去土林頂上去看夕陽，你不想去嗎？

我像你同樣的果斷，我讓你在樓上等我三分鐘，你拉上了門，是的，我只需要三分鐘，我只需要三分鐘就可以在箱子裏尋找到那套藍色的牛仔衣褲，出門時我似乎意識到了，在這次旅行中我會穿上它，我此刻就利用它的質地和粗糙，因為我要去土林，現在我才知道，陌生的旅行者，只要你召喚我，我就會隨你而去。

你知道我為什麼跟你而去嗎？因為你不了解我，你不了解我的疾病和煩惱，所以，你召喚我時，實際上是在召喚我的生活。你把我召喚在屋外去時，我才意識到我穿著睡衣躺在床上，我永遠都不會感受到和你一起去看夕陽的那種心情。

在我們攀越土林的路上時我才看到了你的面孔，一張經過風吹日曬的面孔已經變成褐色，你大約三十五歲左右，肯定比我要小，你眼裏有一種潮濕的熱情，我們往上攀越時你很有力量，有時候甚至會伸出手來攥我一把，經過了四十分鐘我們到達了頂上，甚至可以觸到藍天，實際上我們離藍天的距離是那麼遠。你沒有像我想像中的那樣激動，你支起了腳架，等待著落日上升的那一刻，這時候你神情專致，我則站在你旁邊，落日將土林映紅的剎那，我發現你的面孔彷彿上了色彩，你拍下了好幾幅照片，我不住地聽到咔嚓的聲音，你對我說讓我站在前面，我猶豫了一下仍然走到了你的鏡頭之中，我想那張照片也許是我在這次旅行之中留下的唯一的照片，他的攝影機攝下了我苟延殘喘時的一剎那，但他卻告訴我，我的姿態和表情都很動人。你這樣讚美我，是因為你並不了解我是一個病人，如果說你了解我的話，你唯一了解我的是我的性別，作為女人，你了解她們的虛榮心，所以，你讚美著我，並且使我滿足和愉悅。

你談到了孤獨，你說只有最孤獨的人才可以感受到這一片風景。陌生人，不，親愛的旅行者我不想參加你的話題，我也不想了解你的孤獨，我之所以跟隨你站在這片夕陽籠罩著地平線的土林之中，是因為你不了解我，是因為你是那麼健康。

我喜歡看到健康的女人和男人，當我面對一個健康的男人時，我會滋長著一種欲望，跟隨他的影子從那種包圍我的恐怖中脫身，從那種謊言成堆的廢墟上逃離出來，因為那個健康的男人身上燃燒著一種理性，我會由此看到一種積極生活的熱情，你瞧，陌生人，親愛的旅行者，我總算尋找到了與你接近的理由，因為只有在這種理由支撐之下我才會脫離開體內持續的顫抖，與你一起眺望著夕陽升起落下，在我們之間保持著一團顏色，猶如你的那只鈷藍色的包，猶如一團絮語在起伏。現在好了，我尋找到了理由，尋找到了一個女人與一個陌生男人之間有聯繫的客觀原因，好了，我看到了你正調動著腳手架，因為夕陽就要下山了，你似乎正直接面對著落日，你是一個攝影家嗎？你那麼喜歡自然萬物的蛻變，在這種蛻變之中，你感受到了自由，因為只有蛻變才可能讓人尋找到未知的事物。

兩邊看不到落日了，不過落日的色彩正在變暗，這種蛻變，短暫而深長的蛻變使白天過去了。蕩漾在我們面前的是另一種可能性，暮色即將到來，你點燃了一支煙，我沒有看到你的煙盒，我看到了一只打火機砰地一聲，火焰跳動在你的嘴邊，只半秒鐘就消失了。你坐下來，抽著那支煙，看著我的身影在邊緣之外移動，突然你奔過來大聲說：「別再往前走了……」「我並沒有往前走，我只是停留在此處……」你噓了一口氣說：「我們回去吧！」不知道為什麼，我開始覺得你變得有些古怪，你說如果再不回去就看不到路了。

在飄動著沙土的空氣中，走在路上時，我們幾乎無話可說。回到旅館時，我們只說了一聲再見，以示告別。

渾身是沙土的我並不想盡快回到房間裏去，站在土林頂上眺望落日的那種東西現在蕩漾在我體內了，它正在變成一種精神，而我這樣的女人夾帶著鹽和煤、繩索在喘息的人，似乎精神已經變得微弱，但土林給了我一種精神，我一邊呼吸著沙土的空氣一邊問自己：我現在想幹什麼？我想像了一遍身體的弧度，似乎想測試一下身體的另一些力量，我一直想尋找一座黑暗的房間，那間房子只在睡夢中出現，但我此刻卻看到了那幢房子，在黑暗上升的土林深處，如果我可以在裏面度過一夜，那麼，說明我的身體充滿了生命的活力。所以，我不願意回到房間裏去，更不願意站在浴室，然後穿上睡衣，我此刻突然厭倦了這種生活，我要檢驗一下我有沒有真正的勇氣在土林中度過一個夜晚。

我剛出門就看到了一個女人，她使我想起一種記憶。我想前行，我想飛，在夢醒之後我仍沉溺於這種境況中，飛的原則就是逃離現實世界，飛的原則就是越過眼前的船桅隊城裏的高樓和圓頂，飛的原則就是在灰暗、緊張的氣象之中借助於軀體中的力量，那力量來自於想像力，所以，多年之前，我置身在一堆打碎的花瓶之中，我削著土豆，我是這個世界一個年僅十九歲的姑娘，我接受了那堆碎片，花瓶中的水流濕了房間，我站在窗口，看見了對面的那座旅館，看見一個女人，這是一種風景，也是一種令人欣悅的風景和挑戰，然後是我的想像，我想像著那個女人從哪裏來，她住進這座旅館裏等一個人到來呢？還是為了獨自度假……

這樣的忘記還發生在別處。此刻，那個女人在我之前出門了，她顯然也要到士林去，她的勇氣比我更大，她走到前面，彷彿跟情人去約會，我距離她大約有五十米，由於天黑，她看不見我，她走得很快，似乎約會已經晚了點，她在匆匆趕路，進了士林，我遠遠地看見月光下站著一個女人，準確地說是一個男人，離他稍近以後我差點叫出了聲，他就是旅行家，他就是親愛的你，難道你知道我會來，難道你在此處等我……然而，我看見走在我前面的這個女人撲進了你懷抱。

我的內心開始感到惘然，她是你的誰？親愛的，她怎麼會撲進你的懷抱，那個人我白天從來沒有看見過，如果說要撲進你懷抱的女人應該是她的話，那麼她是從哪裏來的？

我突然又想起另一個女人的故事來。

那女郎我不認識，但她總是出現在她的菱形窗格間，她的天性既如此——閃現在窗格間利用眺望來使孤獨走向抒情，也就不必奇怪，重要的是她不是那種乏味的女人，每當我在窗格間看見她，她的服裝總在變化，第一次看見她，她似乎已經在獨自索居了很久，我已經發現，對面那座老房子，那座菱形大窗戶，落地似的鑲嵌在色的石牆之間——無人居住。她來，她來了，她便是藏在窗格間閃現的女人——身穿皺褶的長裙，那長裙有點像古希臘時代的時裝，只有在油畫中才能看見。顏色是棗泥色的，恰好，有陽光在窗格間，她正站在那裏——我不曾見過這樣的女性，隔著很遠我也能看見她的眼睛，因為眼睛很大、很深，可以看見她獨自一人駕馭孤獨的那種能力，甚至可以看到她屬於那類女人「在幻想中獲得經歷」，這無疑給那座老房子增加了風景，我經常想，她住在那座老房子會不會害怕，我錯了，她似乎從來就不畏懼，她經常在那屋子裏散步，我透過窗格看見了她的身影，那座老房子的客廳很大，我甚至能看見她穿著緞面拖鞋——在木地板上獲得了經歷。

她喜歡改換服裝，即使是她獨自面對她自己時，事實上我從來也沒有在窗格間看見過別的人，她似乎是一部廢棄的家族史，或者是一部往昔及殘骸之後的幻想曲。她有著長髮，長髮蓋住了她的肩胛，有這種長髮的女人，內心的浪漫確實只有「在幻想中獲得經歷」。

終於有一天，這是她穿上那件橄欖色的長裙的那一天，看見她客廳的地板上有一道影子，接下來那道影子向她移動，她沒有後退，她和那個人靠得很近，那是一個男人，很顯然，她的橄欖色長裙是為那個男人而穿的。在後來的日子裏，因為那個男人，那座老房子突然之間明亮起來。我看見她穿著迷你裙，然後我看見了她修長的腿，她的天性既如此，她在孤獨中獲得的經歷使她不再穿那件皺褶似的長裙，也不再使我想起那些古希臘的油畫。

她在等那個男人，通常是在寂靜中等待，她知道他會來，她似乎有無窮無盡的時裝穿在身上——那些時裝陪同一塊等待，他們在窗格間接吻，接吻的時間很長，她肯定會窒息，但她卻習慣了長吻，並沒有昏眩。

在那座老房子竟然有著如此現代的愛情故事，我甚至可以看見她把他帶進了臥室，通向臥室的那道窗戶是關閉的，看來，只有那窗格向世人敞開，後來，我在窗格間突然看不到那個男人的影子了，有很長時間她一直坐在窗前，她身上的那個黑色的睡衣使屋裏顯得陰暗，從她衣服的色彩中她與那個男人之間出了問題，反正，直至如今，我也沒有再看見那個男人回到她身邊。她等待，但並沒有一直穿著那件黑色睡衣在等待。我知道，她天性中有一種極為強烈的抒情的東西，所以，她將又一次「在幻想中獲得經歷」。事實上，那個男人必須走，而她必須坐在窗口，這就是她在「幻想中獲得的經歷」，我想等到穿一件橄欖色的長裙時，她的生活中又會充滿約會。

在五十米之外，我看見你們在親吻，現在我想，我應該盡快離開士林，它使我的肉體和理性變得衰弱，親愛的，帶著鈷藍色的旅行包的旅行者，對我所看見的這一切我不能解釋，因為我也許在嫉妒那個女人，我為什麼嫉妒她，因為我在白天曾經跟你待在峰頂上，我曾看見你的打火機閃亮，我們曾談到過孤獨等東西，而那時候，那個女人並沒有出現。

現在，我變得如此衰弱，我再也沒有興趣待在士林了，因為你們的存在我現在決定撤退，我要回到旅館去。

回到了旅館我便趴在窗口，如果你們今晚能夠回來的話，我想我會看見，我趴在窗口，我看見蔚藍色的月亮變成銀色緩慢地移動著，我趴在窗口，我感到太倦了，我感到你們的故事已經對我沒有什麼意義，於是我鑽進了被子。

天亮時你敲開了我的門，我覺得生活在一個小時，或一分鐘中都會變化著，我怎麼也想不到敲門的是你，你走進屋輕聲說：「我需要你的幫助。」「哦，幫助，我能幫助你什麼呢？」「從現在開始，你就是我的情人！」我穿著睡衣退後兩步，親愛的，拎著鈷藍色旅行包的男人，你怎麼會想出這樣的戲劇來，我又一次感到惘然：「這怎麼可能。昨天晚上我看見另一個女人撲進你的懷抱，我看見你們在親吻……」「哦，這就是說昨晚你已待在士林，你看見了那一幕，真是荒謬，我沒想到她會跟到這裏……我和她已經分手……可她不願意……昨天晚上她再次趕來，她告訴我也許我的舊情會再次萌發……也許……我告訴她說我到土林裏去等妳，我會將分別的話重新述說一遍，於是我先到了土林，我站在月光下等她，沒有想到她撲進了我的懷抱……這就是你所看到的那一幕……」「你們為什麼要分手……為什麼又要我扮演你的新情人……」你說這個世界存在著告別所以你們就分手了，因為你想徹底結束與她的關係，而我可以幫助你，可以替代你的新情人，這樣她就會深信你和她已經不可能舊情萌發了。親愛的，親愛的男人，我感到荒謬，感到你們男人導演的戲劇只不過是一幕相互糾結，越變越複雜的戲劇。而我為什麼要幫助你呢？因為我曾經嫉妒過那個女人，昨天晚上當她撲進你懷抱的時候我是那麼地嫉妒過她，也許是因為那種潛在的嫉妒，此刻，我決定幫助你。

我扮演了你的新情人，在這旅途中，也許因為那只鉆藍色的旅行包吸引過我，因此我決定幫助你去擺脫那個女人。

你帶著我下樓去，那個女人正坐在大廳裏的沙發上，她也許是在等你，不是也許，而是肯定，因為她知道你會下樓來，她看到了你趕快站了起來。但她突然看到了你身邊的我，我們倆互相打量著，她很美麗，我想，從容貌上來看，她屬於那種無可挑剔的女人，她的眼睛很大，天生的雙眼皮，嘴唇飽滿，我不知道你為什麼不喜歡她了，她也在看我，因為我是你的新情人，很可能昨天晚上你就已經告訴過她，你已經有新的情人了，所以看上去她有所準備，並且已經有了克制力。你們點點頭，相互之間似乎無話可說，我看到了我的存在給予她的那種打擊，這殘酷的場面會給她帶去心灰意冷，會令她感到好時光會轉瞬即逝，會讓她看到難以忍受的灰暗正向她湧來……然而，她克制著，我深信，直到現在，她仍然熱烈地愛著你，哪怕你身邊走著我，她也仍然愛著你，所以，當我們走出去時，我能感到她對你的那種愛緊隨我們而來，那是一種她自身無法擺脫的愛，是一種連她自己也無法知道有多深的愛。

當我們走出一百米之外，我對你說：「你這樣對待她太殘酷了……」你一句話也沒有說，我緊握住你的手臂鬆開了：「你為什麼這樣對待她……」你說，她不僅僅需要相愛，她還需要婚姻，而你只需要兩個人相愛就夠了，因為你是一個攝影師，也是一個旅行者，你沒有精力和時間對婚姻施予職責。

我想起那只鈷藍色的包，那只旅行包來，我也想起那個更換時裝等待一個男人降臨的那個窗戶中的女人來，此刻，親愛的，你正在擺脫身後的那個女人，當然，你有許多理由，因為一個男人需要擺脫一個身後的女人時，他總會尋找到許多理由。我對你說，她已經相信了我就是你的新情人，現在，你不再需要我來幫助你了，你低聲說：「請妳別走開，事實上，妳是一個有魅力的女人，我需要妳此刻陪我，我感到我需要妳。」

我的呼吸並沒有像我所想像中的那樣急促起來，我的心臟也沒有像想像中的那樣跳動，我的目光看著你，不錯，你確實是一個旅行家，你的面龐被陽光曬成古銅色，你對自然有一種熾熱的迷戀，然而，你在追逐自由的生活的同時也開始顯示出自私的一面，你無法去承諾愛，也無法去肩負起愛的職責，你此刻需要我，因為那個身後的女人用愛的負擔前來拽住你，而我卻不會拽住你，所以你需要我。我就站在你對面，親愛的，現在，我可以看你的目光了，你似乎想吻我，但你害怕我的目光，我正在審視你，我在幫助你之後開始了解了你，所以，你害怕我。

那天晚上，我看見你拎著那只鈷藍色的包離開了旅館，你沒有來向我告別，是的，親愛的，因為你用不著來向我告別。我彷彿看到那種畫面：「精疲力盡的他長久地聽著峽谷間河水的喧鬧聲，水面上月光閃爍，因為月亮已經升起，彎彎的新月十分明亮，兩角朝上，彷彿是兩座相距很近的峭壁間的小船。這時他隱約聽見對岸有馬在奔馳，甚至還聽見呼喊聲，其中幾個青年在山岩間迴盪，彷彿有人發現了他，正在設法尋找他：『你是誰？』」

親愛的，我未來想重返土林去尋找你，但為了讓你的記憶充滿自由的旋律，我沒有去土林，我深信在你一生中你會有更多故事，但一旦那些故事在羈絆你的肉體時，你就會擺脫它們，而你正拎著你的鈷藍色的旅行包，親愛的，旅行者，我記得，那只旅行包上有一條細細的金屬拉鏈，作為人類的金屬鏈條之一，它已經足夠使你循著縱橫交錯的自由生活去追逐你照相機深處的那團火焰。因而，在這種意義上，我不會去驚動你。

D部

親愛的，我們誰是主角

有時候我也會幻想我會在某種時刻，在一個偶然時刻突然愛上一個人，也許他並不愛我，但我卻進入了角色，然而，這種愛情注定會醒來，最後我發現自己是多麼難堪，我實際上並不愛他，我只是愛那個我為他置身的場景，這是一種被場景所欺騙的愛情。

——海男

約會，是啊，這個詞彙如果在十年前，它對於我來說一定像怒放的一朵蓓蕾，如果在十年前我的長髮摩擦著你的面頰，在地鐵裏我們走出幽深的臺階，你伸出手來輕撫著我的頭髮：「嫁我吧，單嵐」，我被這聲音嚇跑了，十年前我剛經歷了一場短暫的婚姻，在那深狹長的跑道裏，我疲倦了，乏味了，厭倦了。很容易那場婚姻瓦解了，從一場不可靠的婚姻的瓦解我獲得了一種極為重要的人生經驗：千萬別把男人當回事，哪怕他愛你愛得如癡如醉，哪怕在性愛裏也要抽身逃出，就在我沉浸在人生經驗裏時，你看見了我，當然，首先是我看見了你才會發現你在看著我，這是一場遊戲的開始嗎？

哦，什麼是人生中的快樂遊戲，就在我們回眸對視時，遊戲也就開始了，我喜歡那一刻，對於遊戲者來說，那愚蠢的、挑逗、調情的意味，那被蒙蔽的，滑稽可笑的，既可愛又狡黠的時刻才是一種真實的存在，後來我們竟然將這場遊戲開始了，約會，你無疑是一個浪漫的約會者，當你舉著玫瑰在交叉花園小徑等我降臨時，我除了看到你的浪漫之外也看到了你的不可靠，我除了看到了你的優雅之外也看到了你的一絲浮躁，從我身體中體驗到的一種絲質感覺之中，我突然意識到了我也許會喜歡你，因為你會給我帶來快樂，就像我看見玫瑰花時一樣迅速滋生的快樂，但我卻永遠也不會愛上你，即使我們約會一千次、一萬次我也不會愛上你。你當時微微一笑，看到了我們之間遊戲的悲劇了嗎？但我無法拒絕與你約會，在酒吧裏，我穿著那條咖啡色長裙，我是一個經歷了短暫婚史的快進入三十歲的女人，那條咖啡色長裙可以顯示我的臉上泛起的猶豫、苦澀和漠然，然而，儘管如此，我仍然在與你約會，在燈光下，我的嘴唇有些顫抖，這正是你需要的那種戲劇效果，好極了，你進入了角色，你進入了一個穿著咖啡色長裙的女人的世界了嗎？我喜歡你，如果我沒有喜歡上你，我們之間的戲劇永遠不會上演，即使上演了也是一場獨角戲。所以，我得感謝你擁有那些讓我喜歡你的地方，你多情、浪漫、不卑不亢地去討好女人，在我結束婚約的那些空虛無聊的日子裏，是你始終陪伴著我，當你說讓我嫁給你時，我意識到這場戲劇到了結束的時候了，逃之夭夭是我唯一的選擇了。我害怕在這場戲劇的上演中，你會滋生更多的念頭，比如，如果我們之間的戲劇就此上演下去，你肯定會像別的男人那樣通過性的幻想來佔據我的肉體和靈魂，「可對於一個女人來說，與之相應的卻是抑制意識——因為我們女性表示愛的器具是她們的整個身體，甚至可以用眼睫毛、腳趾甲——這種抑制意識傾向於轉移、否定、甚至背叛。愛的表達必須以別離甚至是沉默的方式來完成。」

別離是我必須選擇的事情，儘管我一直在傾聽你說話的音節，儘管你仍然一次次地想把我拉到酒吧裏去傾訴衷腸，儘管你並不知道我想盡快結束這場戲劇，而且你想將這場戲劇上升到高潮，一個男人與一個女人的戲劇到了高潮之處是什麼呢？在酒吧桌前，我緊緊抓住一把西餐叉子，你對我說，在酒吧談情說愛太詩意了，不錯，我們之間的關係一直彌漫在詩意之中，你大概是餓了，你不得不咀嚼著一塊牛排，在音樂聲中你的咀嚼之聲包圍著我，你盯我的頸項，我克制著自己，我的前夫曾在婚前的約會中不止一次地讚美過我的頸項，而且他宣稱女人的頸項是通向神秘途徑的必經之路。

但你並沒有讚美過我的脖頸，你已經咀嚼完了盤子裏全部的牛排，你的胃不會再饑餓了，你有力量繼續與我演戲，你建議我們到外面去散步，說不定會看到城市上空的月光，我眨著眼睛，我知道你對酒吧已經乏味了，對酒味和音樂已經乏味了，事實上我早就已經乏味了，只不過我在繼續忍耐，女性的忍耐力總是使她們保持著典雅，哦，一顆心需要典雅，瘋狂的四肢需要用典雅將自我包裝起來，儘管一顆心早已去了別處，儘管我的心已經透過咖啡色的想像力碰撞著金屬般的欄杆，然而，我試圖去支配自己的軀體，我試圖像那些典雅的女人一樣用我的耐心和仁慈，用我頑強的目光，用我清澈的穿透力面對著你，面對著那個在抒情中咀嚼著牛排的男人……而且面對著你的西裝，那銀灰色的彬彬有禮，面對著你的領帶，那深褐色的筋疲力盡，好了，你終於開口了，噢，談到城市的月光，我比你更容易受勾引，我獨自一人時經常在深夜的大街上行走，我記得很清楚我喜歡到東郊路上去散步，在十一點鐘的時候，一家小小的店裏始終如一地放著博克的歌，他的嗓聲在東郊的馬路上迴盪，他唱道：「一個人要多少次抬頭，才能看見藍天？一個人要有多少隻耳朵，才能聽到人們的哭喊？多少人死去才能使他了解，已有太多的死亡？這答案，我的朋友，正在風中吹響……一座山要聳立多少年，才會被沖入海洋？一個人要生活多少年，才會給予自由？一個人要多少次回頭，才能假裝什麼也沒有看見……」

我帶你來到了西部，我們保持著距離並不是為了疏遠，而是為了演好戲，在男女關係之中，我們一開始就進入了角色，所以，緊握你的手臂不適宜我們上演戲劇，哦，已經十一點鐘了，我又聽到了熟悉的歌聲：「一個男人要走多少路，你才能稱為男子漢？一隻白鴿要飛過多少海面，她才能在沙丘上安眠？砲彈要多少回掠過天空，它們才會被禁止？這答案，我的朋友，正在風中吹響……」

就在我聽到那悲愴的尾聲時，你的吻過來了，那個吻，那個不合時宜到達的吻使我感到萬分窘迫，難道你沒有聽到那旋律、那歌詞，我變得有些神經質，我並不需要你用吻來體會我內心的悲愴，而且我從未想到過你會吻我，這並不是我們上演這場戲劇的內容，我轉過身，面對著馬路，我們之間的一場戲像一條僵硬的、冰冷的帶子環繞著我的身體，然而，你並沒有意識這一切，你並沒有意識到我的感受，你仍然在靠近我，一旦你灼熱地靠近我的身體，我們之間的戲劇將變得呆板、程式化，你隔著一層層空氣終於沒有靠近我，你說，能不能回去，回到你的住處去，我搖搖頭說夜已經深了，你在黑暗中捉住了我的右手，你在撫摸著我手上的神經，你想讓我服從你的劇情的安排，到你溫暖的寓所去升起爐子，像所有浪漫的愛情故事一樣明確地讓故事進入新的高潮……

此刻，離你已經越來越近了，殷林，我叫出了你的名字，我鑽進了車廂，悶熱的車廂中有許多人面面相覷，人生中有更多難解之謎，我為什麼在你升起火爐時離開你，因為我害怕面對爐火上升時，我那冰冷的身體會變得灼熱，為此我懼怕更現實的東西，面對著這火爐，我害怕我的尖叫聲由性的情節中釋放出來，我們所要做的事是去揪開那四周厚重的窗帷，我們所要做的事是抑制呼吸之聲，不要讓我們的身體互相碰撞，這樣就不會發生性事，然而錯了，你已經去臥室，你從臥室出來時送給了我一件禮物，粉紅色的精美的綢帶被解開之後，我看到了用絲的材料做成的一件粉紅色絲綢睡衣，我不勝惶惑，很顯然你精心策劃了這場戲劇，你已經為我準備好了絲綢睡衣，意味著你還會為我準備好浴室和通向臥室的門徑，我已經經歷過別的男人的約會和婚史，我知道這意味著我們之間將侵犯我們的戲劇，因為我從未想到過我們會這樣上演戲劇，因為我除了喜歡你之外我從未愛上過你。

杜拉說：「沒有愛，留下不走是不可能的」，我讓你先去浴室，在這樣的時刻，我像所有女人一樣深懷詭計，我要趁你去浴室的時候逃走，只有那樣我脆弱的自尊心才不會由此觸痛你同樣脆弱的自尊心。你果然去了浴室，我聽到了水聲，還有深夜寂靜的由我自己發出來的呼吸之聲，我將那件絲綢睡衣放在沙發上，我並沒有做到躡手躡腳，我的血液仍在暢流著，比別的任何一次都流得快，因為我知道一旦我從你的寓所消失，我們之間的戲劇就永遠不會上演了。終於拉開了門，就在我溜走的那一剎那，你仍帶著你的裸體，帶著你的自由置身在蒸氣上升的浴室完成你自己的儀式和上演你自己的獨角戲。

好了，殷林，我已經離開了你近十年時間，我已經不再是那個還沒有進入三十多歲的女人，我來會晤你不是因為我想重溫舊事，而是因為我的生命已經危在旦夕，噢，腦癌，在我進入四十歲時，我患了腦癌，四十歲以後的將來還沒有開始，我的大腦中卻長了一個有毒的核，我沒有聽從醫生的安排，我曾經想尋找自己的避居之地，但我突然滋生了一個有趣的計劃，我要去訪問記憶中的那些銘心刻骨的人，而你正是我訪問中的一個人，在這之前我曾去訪問我的初戀者，他已經在漸漸變老，跟他短促地相見使我似乎遭遇到一種輕微的刺激，在我看來，「通向涅槃之路很漫長，而且並不容易」，這樣一來，我變得心平氣和了，此刻，在這悶熱的車廂裏，我嗅到了各種味道，我閉上雙眼，竭力回憶在有限的範圍內，你留在我記憶中的那種味道，有一次，隔著酒吧桌，我先到，你後到，你降臨時，把一枝玫瑰花遞給我時我嗅到了一種香皂的味道，然而那僅只是香皂的味道而已，除了那味道，我就再也想不出來從你身上瀰漫而出的任何一種味道了，因為我們之間從一開始就保持著距離，我們甚至沒有真正地親吻過也沒有真正地擁抱過，我們只是在上演戲劇，直到我最後逃走並離開了那座城市，我能夠想像那天深夜，你從浴室出來，渾身散發著香皂味，你看到了沙發上的睡衣，你正在接納一個現實，那就是我的逃之夭夭。

殷林，你沮喪嗎？後來你去尋找過我嗎？你思忖過我為什麼逃之夭夭嗎？你把那件柔軟的絲綢睡衣用剪刀劃開一道口子了嗎？這正是我想知道的，從悶熱的車廂下來，空氣才變得純淨，彷彿呼吸到了樹枝上的露珠，可現在是秋天，每片樹葉都不再抒情，而在恐懼中凋零。新的一天毫無疑問已經到來了，你還住在你原來的公寓裏嗎？在我們相識的那些日子裏，我只出入過你公寓裏一次，而且是在深夜，是在我們沒有看見月亮無法在月光下表演的深夜，我只記得十年前你把我引領到了一座用石塊鋪就的公寓外圍，一個守門人在打盹，他並沒忘記睜開睡眼惺忪的雙眼打量著我們，在他認為我一定是你的情人或者是密友，在他認為，你我之間一定在無私的剖析我們人類進行的最荒謬的事情，所以，我看見他朝著我們點點頭。

現在，要見到你必須回憶起來你公寓的方向，我記得我逃出那座公寓時，守門人已經睡著了，我是攀越門檻而出的，我記得當我攀住金屬門檻的那一剎那，我似乎被外面的夜色所彌漫而周身被照亮了一樣，我看到了一座大型噴泉正將銀白色的水珠灑在黑夜之中，那座形似孔雀的噴泉正是我記憶中尋找你公寓的唯一佐證，此刻，我撫摸我的身體，每到半夜，我就難於忍受我大腦中散發的那種疼痛——看來，我的大腦中的磁針正沿著人生最邊的邊緣而移動，所以，「分明是一種幻夢，失去和得到一樣都不過是幻夢一場。我們蛻去外殼不過是些赤條條的白色的東西，永恆悄悄爬了出來，一切依舊」，那麼，你仍然住在那座公寓嗎？十年來，生活到底怎樣改變了你，在我逃走之後，肯定會有另外一個女人替代我，如果你們彼此相愛的話，她肯定會留在你的公寓裏。此刻，我來了，我要在漫長的秋夜去尋找到那座孔雀似的公寓，我要從那位守門人的靈魂徘徊的縫隙之中敏捷地溜進去，我想，我雖然已進入了四十歲，但我與生俱有的那種敏捷依然未變。我將利用我的敏捷，從身體裏展現出來的輕盈與你對視著，因為在我離開人世之前，我仍然想見到你，因為你曾經是我的同謀，我們曾經共同上演過同一幕戲劇，現在，你把門打開，或者站在門後傾聽我的敲門好嗎？

原來我已經尋找到了通向你的樓梯，十年時間過去了，為什麼我仍然有一種窒息的感覺，儘管我從未愛過你，即將與你重逢的事實為什麼會使我顫抖，我扶著樓梯的扶手，光潔的扶手有少許的灰塵，它們讓我感到人生的無常以及世事的種種差錯，我想著你的銀灰色西裝和那根深褐色領帶，十年前你已進入三十歲，你成熟、幽默，而且浪漫，噢，帶著這種記憶前去會晤你，這種可怕而不可知的窒息不是幸福而是悲傷，然而，沒有任何人能夠阻止我，因為我知道那場戲劇並沒有徹底結束，只要我們兩人見面那場戲劇就能重新演下去。

一陣錯落的高跟鞋聲從樓梯上傳來，還有一陣香水的味道，很快一個女人穿著風衣踩著錯落的腳步聲已經來到我面前，但她似乎並沒有看見我，在樓梯口的燈光照耀下，她的面色散發出怒氣，她似乎想盡快地擺脫這樓梯以及樓上的人，我為她讓開道，錯落的腳步聲很快就消失了。我抬起頭，我驚訝至極，一個男人從樓梯下來，他剛才還叫喚著那個女人的名字，他此刻卻站在我面前，他認出了我，認出了十年前從他公寓裏消失的那個女人，啊，我們之間都感到了這種可怕的窒息，我將目光移開，否則這種致命的窒息會使我暈眩倒下。他知道我是來找他的，他是世界上最好的演員，他迅速地進入了他的角色，他似乎已經在逝去的歲月中無數次想像過會有這樣的情景出現，他開始上樓，他一句話也沒有，因為他堅信我會跟隨他上樓。他就是你，而你就是我要前來會晤的那個男人。

我的雙眼已經完全睜開，十年前的那套沙發已經不復存在，更柔軟的鵝黃色的皮沙發使我深感陌生，趁他為我去沏咖啡時，我進入了他房間的佈局，我在研究他十年來的生活，我在研究他牆壁上的花紋與別的女人之間的關係，我還研究這房間裏的味道，那個女人離去了而香水味仍然留在這屋裏，房間裏沒有一只花瓶，這說明這屋裏還沒有固定的女主人，那麼他似乎還是單身，也許他有過婚史，只有婚史才會使一個人真正成熟。

熱咖啡已經端在我面前，他此刻已經鬆弛下來了，他沒穿外衣，但仍繫著領帶，是一根黑色的領帶，並且坐在我對面，他在看著我，也許在看著我的衰竭和厭倦，也許在看著我的嘴唇並等待著我們背誦出臺詞，有了咖啡還不夠，看來還需要紅酒，這是他的主意，因為我們之間無話可說，咖啡解決不了問題，只有依賴於紅酒來刺激我們的神經。我同意，在他的客廳裏我已暫時忘記我的腦癌，忘記了那些逼我心碎的毒片，我找到了我過去的老朋友，在這裏我覺得安全，他既不知道十年來我的生活，也不知道我未來的生活，不對，我已經喪失了去幻想未來的事，對於我來說未來已經不存在，我有的只是此刻，就像叮叮的鈴聲前來靠近我的肌膚，我有的只是這場約會。因而，當他說到紅酒時，我渴望一大杯紅酒照見我的影子，喝完那杯紅酒之後我會醉倒，噢，我聽到了一個人的聲音，那是博克的歌聲：「一個人要多少次抬頭，才能看見藍天？一個人要有多少隻耳朵，才能聽到人們的叫喊？多少人死去才能使他了解，已有太多的死亡？這答案，我的朋友，正在風中吹響……一座山要聳立多少年，才會被沖入海洋？一個人要生活多少年，才會給予自由？一個人要多少次回頭，才能假裝什麼也沒看見……」

你告訴我，我消失後，你曾經去西部的那條馬路上去找過我，你聽到了這支歌曲，你尋找過無數的女人，其目的是為了找到一個女人成婚，但好像這件事情做起來很難，於是，你直到現在仍然是單身男人，說到這裏，似乎有鹽和沙刺痛了你的舌頭，你的舌尖麻木了，你建議我們來乾杯，為了往事乾杯，為了現在乾杯，我把那杯紅酒一口氣喝完了，這使你感到異常驚訝，在博克的歌聲中我們開始跳舞：「一個男人要走多少路，你才能稱為男子漢？一隻白鴿要飛過多少海面，她才能在沙丘上安眠？砲彈要多少回掠過天空，它們才會被禁止？這答案，我的朋友，正在風中吹響……」

這是我們相識以來第一次成為舞伴，那杯紅酒已經開始麻醉我的神經，趁我還沒有完全麻醉，我請你送我回旅館去，你說為什麼？我在醉意中看著你，我理解你的意思，已經過去了十年時間，你的熱情仍未減，你期待我會留下，然而，我只是想見到你，這就是我唯一的目的。即使紅酒彌漫著我，我仍然要走，我深知，這是你深受傷害的地方，也是使我們上演戲劇沒法進入高潮的地方。

你揚起頭來看我，你浪漫、虛無，但有時又很現實，難道你真的不明白我為什麼要走嗎？「可對於一個女人來說，與之相應的卻是抑制意識……」，是的，在意識的另一邊是我全部上升的理性，是我自身的影子，即使我已進入情意綿綿的時刻，我仍然擁有一只裝滿我身體的籠子，並對那只籠子懷有熱切的渴望，此刻，我正是想回到那只籠子裏去。

然而，我們上演的這場戲劇已經不會再出現十年前那樣的情景，我們的分離使你經歷了別的故事，現在，你知道應該用怎樣的經驗來改變我們的劇情了，你從後面摟住了我的腰，而我卻閉上了雙眼，彷彿來到了一座島嶼，你的纏綿震撼著我的腦神經，我閉上雙眼是為了忘記那團即將在不久熄滅的那團火焰，而我正是那團火焰，所以，我本能地讓你抱住我，我需要那團火焰可以就此溫暖我，而我現在在何處？我感到，這就是我們的那場戲劇，如今它正在重新上演，我在想，你會不會有力量攜帶我進入高潮，因為從十年前見到你時，你就是一位戀愛中的男人，那時候你愛得如醉如癡，此刻，十年以後當我再次出現在你面前時，你仍然是一位戀愛中的男人，仍然愛得如醉如癡，你要主宰我的命運，我嗅到了你嘴裏的酒味，那股酒味也是我嘴裏的味道，我已喪失了避居地，我已在你的懷抱，按照自然的程序或者說按照一幕戲劇的程序，我們兩者都產生了一種令人著魔的性感力量，我們抓住對方的影子，我為什麼不去愛你呢，我此刻想去愛你，是那種在無限悲哀之中產生的愛，然後，我留了下來，在你的房間裏我成了你的一部分，在我的短促生命之旅中，在我悲傷的歡樂裏，我們之間的戲劇滲入了我的每一個毛孔之中，然後我側過身問你，十年前的那個夜晚，你將那件粉紅色睡衣怎樣處理了？你沒有回答我，於是，我就深信十年前你用剪刀剪開了睡衣，這個意象在天亮前環繞著我。

然而，我正在經歷著離開你的選擇，走，是必然的，我沒有任何理由留下來，因為多留一刻就會讓我回到我停滯不前的那團空氣裏，在那團空氣裏我變得冰冷、殘酷、絕望，不能將那一形象無辜的留給你，那樣會毀掉你的前程，不，我說得太嚴重了，它會毀掉你生活在一個幻夢邊緣進入戲劇高潮的過程。昨晚上我貼著你的肌膚，如同彎曲的痕印和水平線，我試圖通過這種方式來遺忘我的處境，由於我抓住你拋擲給我的溫暖的攬繩，進入睡眠時我沒有被頭痛折磨得醒來。在性事中我不願意隨波逐流，我只願意讓我這團即將枯萎的花使你感到快樂、開心。所以十年以後重逢的我們——在某一瞬間發生了快樂的事件，我有沒有愛上你了，透過我的沉睡的軀體，心靈仍在尋找，你的手有一瞬間撫摸著我的短髮，我的羽毛彷彿被重新梳理了一遍，然而，我忘不了我的那個核，那個正在蔓延在我血液中的擊傷我生命之光的致命的核。所以，我不可能在你身邊久留下去，每每想到那個核，時間變得寒氣逼人，殷林，我們彷彿置身於一個黑色冰冷的水晶體上演戲，我的臺詞變得如此無力，我竭力想鑽進我的籠子中去隱藏起來，於是，我等著一個逃身的機會，我說我餓了，你想了想說，也許冰箱裏有東西，我聽見你的腳在移動，你從冰箱裏給我帶來了一只硬硬的麵包，我用牙咬了咬說這只麵包大概時間太長了，你一直看著我，你的目光從昨晚到現在一直是溫情的，你用手拖了我一下，你讓我重新躺下，你說樓下不遠處就有一家麵包店，那裏每分每秒都會有熱麵包出爐，我渴求地看著你，並不是希望你給我帶回一只剛出爐的熱麵包，而是希望這場戲劇出現另一種被扭轉的局面，它是一種幽藍的保證，這是保證我被現實驚醒而離開你的一種方式，它是另一面牆壁和另一種戲劇在伸遠，就像我在戲劇中躬著身穿過一道螺旋形的小樓梯上一樣，它能展現我無法避免的毀滅，它能保證我與你的戲劇既有開始也有散場的一刻，所以我仰起頭來看著你，你相信了我是如此地饑餓，那只剛出爐的熱麵包對我是一種誘餌，你樂意為我這樣的女人去做任何一樁事，在那樣的時刻，你轉身擰開了彈簧鎖心，我閉上雙眼彷彿看到另一種意象：幾隻掛著彩帆的紙船在水中悄悄沉沒了。

旅館出現在我視線之中，昨天我就住在那座旅館裏面，現在我的目的已經達到，我與你的會晤已經結束，我關上門，我要用盡快的速度想一想我與你的會晤到底發生了什麼？我背靠著牆壁，在最虛弱的時刻我總是這樣依賴著牆壁，在旅館裏我總算感受到了我已經將昨天的那場戲劇徹底結束，就像「這次旅行應該是一種解放，一次更新，是對你的身體的大掃除，難道你不該感到它的作用而倍感興奮嗎？但是現在你感到厭倦，幾乎還很難受，這到底是怎麼回事？」

敲門，解脫的時刻已到來，我以為是服務員來送水，如果是她敲門，那麼我就會盡快地離開那面牆壁，我打開了門，我的天，他來了，他侵犯我，利用我眩暈的時機抓住了我朝前移動的陰影然後再乘虛而入，這就是戲劇，我與你上演的戲劇嗎？

你熱切地摟緊了我，彷彿想把我滲入某種縫隙之中的影子攥緊，你吻著我的前額，毫不理會在那前額深處我的危險，因為你並不了解現在的我，你並不了解我身體中的那道裂痕，你只記得十年前送我粉紅色睡衣的那個時刻，那時刻，我的慵倦，我的嘆息，我的憂慮都會使你著迷，而此刻，一條霧濛濛的地平線正在等待著我，殷林，你摟緊了我，難道你想篡改我的危險和我最後的生活？

你說你一直愛著我，對我的這種愛可以阻止你與別的女人進入更現實的生活，所以，自從我十年前消失之後，在情感生活中你一直是一個失敗者，現在我回來了，我和你應該進入一個男人和一個女人最現實的歸宿，哦，那是婚姻嗎？那毫無疑問就是一場婚姻，你說為了這種最現實的歸宿你已經等了十年時間，哦，那是婚姻嗎？自從那場短暫的婚史之後我一直避開進入他人的籠子，進入他人包圍我的沉重陰影之中，然而這並不意味著我對婚姻喪失了全部信心，此刻，你又談到了婚姻，男女之間的婚姻生活大概是一切戲劇之中最精美的戲劇了，我深知你是一個不知疲倦的演員，你當然想進入那場精美的戲劇之中去，因為只有進入婚姻生活的戲劇才能檢驗你的技巧，才能檢驗你的忍耐力和檢驗你的力量。

你鬆開了我的手臂，你看到了我的箱子，「旅行是秘密的」，你只是我這次秘密中的一部份，你要求我留下來，大概你又看到了我的眼睛，它此刻變得陰鬱、疲憊，你讓我坐下來，你問我是不是從來沒有愛過你，你側過身體望著窗外，殷林，請你離開我回到你自己的現實生活之中去好嗎？我想起了一陣高跟鞋的聲音，那個與我擦身而過的女人，其實你生活中並不缺少女人，也許你缺少的是愛情？然而，我能給你愛情嗎？

我將穿過四十年來紛迷的那些緊緊覆蓋住我的雜亂的一切聲音，殷林，不，你並不了解這一切，我將用手撫摸著一道油漆褪盡的樓梯，你曾經是我的記憶，而此刻，請你回到別的女人那裏去，哪怕你已經在戲劇中厭倦一切。但你為什麼如此緊地抓住我的雙手，突然之間我的頭劇烈地陣痛起來，我不可能再掩飾這一切，大滴的汗珠佈滿了我的臉頰。

我在尋找箱子裏的那只瓶子，因為那些白色的藥粒可以緩解我的疼痛，你建議我到醫院去，我帶著一種恐怖的心理拒絕著，我終於在箱子中觸摸到了那只瓶子，它如同痛苦一樣顯露出來，那些白色的藥粒是我的戲劇生活的一種道具，它最終會變成粉塵。服了藥粒後你讓我偎依在你懷抱，你的面頰仍在摩擦著我的面頰，我睜開雙眼，你已經不像十年前那樣年輕，你的眼睛周圍已有一些細小的魚尾紋……無論如何我不會在你的懷抱中死去，我不會將一幕悲劇留下來，讓你為我收屍。那麼，你與我之間的戲劇進入了什麼樣的情節？

只要我想走，就總有逃跑的可能性正在等待著我，殷林，你再次將我帶到你家裏，就在那些藥片緩解了我的陣痛之後，你讓我偎依在你懷裏，你說有一件禮物要送給我，必須到你公寓裏去，哦，禮物，在這樣的時刻你到底會送給我什麼樣的禮物呢？我迷信地堅信你送給我的那件禮物同樣是我們戲劇中的道具，所以，我不會放過這件道具，因為它在不可知中隱現，也許它是我生活中最後的烏托邦。

我們上樓，然後我看著你在使用鑰匙，不管這是一道什麼樣的門，總之我必須跟著你走進去，在我未倒下之前，一場戲劇始終在誘惑著我，我進屋，站在一種朦朧的光線之中，我想，我是一個面頰蒼白的角色，正在等待著一件道具的出場。

一只神秘的紙盒遞到我手中，綠色的綢帶被我解開了，我的心跳正彌漫在窗外的樹枝和藤蔓上，儘管每片樹葉都已凋零乾淨，剩下的只是寒冷的秋瑟之聲。

禮物展開後是一件白色的絲綢睡衣，哦，白色，畢竟時光已去，我已被改換角色，他已不會再送給我一件粉紅色的絲綢睡衣了，白色，恰好是我在最後的時期最迷戀的顏色。經過了沐浴，我穿上了那件絲綢睡衣，我面對著鏡子，我深信這件柔軟的睡衣並不是我的裹屍布。

我躺在他身邊，我喜歡與他待在一起，十年前我就有這種感覺，我樂意與他身上的那種與生俱有的浪漫溶為一體。但我知道用不了多長時間我會殘酷地結束這場戲劇，哪怕我愛上了他，我也會結束這場戲劇，因為眾所周知的原因，我的大腦正在彌漫著毒氣，我不想讓他為我收拾殘局，親愛的，這也許就是我愛你的方式。

然而，親愛的，等到我逃走的那一刻，我們人生中的戲劇已經全部結束，談不上誰是主角和誰是配角，我將把那件美麗的睡衣帶走，就像你在十年前用剪刀劃開了粉紅色睡衣，一切命運均是由劇情來決定的。此刻，躺在你身邊的我，已經從錯落有序的節奏之中尋找到了我出逃之中的那道門，以及那個灰濛濛的早晨，如果我離去，就意味我已經隱去了身形，那麼，替我將我們之間的幕布拉上吧。

E部

親愛的，在你「陰謀」的圈套裏

我將遲到，為我們已約好的
相會；當我到過，我的頭髮將會變灰……
是的，我想我將被攫奪
在春天。而你的期望也太高了。

我將帶著這種苦痛行走，年復一年。
穿越群山，或與之相等的廣場、城鎮。
（奧菲妮椏不曾畏縮於後悔！）我將行走在靈魂與雙手之上，勿需顫慄。
活著，像泥土一樣持續，
帶著血，在每一河灣，每一灌木叢裏。
甚至奧菲妮椏的臉仍在等待
在每一邊溪流與伸向它的青草之間。
她吞嚥著愛，充填她的嘴
以淤泥。一把金屬之上的光的斧柄！

我賦予我的愛於你：它太高了。
在天空之上是我的葬禮。

——茨維塔耶娃

由於撫摸——我正在你強大的溫情之中開始顫慄，親愛的，你仍然是我親愛的，這是因為你撫摸我的那一天，整條烏布河的河水都在旋轉，我那年二十二歲，大學剛剛畢業，進入了烏布河北區，一座終年都被陽光所照耀的小城。我來到了一所中學，並不準備在裏面度過我漫長的一生，然而，我卻碰到你，你開始撫摸我之前我就在烏布河的烏市集場上看見了你，你並不是一個人，有一個女孩挽著你的手臂，難以想像，烏布河地區會有你這樣的男人。

噢，男人，你是什麼樣的男人呢？你的雙眼在被另一個女孩所佔據時你並沒有被奴役，即使她緊挽你的手臂，你仍然不被她所左右，你就是那類生性為女人所感動的男人，你就是那類時常製造桃色事件的男人。然而，糟糕的是，當時的我並不知道你的身體的實質上積滿的事件、新聞，噢，「兩性的角逐是歷史發展的原動力」，這是羅伯・格里耶說的，這句話與你有關係，因為就是在那一刻，我們雙眼的角逐也是兩性戰爭的開端，你注意到了我，我被你注意到了，這個問題重要嗎？也就是說你我之間的角逐有意義嗎？但你身邊已經有女孩了，我體內的波濤已經漸漸的減退，我要從我的波濤之中出走，我要從你那多情、勾引我的目光中跑出去。我跑向柵欄，學校中原始的柵欄又高又濃密，它們限制著我的想像，我站在柵欄之中用極可能的方式想著那個緊挽你手臂的女孩，她是你的戀人，這種判定剝奪了我對你的想像力。所以，我站在柵欄之中，睜著雙眼望著眩目的陽光並且渴望我在這座中學任教的生活變得多姿多彩。因為我二十二歲，我終於擺脫了大學的監禁，現在我自由了，年僅二十二歲的我並不知道自由只是換了種形式，比如，我站在柵欄內，沒有人打擾我，我自由了嗎？我的自由能很快被你的觸摸重新圈住了。

那是夕陽的一道餘暉罩住柵欄中我身影的時刻，你站在了我面前，「想跟我做朋友嗎？」你伸出手來，然而，那隻手卻在空中孤寂。熱情地停留了半分鐘，因為我並沒有伸出手去，我轉過身無聲無息地拒絕著你的打擾，我想到了那個女孩，那個挽住你手臂的女孩，你看我退卻了，佔領我的並不是自由，而是另一種監禁。一路上，我想著你伸在空中的那隻手，如果那隻手握住了我的手，又會怎樣呢？

所以，我想方設法地進入教室，面對黑板，面對粉塵，面對混雜在一切之中又被我肉體所拒絕的那隻從空中垂落下來的一隻手。這是我二十二歲的色調和理性，這是表面的香氣在煥散，它不是為了熏倒別人，而是為了拒絕別人。然後，有很長時間我不再去佇立在木柵欄之中，把那種潔白的氣息出賣給藍天，也出賣給別人了。

除了木柵欄之外，我有另外的逃避之所，那就是我的閣樓。南方的閣樓，鴿子似的一團巢穴，它是我二十二歲時的巢穴，裏面除了擁有白色的羽毛之外還有我的呼吸。有一天，住在隔壁的女孩嬰嬰給我帶來一束花，那束花不是玫瑰也不是百合，但那束花對於我來說是一種意想不到的禮物，為了尊重這件禮物，我決定到街上去買一只花瓶。我告訴過你，我的巢穴除了擁有一些羽毛之外一無所有，我沒有花瓶，沒有化妝盒，也就沒有面具，沒有香水也就沒有謊言，我以為我住進這團巢穴的日子是我真的一無所有的時刻，是一個女孩子真的開始獨立生活的時刻，所以，這意味著我得從一只花瓶開始來篡改我的人生。從閣樓中的一團巢穴中走下樓，我呼吸到了清新的空氣，這確實是一陣清新的空氣，在空氣的翅膀裏面，彷彿我已經接近了那只花瓶的口，彷彿我已經彌補了我生活中的那道缺口，我想到了那束紫色的花，我甚至連花的名字也叫不出聲。

烏布城裏的一條街區，它接近我靈魂的另一邊，因為它幾乎被灰色罩住了一樣，我喜歡灰色，我甚至認為我的靈魂也是灰色的，這種色彩並不是煩悶之色也不是絕望之色，而是靈魂的徵兆，我的靈魂陷在牆壁和時間中時，它是灰色的，而不是玫瑰色的。因為灰色才讓我又看見了你，你當時正置身在一座老房子的屋檐之下，你面對著一個女人，她是一個異常成熟的女人，她的胸脯高聳著，我本能地看了一眼我的胸，我的胸低凹著，根本無法聳立起來，你站在她面前，多少年後我又一次回憶著那種場景時我才知道，你是在討好那個女人，或者說兩性之間在角逐，你們可能會在角逐之中發生一場約會，也許你們的約會早就已經開始了。

你突然看見了我，看見了我穿過那條灰色的街道低著頭終於來到一家瓷器店，我指著那只唯一的白色花瓶，但當店鋪主將那只花瓶遞給我時我卻發現了上面的一條裂紋，我猶豫著買還是不買那只有裂紋的花瓶，我嗅到了一個男人的氣味，我生性對味道敏感，尤其是一個男人的氣味，它們來自男人的腳底，從塵埃深處散佈在他的身上，最後從他們的肉身上上升到達我們的嗅覺門口，那種乾燥的氣味，略帶一點南方式的曖昧的氣味並不會使我暈眩只會使我感到迷亂，他看了那只花瓶一眼說：「你不應該使用帶裂紋的花瓶，我家裏有一只花瓶，很適合你，今晚，怎麼樣今晚我把那只花瓶給你送來好嗎？」他目視著我的眼睛，這是他注視我最長的一瞬間，我的沉默似乎承認了我在接受那只花瓶。他沒有再與我對視，也沒有繼續與我說話，毫無疑問，我將接受那場黃昏並等待著他送給我的那只花瓶。

事情就是這樣開始的，你製造的「陰謀」也就是這樣開始的。那天下午，除了迷亂之外，我感到一種期待，事實上這種期待第一次見你就似乎已經開始了。我想像著你給我帶來的那只花瓶，它一定是純白色的，因為我喜歡白色，因為你看見我在店鋪中仔細地撫摸那只白色的花瓶。

哦，「一個夏日的夜晚，演員說，將是這個故事的中心所在。」我正在敘述的是當天傍晚之前經過沐浴後的我的身體鬆弛地期待著一個人上樓並站在我門前，在他伸出手敲門之前，我將感受到他的手指，我在二十二歲前特別著迷於約會的手指，我行走，低垂著頭在我的巢穴中走來走去時我聽到了一個男人上樓的腳步聲，屏住呼吸，貼著門板聽著那聲音，我需要那聲音，以致於他的手剛伸在門板上，聲音還未發出時，我已經打開了門。

那只花瓶是一個完整的世界，你抱著那只雪白的花瓶對我微笑了一下，我二十二歲正在用我的年齡揭開他的微笑之角，那一角隅充滿了令我緊張的熾熱，然而我並不知道那就是一切情慾的來源，那就是女孩們在隱秘的汗味和粉脂味中急於了解的那種情慾，它是橄欖色的，它是褐色的，它是咖啡色的，它是粉色的。

那麼，讓我從這只純白色的花瓶開始來了解一個男人，這是不是就是一個故事的開始。

你進屋將花瓶遞給我，我將那束紫色的花插進花瓶中，放在桌子上，現在，我們的故事就從這只花瓶開始了。你坐在窗口，你說天氣真熱，能不能到外面去走走，我說我不能，你說為什麼，我說你已經有女朋友了。你笑了笑說，那個女孩顯然與你談過戀愛，但並沒有進入要結婚的狀態。

這就是我可以被你撫摸的理由嗎？但是撫摸卻開始了，對於一個從未被別的男人撫摸過的女孩來說，這意味著你對我施加的「陰謀」在慢慢地侵蝕著我，起初我用手臂投入你的懷抱，後來我把頭也放在你的懷抱，每當我在情慾中開始抽泣時你就開始寬慰我：「我要跟你結婚的，事情過後我們就會結婚的……」我仰起頭看你，結婚是一座樊籠，然而我卻需要它，因為在被你撫摸之後我也沒有別的選擇，二十三歲那年我們結婚了，這是第二個「陰謀」，親愛的，結婚是你施加給我的第二個「陰謀」。你把頭髮梳得很光滑將我攥緊並拉進了你的樊籠，那一時刻，我並沒有作好準備要承受下面的一系列變化。

首先，我懷孕了。妊娠反應是在春天開始的。我面對著那空曠的學校背後的木柵欄，由於風吹雨曬，木柵欄已成深褐色，我站在它的陰影之中開始了我異常的妊娠反應，長達數日之後我告訴了你我的變化，你自然十分興奮，因為你就要像所有的男人一樣要做父親了。於是，在那段時期內，你對我充滿了溫柔，充滿了難以言盡的關懷和愛，直到我發現了另一種反常的現象。晚上你總是經常出門，你說你去看牌局，事實上你的多數生活樂趣總是從牌局獲得的，而關鍵的是你比以往的任何時候都回來得要晚一些。而我卻需要你，我感覺到這一切時是那個悶熱的夏季，那時候我的肚子已經挺立起來了，那天晚上我突然感到我必須去找你回來。

在劇場的盡底處，演員說，會有一堵藍色的牆。這堵牆圍繞舞臺。它很厚實，朝著大海，在落日中顯現著。乍一看，它像個被遺棄的德國要塞。這堵牆的特徵是無法摧毀的，儘管它日日夜夜經受海風的折磨，儘管它受到最強烈的暴風雨的打擊。

那時候已經十一點鐘了，我去尋找你們的聚所，在那座深黑色的樓上，吊著一只大燈泡，五、六位牌友正舉起撲克牌來決定勝負，然而我並沒有看見你的面孔，你的一位牌友告訴我你已經好久不來聚所了，一群男人便露出古怪的微笑勸我還是回家等你去吧。

「演員說，這座劇院是圍繞著對這牆和大海的想法建造起來的，目的是讓海的喧嘩，或遠或近，永遠在劇院內存在。風和日麗時，那厚實的牆會使它的音量減弱，但它的聲音永遠在那兒——和著風平浪靜的大海的節奏。你從來不會弄錯它的自然屬性。有時風狂雨急的夜晚，你能清晰地聽到海浪在拍擊房間牆壁，以及和話語夾雜在一起的濤聲。」我越過一排臺階時，我突然看到了你的身影，你正在不遠處在一團陰影的籠罩之下俯下身去吻一個女人，那團陰影正好把她遮住，而你的背影即使被幾十團陰影擋住我也能夠辨認出來，那一刻我選擇了朝著臺階跑去，我要越過這些臺階把所有被我看到的現實拋在身後，大概是我奔跑時忘形的腳步聲驚動了你們，你叫出了我的名字並且大聲說：「你不要命了……」我大概是真不要命了，我帶著我的軀體和身體中另一個生命，超出了我常有的力量，直到我從臺階上滾下去……

毫無疑問，我體內的孩子的胚胎必須在我滾下臺階時變成粉末，鮮血滲透著我的那條裙褲的邊緣，它必然會滲透到臺階的石紋之中去，這是一種可怕的瘋狂的事故，它滲透著我年僅二十三歲時的思想，而我想抓住的那個夢破滅之後，我平靜而瘋狂的從內心叫嚷道：我恨你，這是你背叛我的結果。很顯然，這句話是從我骨髓之中發出來的，這也是我來到人世之後最刻骨銘心的箴語，隨後，我顫抖地伸出手去，我觸撫到了石階上滾燙的血，親愛的，這就是你背叛我的結果，我們的孩子變成了粉末，變成了一次毀滅的神話，而我對你的愛就在那一刻變成了仇恨。

我們開始嚴肅地談論這一切，我脾氣暴躁，甚至開始砸東西，這是我有生第一次砸碎東西，也是我最後一次砸碎東西，我用這種東西替代我的仇恨、我的嫉妒和我的絕望，你已使我感到可憎可惡，在我面對你時，你的面孔就像一個魔鬼，我們之間都已經清醒地意識到我們的婚姻生活已經名存實亡。我問你，那時我站在冰冷的碎玻璃屏風之中，我問你背叛我已經有多長時間了，因為這個問題無時無刻不在糾纏著我，你回過頭告訴我，你並沒有想要背叛我，我明白了，這是你的天性，即使婚姻的約束也難以改變你這種天性，你喜歡女人，你好色，你沉溺在女性的輪盤上，所以你要付出代價，所以我們的孩子沒有了。

離婚是我們之間唯一的合法的選擇，我踩著冰冷的碎玻璃屏風，我仰起頭來對你說：我們現在就去離婚，一刻也不能耽誤。

你大概此時此刻才了解了我另一種本能，所以你大聲說：我並不想背叛你，我們沒有必要離婚。

親愛的，我年僅二十三歲，我甚至還帶著我的青春和驕傲，我似乎已經隔著窗戶望到了飛過的群山和野馬奔騰的足跡，所以，我有力量去擺脫你，也在擺脫我們的婚姻，所以，我的雙腳踩著碎玻璃，我有一種無法克制的欲望，我想擊敗你，用離婚的方式來挫傷你生活的每一根神經，因為只有這種方式才是我唯一尋找的方式，於是我走過了碎玻璃圈，那堆碎玻璃閃爍著銀色，使我似乎得到了一種新的自由。

親愛的，從那年離婚到現在已經將近二十年，我們生命中的三分之一時間已經過去，從那以後我再也沒有一紙契約，我懼怕婚姻，因為婚姻在大多數情況下維持的也許是道德，而不關心情感。因而親愛的，你早期為我佈下的「陰謀」使我開始了妥協，然而，我想知道的是，我自認為用離婚的方式可以擊敗你，可以挫傷你神經的那種荒謬意義有沒有在你身上發揮作用。現在，我來到了你的城市，從與你解除了婚約法則之後我就毅然決然地，一分鐘也沒有耽誤地離開了烏布城。在傳說之中，你好像又結了兩次婚，也離了兩次婚，然而，任何婚姻的堡壘也無法改變你的天性，所以，我想拜訪你，拜訪那個使我走進婚姻生活的男人，他此刻是否已經疲倦，是否對女人已經厭倦。

於是我轉過頭去，我希望看到現在的你，一個男人，永遠沉溺於女色之中不能解脫，他似乎永遠在預訂約會，所以，我也想跟現在的你預訂一個約會。

跟我的前夫約會，這似乎是我為你佈下的「陰謀」的圈套，親愛的，這決不是愛情的堡壘，所以，我得作好準備，我要準備好我的措詞，我要用我僅存的生命的一點點力量最後驗證「陰謀」的圈套會不會讓我們彼此捲入它們的束縛之中，透不過氣來。

瞧瞧我，面對著鏡子看著現在的我從二十三歲進入四十歲，彷彿一列長長的火車的噪聲又變得低沉起來，在時間中，我的變化在於我的大腦之中長出了一個異常美麗的核，它幾乎可以阻止我的韁繩，不再繼續狂奔，它幾乎要我的命，並把我押送在去天堂的路上的全部夢想變為灰燼，親愛的，所以，我來與你約會，因為你喜歡約會。

我在尋找一場化妝舞會，從住到旅館裏以後我一直就在尋找著，因為我與你的約會只有一場化妝舞會中才能展開，這樣我才能感受到這場異乎尋常的約會，並感受到我們能將時間延續，也許我們會將時間延續到朝後飛馳的我們已有的歷史之中去，我們的歷史是性和背叛。

親愛的，對此，你只要準備好你的渴望，並將你詭秘多端的面孔藏在裏面，我了解你的天性，但我並不了解你後來的生活，在我們的舞姿中，如果我沒有迷惑住你，那我一定會失敗，所以，我要迷惑你……

終於看到了一家飯店舉行化妝舞會的消息，那天黃昏，我在晚報的一角發現了這個消息後彷彿已經等到了一個我們約會的時間。

我給你打電話，並壓低聲音改變我聲音的音質，你果然沒有從聲音中認出我是誰來，我說我是一個異地來本城度假的女人，因為寂寞我要去參加化妝舞會，我希望你能在化妝舞會上成為我的舞伴……聽到我的邀請之後你愣了一秒鐘，你彷彿在推開窗戶，你望著窗外，很顯然我的邀請對於你來說一定太突然，所以我突然改變了聲音，我說：你可以兩天後再告訴我，因為化妝舞會在周末。你想了想說：好的，我兩天後給你來電話。

你變得有理性了，這是我的第一個感覺，是誰給予了你的理性，如果你兩天後拒絕我的邀請呢？我要等待，我要等待你的決定，因為我深知一個人的本性是無法被時光全面篡改的。兩天時間我無所事事，似乎很多事情都已經變了，親愛的，兩天後的凌晨，我聽到了電話的鈴聲，你說，你願意參加化妝舞會，並願意做我的舞伴，這似乎完全是我想像之中的回答，因為我並沒有忽視你的本性，因為我知道，你最容易進入女人的圈套，因為你天性容易為女人製造「陰謀的圈套」。現在好了，道路暢通，我親愛的前夫，現在我在等待那場化妝舞會，這是生活的另一種方式嗎？親愛的：「而現在，你身上的這個東西突然被急轉直下的發展，被這次新奇的旅行以及不同往常的各方面的情況搞得不知所措，在此以前，你身上的另一種迫切要求勉強地被掩蓋著，而現在它卻被攤開，暴露出來，一面卻又逐漸衰退消失了。」

我要將箱子裏的那件最漂亮的、優雅的晚禮服穿在身上去參加化妝舞會，為此，我放下電話後設計著我為你佈置的「陰謀」，化妝舞會本來是一場荒謬舞會，你並不知道我是誰？你只是為了一個女人的約會，而我則是為了我的「陰謀」一步步地靠近你，當我伸出手去時，親愛的，彷彿有幾個音節在岩石邊緣的陽光中迴盪，你確實是一個好色之徒，因為你的眼睛筆直地盯住我光潔的脖頸，盯住我的胸脯，而我卻不是別的女人，我是你的前妻。

作為你的前妻意味著我們曾經在這個像玻璃一樣清涼而光滑的世界之中，我們曾經是歡樂的乾杯者，在對著月光乾杯時我們簡直就是一個人，正在尋找那種陷進石頭之中，在沙土中浮動的靈魂。

作為你的前妻還意味著我們曾經在這個像玻璃一樣易碎的世界之中，舉杯分裂，在對著黑暗乾杯時我們終於絕望地意識到我們之間的陰影阻隔了快樂，我們之間的厭倦已經不可能相互留住各自的靈魂。

現在，親愛的前夫，我用小指不住地輕彈著煙灰，明天晚上你就是我的舞伴。

如果她開口，演員說，她會說：要是把我們的故事搬上舞臺的話，有一名演員會突然來到河邊，來到燈光的邊緣，離你和跟隨在側的我非常近。但他只會瞧著你一個人。而且只會對你一個說話。如果你說過話，他會像你一樣舒緩地、平穩地說，可以說他似乎在朗誦一部文學作品。不過，這是一部他常常朗誦得心不在焉的文學作品，因為他得提醒自己說注意忘記舞臺上有女人在場。

一件黑色的晚禮服，帶著冰冷的性裏緊了我的身體，沒有省略的符號，一切都是那麼簡潔，所以不需要省略，然而，性卻被掩蓋了。我深信罩著銀色面具是我穿著這件黑色的晚禮服在今天的化妝舞會上會出盡風頭。

我一定會使我的舞伴情不自禁地伸出手來，我已經在電話中告訴過他，那個穿長袖晚禮服的女人就是我。我準時地到達了舞廳，我罩上了那頂銀色面具，我置身在藍紅色的燈光之下，我看見你來了，親愛的，這是你嗎？你的眼睛熠熠地閃光，你最適合進入這樣的場景，你穿一套黑色的西裝。繫一根黑色的領帶，襯衫是銀灰色的，是我面具的那種顏色，你選擇了一頂黑色的面具，你向我走來了。你輕易就認出了我就是你的舞伴，親愛的，謝謝你。

你伸出手來，我想起我獨自一人待在旅館裏的情景，當時我用小指輕輕地彈著煙灰，我的心浸入煙灰色的情調之中，回憶慢慢地吞噬我，我對你已沒有恨，更沒有愛，兩者消失之後，我將成為你的舞伴，親愛的，這是神的安排，錯開空間後的一種無情的安排。對比，我將手伸給了你，我的手仍然柔軟無比，但你已經認不出它來，你握過的手太多，你對手的感受力自然已經減弱。

旋轉的舞曲使我們保持著勻稱的節奏，我還是第一次與你跳舞，在嫁給你之前和嫁給你之後，我什麼舞也不會跳，後來離開了烏布城，有一個男人教會了我跳舞，因為女人的舞大都是男人培養出來的。所以，現在我絕對是你最好的舞伴。

透過面具我發現你盯著的是我的面具，你按捺著那種衝動，想掀開我面具的那種衝動，我是你陌生的舞伴，所以我已成為誘惑你的舞伴，親愛的，只有在此時此刻，我才意識到當初你為什麼在無意識之中就已經背叛了我，因為你經受不了誘惑。

假如她說話，演員說，她會說：如果我們的故事被搬上舞臺，一名演員將會走向臺邊，走向一串燈光的邊緣，離你和我都非常近，他身穿白衣，全神貫注，對自己懷有極大的興趣，會像走向他自己一樣走向觀眾。他會自我介紹是故事裏的那個男人，他心不在焉，魂靈像是已經飛出體外，他會像你想做的那樣向牆外看去，似乎這能做到，向相反的方向看去。

你生來就是為著接受這種誘惑而存在的，你用手撫著我的手掌，我現在知道了，成為你的舞伴要比成為你的妻子要幸福得多，因為在做你妻子時，我從來沒有感受過你的溫情和曖昧的東西，而做你的舞伴我卻在剎那間就感受到了為什麼有那麼多女人願意與你發生故事，因為面對你時，她們都會喪失所有的理智，因為你給她們帶來了快樂。

你帶著我旋轉了一圈後又再旋轉，你熟練的舞姿說明你經常出入舞場，你溫情的天性說明你如果一旦沉浸在男女之故事中，你是一個不斷讓故事翻新的男人，而不是讓女人們感到乏味的男人。

你貼近我耳朵輕聲說：你是我見到過的最優雅的女人。

我藏在面具之中，而你在我身邊，幾乎貼著我的肌膚，彷彿有一種嗚咽聲在舞池中迴旋，如果我能夠有一次酣暢的哭泣的時刻，那麼我一定會為這個時刻而哭泣，親愛的。

一天晚上，在舞臺邊上的河畔，演員說，她說：可能會發生演員隊伍的變換，就像娛樂場、潛艇、工廠的人員也會發生變化一樣。這種變換會在一種無聲的、輕微的運動中逐漸完成。新的演員會在下午到達，他們可能從未被人看見過，他們可能都跟那個男人——主人公——很相像。

他們會一直來到他身旁，來到她臥於被單裏的身體旁，就像她現在這種姿勢，那張臉隱隱藏在黑紗巾後面。而她，她會失去他，她在新的演員中會認不出他，她會為此萬念俱灰。她會說：你與男人的普遍想法很接近，這就是為什麼你那麼令人難忘，這就是為什麼你使我流淚。

你低聲說：今晚我能不能帶你走？

親愛的，你會將我帶到哪裏去呢？我的前夫，你過去經常這樣把別的女人帶走嗎？她們一定會不顧一切地跟你走。我說：如果你揭開我的面具之後，你還會帶我走嗎？你的回答沒有遲疑：你是這座舞廳中最有魅力的女人，你肯跟我走嗎？

我沒有回答你，因為我知道，無論如何你都會帶我走，所以，我要觀察你，我要讓你著急，我要擊敗你——就像多年前那樣用離婚的方式來挫傷你的神經，親愛的，這不是報復，這是我的身體在活著時抓住的另一種發瘋入迷的狀態，你曾經是我故事中的一個男人，現在我又與你會晤，親愛的，就讓我們的故事變得曲折起來吧，簡單的故事已經讓我乏味，所以，就讓我在此時此刻孤傲一些，因為你說過，我是舞廳中最有魅力的女人，親愛的，但是你突然抓住了我的雙手，在一舞曲還未終止時，你突然拉著我的手穿過了朦朧的燈光，我說過如果有一次酣暢的哭泣，那一定是此刻，我享受到了做你妻子時無法享受到的幸福或者幸福中的哭泣。

你已經掀開了面具，我知道暴雨和狂風都息止了，我如果露出真相，那麼一切就會收尾，然而我卻緊緊護住面具，你低聲說：如果你喜歡你的面具，你盡可以帶著它跟我走。

親愛的，這就是你嗎？

我罩著那頂銀灰色的面具，跟隨你來到了一座公寓，我想，如果在白天，這座公寓應該是紅色的。

最後一夜，男演員這樣宣佈。

他們面向觀眾席，若即若離，準備從一切人類的故事裏消失。說明這一點的並非是漸暗的光線，而是那個男演員孤寂的聲音，它將促使演員原地站定，停止動作，迫使他們度過地獄般的最後一刻的死寂。

到達公寓的房間，我的目光潮濕，在面具的遮擋之下，我知道那個時刻已經到來了，你不會讓我將這張面具再戴下去，因為你想掀開面具，看到我的面孔，如果沒有看到我的面孔，故事就無法再繼續演繹下去。

哦，親愛的。

我面對著牆壁，在你伸出手為我取下面具的那一時刻，我想進入牆壁之中去。親愛的前夫，你並沒有在取下面具之後把我拉到你身邊，你從背後抱住了我的腰，你吻著我的脖頸，你說，我有一張美麗絕倫的面孔，所以，你說你要延續那個時刻，因為如果看到我的面孔，你會愛上我。

最後一句臺詞，男演員說，也許會在靜默之前說出。看來應由他在他們愛情的最後一夜為她而說。它應該與你通過認識不曾經歷的東西後偶爾受到的感情撞擊有關，與語言障礙有關，處在這種障礙之中，你無法表達出這一障礙是怎麼回事，這是由於詞語在巨大的痛苦面前顯得枯貧無力的緣故。

你滅了燈光，你要追求那個將某種東西所延續的時刻，而這正是我所期待之中的，這樣我就能在黑暗中面對著你，黑的世界是如此地深沉，這是你的本性，你總是在熱烈之中弄不清楚時間是怎樣流逝的，即使我們做愛時，你也沒有認出我是誰來，因為你沒有看清楚我的面孔，你記住的只是每一張不同的面孔，你忘記的是她們各自不同的靈魂。親愛的前夫，不過，在天亮之前我已經享受到了做你的妻子無法感受到你給予我的那種溫存的風暴。

他們面朝劇場躺著。簡直可以說他們在這寂靜中已無生命的跡象。

然而，我將讓你看到我的面孔，我要讓你知道我是誰？

F部

親愛的，不愛我，請放開我

人世間凡屬於上帝的一切也可以屬於魔鬼。甚至做愛時情人們的激情。

——米蘭・昆德拉

親愛的，你從未愛過我，但我們之間的糾纏卻幾乎令我們相互之間感到窒息，我現在去訪問你，深信那種糾纏已經過去了，我第一次看見你時你已經有女朋友，姿麗就是你的女朋友，她倚依在你身邊，她是我見過的最溫順的女孩，那是我逃離烏布城來到麗龍城時，我的身體空空蕩蕩，我的孩子沒有了，我的婚姻解除了。我幾乎不期待任何別的事會發生，麗龍城與別的城市不一樣，是因為它沒有給我帶來記憶，一座沒有記憶之城，相信對我來說會有全新意義。就在我進入這座城邦時，過去的生活似乎全部被我掐斷了，接下來的當然是空白，之後緊隨到來的是一片空虛。我的表姐幫助我在另一座中學找到了工作，它給我帶來了新的環境。

半年以後我看見了你，你攜帶姿麗去參加表姐的生日晚會，那是這個世界上最寒冷的冬日傍晚，你穿一件皮夾克，黑色的，外面圍一條紅色的羊毛圍巾，表姐對我說，你是畫家。哦，畫家，在我認為畫家就是與顏色進行搏鬥的人。因為我小時候學過一段繪畫，時間雖短，我卻知道在那些顏色中有纏住我們的別的東西，它可以將我們的靈魂纏住，可以將我們置於死地。看見你時，我就想起了那種顏色，它是深藍色的，上面湧動著我的那件褐色短外套，我的身影被我隱去了，學畫的那段日子，我還面對鏡子畫過我的裸體。

如今我沒有成為一個畫家，我已沒有成為任何一個人，我用一種更古老、更通俗、更本能的方式進入世界，有時候等待，有些時候則把簾子微微拉開，我看見了魔鬼和幽靈與我擦身而過，而我既不是魔鬼也不是幽靈，更不會是天使，我正在看著你，姿麗是你的女朋友，她溫順地倚依著你，她無時無刻不在倚依著你，你在幸福中但並沒有忽視我的存在，偶爾你會與我的目光相遇，你是畫家，你當然重視每一種場景和每一點顏色的變化。

我身穿一件寬大的白毛衣坐在表姐身邊，表姐介紹我時，你向我點點頭，你開始認識我了，從你開始認識我的那一刻就意味著，就意味著我已被你掠奪，雖然你已成為我逃離烏布城之後的慰藉和溫情的泉源——但我事實上已被你掠奪，因為在你的目光注視著那些迎風飛舞的生日蠟燭時，我看到了你的眼睛，事實上你眼睛中閃爍的色彩從一開始就意味著對我來說是一帖止痛膏，一條擺脫自我的逃路，親愛的。

麗龍城有溪水經過城市，我經常站在溪水流過的地方，溪水飄滿各種花瓣，我突然有一種衝動想重新拿起畫筆，就這樣我去找你，我闖進了一片戰爭的火焰之中，你的畫室門敞開著，聲音從裏面穿巡而出，是兩個人吵架的聲音，你大聲對姿麗說：「是的，你從來就想去做演員，你從來就想出人頭地。」姿麗的聲音很低，但我聽到了，她說：「不錯，現在這個機會到來了，我認識了導演，他說我的形象可以……」「不錯，你的形象當然可以做演員，於是，你就可以跟導演上床……」姿麗捂著面孔跑了出來，你沒有追她，我走進畫室我聽到了你的喘息之聲，這就是我們的第二次見面。

就這樣在姿麗跑出了你的畫室時我卻走進了你的畫室，你感覺到了我的存在，你走出來站在那團寒冷之中，畫室裏由於沒有生火爐，像彷彿結了冰一樣寒冷，我注視著你的眼睛，我們沉默著，我感到恐怖，我想要走，因為我感到你的眼睛中有一種絕望的深淵，而我來這裏不是來尋找深淵的，我來，是為了尋找某種色彩，被我在多年以前所拋棄的那種色彩，你抓住了我的手，在空氣之中由我掙扎，你是那樣虛弱，眼睛、聲音和身體都沉溺於虛弱之中。

你需要我留下來，因為你的女友姿麗走了，我就是在這樣的情況下從幽暗處闖進來成為你畫室中的一團色彩，那個冬天我為你生爐子時，你走近我並開始吻我。

吻我，我們關上門，坐在火爐旁開始繪畫，你讓我重新拿起了畫筆，除了待在學校的日子之外的我幾乎每時每刻都待在你的畫室，我一生中還從來沒有過這樣的時刻。有一天你發現了我的裸體，你讓我站在光線之中，那時候我剛從你的浴室沐浴出來，你突然發現了我的裸體。

裸體的存在是為了回到我們的自身。當你讓我站在鏡子中的光線之中時，我似乎也是第一次發現我的裸體，它幾乎是另一個複雜而透明的世界，它是聯繫我們進入極樂世界的方式，也是使我們在塵世之中一無遮蔽的窗口，它有時候謙卑地藏起來，有時候卻裸露著，「這是一個具有重大意義的事件：在此之前就像一條不知從何處來往何處去的溪流緩緩流淌著，沒有路標，沒有括號（我一直生活在一個無限期的休止中），而現在又開始呈現出人的面孔，把自己標出來，把自己畫出來。」

就這樣除了尋找到繪畫之外，我成了你的私人模特兒。親愛的，你經常為我的裸體佈置一團明亮的光線或者一團熱烈的深紅色火焰，光線和火焰同時照耀著我的脊背，你喜歡畫我的脊背，你說上面潛伏著我濕潤的樹葉，上面有時間流淌的聲音，你曾無數次地低下頭來吻我裸露的脊背。

有一次你正畫著我的脊背時，我聽到了用鑰匙開門的聲音，我當時正坐在火焰旁邊，一團火焰筆直地上升，第一道門已經打開了，第二道門打開後，我看到了姿麗，我和你都已經有半年時間沒有看到她了。

空氣彷彿停止了一樣，滯留在空氣之中的是姿麗攜帶進屋的香水味，那是一股好聞的香水，姿麗走上前來看了看我又看了看你，故事已經在變化之中，但三個人都沉默著，沒有誰曾經發出過聲音來。我用我的身心接受著這樣的命運，親愛的，姿麗走後，你突然放下了畫筆，你甚至來不及告訴我什麼就消失了。我意識到是她到來使你心神不定，你也許去找姿麗去了。就在那一刻，儘管我已經愛上了你，但我仍然發現我取代不了姿麗。於是，我穿上衣服決定從你畫室中消失，那樣的一刻對我來說艱難萬極，但我仍然穿上了衣服，我深知，我是在姿麗離開時走進你生活中來的，如今她回來了，我也應該從你生活中消失了。

有大約一個月時間我們沒有再見面，再次見面時，我碰到的是一個酩酊大醉的酒鬼，在馬路上我遇見了你，春天降臨了，當你從我身邊擦身而過時，你看到了我，你叫出了我的名字，生活就是這樣的奇特。在你最寂寞的時刻我又出現在你身邊，我將你送回家，你的聲音緩慢地，痛苦地，一絲一縷地分裂著，你說姿麗把你拋棄了，她不可能永遠屬於你，在酒意中，你的眼中露出一種悲愴的神色，在這樣的時刻你抓住了我的雙手讓我不要離開，不要像姿麗一樣拋棄你。

男人，你就是來到一個拐角被我看到的那個置身在煙霧騰騰的掙扎中的那個男人，在這樣的時刻，我聽到你沉重而沙啞地呼吸，我用前額抵過你的前額，我向你保證不會離你而去，你睡著了，你像孩子那樣單純。

親愛的，我們的關係又重新開始了。

但你從未告訴過我你愛我，我以為你不喜歡說這樣的語言，我以為你是那樣的男人，陪同我一塊出發到旅行地的男人，我以為你是我的世界，我們不停地看到一個孤零零的車站，每一天，每一時，每一刻，「站上只有幾盞燈照著一條長凳，有一座掛鐘，還有出發的貨箱」；我還以為你就是我站在嗆人的煙霧中親手觸摸到的一層白銀色的跑道，親愛的。

所以，我撫摸著你的肋骨兩側，我記得那個「拋棄」的詞彙，我躺在你身邊，宛如想把你的生活變成絲綢一樣的金色平面。但我又錯了。你並不愛我，從一開始你就不愛我，你愛的永遠是姿麗，只要她一出現，你就會再一次從我身邊脫離。

有一次，姿麗給你打電話，電話是我接到的，當時你手上到處是油彩，我把電話交給你就進了畫室了。五分鐘後你清洗了你手上的油彩，你收拾了一只箱子，我問你是不是要出門，你說是。我說是不是要與姿麗去約會，你說對不起。而且你不想解釋這是為什麼，你看樣子似乎想盡快地擺脫我到火車站去，親愛的，你那模樣實在慌亂和可愛，在你出門之後我也收拾了一只箱子，我要悄悄地尾隨你而去，我從內心上升的嫉妒也可能毫無意義，也可能是一種危險的導火線，也可能是複製生活殘片的唯一元素，我要跟隨你而去，我要親自看看你的約會。

我要乘火車去窺視你的赴約方式，只有這樣我才能了解你，真正的你事實上並沒有在我身邊展現出來，真正的你一直在與另一個叫姿麗的女人赴約，一次又一次地你只有與她約會時才會將愛情的神話分解在肢體的旋律之中。

在你們約會時我確實就在你們身後，我將面孔貼著玻璃門，你們擁抱得愈熱烈，我就顫抖得愈厲害，那是經過了十五個小時的火車之後，你去找她，姿麗正在那座保留著一九二一年的建築群中拍電影，那是一個晚上，她住在一座用玻璃環繞的旅館裏，你剛住進去，我也住了進去，你們選擇了一個地點約會，它像一幅顏色剝落的油畫，我則藏在一道玻璃門中看著你們，親愛的，你似乎從來也沒有那麼長地擁抱過我，而且你不會抱我有那麼緊……姿麗比過去更漂亮了，我覺得她也同樣需要你……有好幾天，你們幾乎都在一起，你們住在同一客房，去同一家餐廳吃飯，她可以讓你忘記繪畫，忘記時間的定論。

我穿上外套，離開了對你們的窺視。因為我內心一片空虛，而對你們的窺視只會加劇這種空虛，你不愛我，你從來就沒有愛過我，這彷彿是一個頓悟的時刻，我是多麼纖細，多麼虛弱，喔，我看見了事物的真相後蛻掉了一層皮，然後我回到表姐家裏，表姐對我說：他還會回來的，他還會重新回到你懷抱。因為他永遠不可能得到姿麗，如果你愛他的話，你得接受這一切。我問表姐，男人是不是總想投入他所得不到的女人的懷抱？表姐咀嚼著一顆話梅，她咀嚼到了酸味還是甜味，我不知道，她說：男人沒有女人在場就失去了靈感，如果沒有女人讓他喪魂失魄就失去了想像，如果沒有女人左右他的生活就喪失了立場，你如果具有這三種東西，那麼你就能永遠佔有他。

我卻不能給予你這三種東西，所以我無法去佔據你，這就是我們的悲劇所在。表姐問我如果他回來後重新來找你，你還會回到他身邊去嗎？這是一個讓我充滿希望的問題，因為我無時無刻不在觀望著火車站的方向，從一個周末想到另一個周末，在這個過程之中，事實上我的嘴、我的乳房、我的眼睛、我的頭髮都屬於你，當你畫我的裸體時，你逼近著我的脊背，只有那時候你在專心致志地佔有我。

沒有多長時間你在表姐那裏攥走了我，你去赴約充滿激清，而你回來時總是顧慮重重，我站在月光下逼視著你，你的身體、你的目光都曾與姿麗約會過，那麼，你從她那裏到底帶回來了什麼？你抱住我說：姿麗不可能與你好下去，她是一個演員，她屬於別的男人。你終於清醒了，一個男人清楚地知道事端之後，他回來了，他可以去欺騙自我，可以在赴約的激情中忘記一切，但無論什麼樣的男人也會回到世俗之中，因為只有世俗之愛才可以佔據一個人的生命。我是你的世俗之愛嗎？我難道就是那個徘徊在你理想之外的可以在你身邊的女人嗎？

這期間我又回到了你的畫室，當然我最擔心的事是姿麗給你來電話，我深信，如果她一旦召喚你，你會再次去赴約，而我是什麼角色呢？直到現在我才明白，你把我，你把當時的我「變成了他的個人傳奇中的一個角色，一個神聖的人物，一個感傷的工具，一個多愁善感的理由，一個空散的人工製品」，所以，我待在你身邊，因為我在某種時刻，在更多時間總是把你對我的需要轉換成你對我的愛，女人在愛情中的覺悟永遠是愚蠢的。

由於我的愚蠢，我把那段平靜的生活當作你與姿麗徹底告別的信號，我想，如果你不去再次赴約，那麼我就會成為你生命中的一部份，我對著鏡子，一剎那間，我知道我並不比姿麗差，既然我想成為你生命中的一部份，那麼我就得保持我自身上的稟性，即「讓我保持我的本來面目，把我的信念作為我的一部份來接受」。我的信念就是當我對著鏡子時，我呼喚的那樣：親愛的，我有姿麗身上缺少的東西，我的性感在於我不顧一切地有勇氣待在你身邊。

親愛的人，最親愛的人，這難道不是我最可愛和最性感的部份嗎？當你回過頭來，用畫家的目光來欣賞我並挑剔我時，我一直坦然地面對著你，彷彿我在說，親愛的，佔有我吧，但有一個條件：讓我保持我自身的稟性，讓我知道一個真理：即沒有你，我並不是不能活下去，沒有你，我同樣會找到愛情。你似乎在我眼裏發現了這種信念和稟性，你走過來摟緊了我。我以為你會說你很愛我，但你沒有說，我知道那句話你只可能告訴姿麗，因為在愛情的哲學範圍，婆麗讓你充滿了等待，而我則是你生活中的舞伴，愛情的語言只會給予等待者，不會給予那個羈絆他的女人。問題是我並沒有去羈絆你，只不過你對我的某種需要成為習慣，而這種習慣又在無形之中羈絆了你。

而我最懼怕的事情還是到來了，婆麗回來了，麗龍城是婆麗的故鄉，她回老家是自然的事情，她回家的第二天，城裏上演了她的電影。你似乎很少到電影院去，而這一次你卻讓我陪你去看電影。我答應了。我想看看電影中的婆麗，我想陪同你坐在電影院裏，我想我不會羨慕和嫉妒銀幕上的婆麗，既然我有勇氣陪同你去看你情人演的電影，那麼我想我是在給予自己一個機會，去尋找讓我著迷的這個男人心目中的女人的另一種結合物，一種嫉妒的結合，在這種結合中我才可以再一次迷亂地看清楚我在幻覺中徒勞地恪守的一種東西，只會變成一堆廢棄的神話。

所以，親愛的，我坐在你身邊，你是一個被虛幻的幻覺所奴役的傀儡，你抑制著你的激動，但無法抑制著你對婆麗的情慾，你的歷史被引向她出現的每一個場景，繼而，當時間流速，你們仍然會見面。我已經感受到了你的那種期冀，因為從那以後，我們好久沒有做愛，你對我的情慾已經轉移了。

而現在我已沒有耐心，我要走，你抓住了我的手，我大聲說：不愛我，請放開我。說出這句話以後我彷彿就已經自由了。

事實果真是這樣，你的手鬆開了，自由就是自己爭取來的，你爭取到了你的自由，而我也爭取到了我的自由，在你鬆開手後，我面對著你，我現在不會成為你情慾的對象了，那麼我會是誰呢？現在我要離開你了，我要離開你的，你的意識，你的才能，你畫家的眼睛了，親愛的，「如果我們不能接受我們自認為重要的這個世界的重要性，如果在這個世界上我們的笑聲不引起任何反響，那麼我們就只有一個選擇：把世界作為一個整體，當作我們遊戲的對象，把它變成一個尋開心的玩具」，這是米蘭・昆德拉說的。

就在那一刻，我還企盼你能說你愛我，但你始終沒有說，我想，如果你當時說出那句話，我肯定又會變成愛情的瘋子或者愛情的奴隸，但你始終沒有說，所以，我在你身邊承受荒謬的時期就在那一刻沒有了。就在那一刻，謝天謝地地你終於把我放走了，後來有人告訴我，你又與姿麗在一起，他們看見姿麗回家的那一段日子裏經常出現在你畫室，既然你們倆彼此無法離開，那你們為什麼不始終在一起呢？表姐告訴我，你們如果成為生命中一對婚姻的隱喻對象，那麼你們的愛情也會衰退，看來，我的表姐始終是一個愛情悲觀主義者，所以，直到如今她都單身一人，守在麗龍城的那座圖書館裏，做一名圖書管理員。

而我是什麼呢？親愛的，你的畫室已經遷移了，我剛到麗龍城，表姐就告訴我，關於你的故事始終是人們傳說的「恆定符號」，那麼，你是符號嗎？表姐為了保持你故事的完整性，沒有將你的故事告訴給我，她看著我說：就你現在的氣質肯定能勾起你對我的欲望，我問表姐我現在是有一種什麼氣質，表姐從圖書館的一排書架中探出頭來說：你過去與畫家在一起時，瘋狂給予了你激情，而現在，經過了這麼多年，你仍然保持著那種瘋狂，你的眼睛燃燒著一般女人缺少的，也正是姿麗所缺少的通往另一條道路的那種瘋狂的絕望……

絕望，表姐難道已經看到了我的絕望，難道在我的激情中隱藏的絕望已經鄰接我的左右，難道我正帶著瘋狂中的絕望來與我過去的情人在「恆定點相遇」？

但奇怪的是我在遇見你之前卻與姿麗相遇，姿麗披著一條披巾，那是市中心，她認出了我，她站在我身邊：你好嗎？

風吹拂著我的風衣，我無法說我是好還是壞，所以我們就分開了。

你穿著灰色的罩衫，你已經不像從前那樣年輕，你回過頭來，這是記憶漸漸地模糊之後又重新回來變得清晰地一次見面，遙遠的東西現在變得清晰了，隨後，門在我們身後合上，它像是回到我們身體中心，過去對於我來說這只是一次短暫的幻覺，而現在這種幻覺被我們抓住，我不知道你為什麼會那樣快地進入我們再次重逢的激情之中，我的雙手被你猛烈地抓住，但你依然沒有說你愛我，但你的目光中燃燒著激情，這證明你愛我嗎？

一個人用鑰匙開門的聲音使我們暫時地分開了，一個年輕女人用鑰匙開了門，她手裏還握著那把鑰匙，她站在我們面前，她擁有你房間的鑰匙，與此同時，我看見她用一種探測的目光在看著我，她顯然從未看見過我，也並不知道我是誰？「與此同時，我強加給自己的而且無疑使我樂在其中的黑暗世界同我彷徨的心理——我從醒來時就開始與之鬥爭了——顯得非常協調」，我沒想到我會那樣給予你機會，給予你敏捷的機會，而不是給予你踉蹌的機會，我告訴你我已經買好了火車票，再不走我就會晚點了，我看見那個年輕女人手中握著的那把鑰匙，它就是你現在的生活，我對我自己說，要是你不快一點走，要是你不快點走的話，你就不會準時到達火車站……

此刻，我看不到任何東西，似乎我看到的只有火車，那種旋律可以使現實終歸煙消雲散，所以我走了出去，這是一種現實，那個年輕女人握著那把鑰匙待在你家裏，親愛的，你已經放開了我，你已經讓我走了出來。我沒有回表姐家，我逕直奔往火車站，我知道火車旋轉起來時，一陣不可思議的微風飄動著……

但你已經在火車站拽住了我的手臂，你喘著氣不讓我走，你問我為什麼要這樣走，我看著你，大聲說：別抓住我，火車要走了。你鬆開了手，我離開了你，親愛的，我鑽進車廂，無論如何，我已經見到你，此刻，親愛的，我會慢慢地隨火車旋轉起來的節奏，我會浮現出那個年輕女人手中緊握的那把鑰匙……

親愛的，那把鑰匙晃動著，說明你是一個生活在希望之中的男人，於是，我仰起頭來，地平線變得遼闊，我穿著一雙黑色的高跟鞋，因為在記憶中，你喜歡我穿著高跟鞋，我知道另一個地方等待著我，我會穿著高跟鞋順著展現在面前的又窄又陡的木梯而上，到了上面，在寂靜之中我會脫去那雙鞋子。

G部

親愛的，我不是瑪麗蓮・夢露

一顆心，或許是不乾淨的。這屬於解剖臺或肉案子的範疇。我更喜歡你的肉體。這人體是咱們的王國，有時我又覺得像影子一樣不牢靠，不可捉摸。

——尤瑟納爾

我第一次感覺到你對我撒謊的時刻是中午，親愛的，在那座四周環山的小城裏，我們偶爾相遇，在我未認識你的名字之前，你的謊言就已經浮上來，你說你想起了夢露，你的意思是說看見我時你就想起了瑪麗蓮・夢露，我當然知道夢露，她是我最喜歡的性感明星。當時，我噗嗤一聲笑了起來，我笑是因為你的讚美並不準確，這是你的技巧，對女人的最溫柔的技巧，因為我一點也不像夢露，我缺少她那兩條性感的美腿，我也缺少夢露的乳房和性感十足的嘴唇，最重要的是我缺少的是夢露的人生，除了性感之外的人生。

但那個悶熱難耐的中午，你讓我想起了夢露，我們想起某個人來，肯定要追憶她，我們想起某一個女人，肯定要被她所牽制。

噢，性感這個詞讓我想起夢露，而這個名字又是由你引起的，你請我到你的露臺上去喝葡萄酒，你說你的露臺面對大海，可以看到深藍色的海面，可以閉上雙眼傾聽波濤之聲，在這個面臨海的小城，我來此地看海碰到了你，你說看見我讓你情不自禁地想到了夢露，而你不知道，我是多麼喜歡夢露，我喜愛她身上表現出來的那種命運，這種命運是性感的，那是一種死亡的性感。

因為夢露是世界上每一個男人的夢中情人，所以你讚美我像夢露，即使我不是夢露，但在這段寂寞的旅程中，把一個陌生女人當作夢露——在這個謊言的堡壘之中，我們兩者之間都會感受到快樂。

除了談論性感明星夢露之外，我跟隨你來到了你居住的露臺，這是這座旅館最長的露臺，也是唯一面對海的露臺。你談到你的旅行，你說你為什麼獨自旅行，是因為你疲倦了，或者老了，或者沒有女人與你結伴同行，整個上午我們坐在露臺，我對你了解愈少，你的謊言就變得愈加神秘。你不是那種輕易地就把自己的故事告訴別人的男人，你彷彿從不確定，關於你的過去和未來似乎都像這片海灘，除了眺望之外沒有任何意義。只有你讚美我時，你會想起夢露來，那年我剛好三十六歲，夢露就是在這個年齡消失的，除了想起夢露之外，你似乎沒有談論過任何女人或男人，甚至也沒有向我談起任何與你有過聯繫的別人來。

煙灰缸就在你旁邊，那裏面至少已經有十個煙蒂，從我來到露臺上以後你就一直在吸煙，每一支煙似乎寄託著更具體、更確切、更真實的現在的你。你掐滅煙頭又打亮打火機，你的打火機閃爍著一團深藍色的火焰之後突然熄滅了，我在露臺上看夠了大海的浩瀚外也看夠了你像金屬片一樣閃爍在我面前的不可知的懦弱，它們像海面上的灰色不會形成殘片，但是它們既然存在著就會阻擋我們的視野，因為它們讓我們的情結上升著一種悲哀。

我沒有什麼，傍晚我的一個男朋友就會降臨，他具有紳士的氣質，他包裹在他那彬彬有禮的風度中的東西是為了彌補我在大海上的奇思異想。他不是我的情人，他從未做過我的情人，但是，他會到我身邊，如果我需要他，他就會到我身邊。

所以，我要離開你的露臺了，我真的要離開你的露臺了，儘管坐在露臺上可以看到大海，海面上的灰色泡沫和你的煙灰缸的幾十只煙蒂讓我感受到一個男人的存在。

你說我慌忙地離開是不是為了一個男人，這是你在整個上午說出的一句真話，你察覺了我的等待，即使在露臺上被海風吹拂著身體時我也在計算他到達的時刻，我笑了，我的笑除了洩露出我的秘密之外，也讓你變得輕鬆起來，你突然說，事實上我們都在等待我們等待之中的男人和女人的到來，哦，我看著你，我很希望聽到你講點別的什麼，但你卻說：好吧，你回去吧！

而我本來想離開了，現在卻不想走了。因為我看到了你的頹廢、厭倦，在你的眼神之中，在那個片刻，在我就要離開時，這是一種真實的預兆，它不再是怯懦，不再是謊言，而是預兆，而且那是一種不好的預兆，因為這種預兆，我突然想了解你，我又重新挪動了一下椅子，我似乎離你已經近了一些，我說，如果我沒有猜錯的話，你一定碰到了什麼事？你驀然地看著我說：難道你看出來了，我會出事？我說，不，事情已經發生了，只不過你在控制著……

你站了起來，將手中的那只煙蒂突然掐滅，你背對著我說：你還是去等人吧！我的事你無須過問。這就是你，我連那種頹喪也無法看到了，陌生人，我從內心低聲叫道，那是一種沉默的聲音，我似乎在說：是啊，我為什麼要去管你的事呢！我是來旅行的，因為我一生最大的奢好就是不停地旅行，一旦我掙到一些錢，我就會出門旅行了，像你這樣頹喪的男人正在滿世界地旋轉，我為什麼要理會你呢？我們每一個人都有一個願望——控制我們的自我，因為唯有控制好自我的身體，我們才能感受到外在的自由，所以，我想，你一定在控制著你的自由，控制著你內心怯懦的屬於男人的那一方禁地。我當然不會去打擾你，我會離去，面對你的背影，我真的離去了，我想起了夢露，她在我這個年齡已經離開了世界，那是你喜歡的一個女人噢，那個全世界最性感的女人，為什麼當你談到夢露時我會看不到你的頹喪和厭倦呢？男人，我想說聲再見，但我不再想說任何話，在這個被謊言所籠罩的氣氛裏，你根本用不著用背影來面對我，我不想了解你，因為了解你的頹喪和厭倦對我沒有任何好處。

我從露臺中走出去，就像是我看見了夢露，在那陰影裏，在她的黑白電影中，我看到她的紅指甲和紅嘴唇，看到了她性感的腿，甚至看到了她的性慾。

當我的男友到來時我已經沿著附近海岸線走了一圈，當晚回到旅館，聽到了他敲門的聲音，我已說過，他只是我的男友，不是我的情人，而我為什麼需要他，他就會出現在我身邊呢？因為我們之間可以交談，在我們生活的那座城市裏，一旦我們需要語言從嘴唇傾訴而出時，我們就會尋找一座酒吧！我們談論世界，甚至也可以談論我們內心的感受，但從來不談論性，也從不談論我們私人的感情。也許這也是一種男人和女人的另一種無性別的關係，我們坐在一塊能夠使用語言，這也是一種緣份。

他告訴我他就住在我對面，他說，這片海岸線真好，現在我們可以不受時間所牽制的說話了。他盯著我的脖頸，因為我剛回到旅館，我沐浴後剛換上一件低領的睡衣，這是我頭一次穿著睡衣面對著他。我對他說，我想換衣服，然後我們到海灘上去散散步，然後到海邊的酒吧去，他回他房間去等我。當時，我的男友已經四十歲，他有妻子和女兒，而且似乎婚姻美滿、幸福，所以，這似乎是我們能夠成為朋友的最重要的原因，因為在與他的關係上，我從不想過別的念頭，他永遠是傾聽我傾訴的男友，而我也似乎是永遠能夠聽他傾訴的女友，因為基於這種關係，我們全身心彷彿注入了一股新的活力，我們純粹地說話，純粹地保持著語言的箭簇，並且把它們射出去。

噢，我想，我曾經想，他確實是一個好男人，如果這種關係能夠持續下去，我們會因此創造另一種奇蹟，即我們沒有被我們的男女性別所制約，我們可以尋找到另一種詩意的目的，無論在什麼樣的情況下，我們都不會愚蠢地進入男女之間的愛情故事之中去。所以，他是我的另一種人生旅途之中的慰藉之地，在任何情況之下，我都不會將愛情放在他的籠子裏去，所以，這種關係使我輕鬆地、自由地與他拍動著翅膀。

我已經換好衣服，這是一件寬鬆的亞麻布裙，長裙長到我的腳面，我披著長髮站在門口敲開他的門，我這是頭一回看見他穿一身白色休閒裝，他看著我的長裙說：我第一次看你穿這麼長的裙。

來到海邊，我回過頭看了看你的露臺，暮色照耀了海岸線，你的露臺上沒有燈光，房間裏也沒有燈光，看來，在這樣的時刻你絕對不會獨自待在旅館裏，你會在海灘上散步，也許你也會跟一個女人在一起。

他走在我身邊，除了酒吧之外，我和他之間也許從未這麼把雙方置身在一個巨大的環境之中，而且是在海邊，如果是白天，背景是湛藍的天空和湛藍的大海。在這樣的背景之中，有故事的人可以掩飾住哭泣，唯一無法掩飾的是愛情和歡樂，甚至也可以掩飾住悲哀和寂寞，唯一無法掩飾住的是狂熱和情慾；在這樣的背景之中，沒有故事的人與大海有什麼樣的關係，我和他也許就屬於沒有故事的人，我們走在沙灘上，彷彿行走在世界的兩極，我們使用語言來自始至終地碰撞世界，唯一不會碰撞的就是我們的身體。

但就在那天晚上，走在沙灘和潮沙之中的我和他卻突然不使用語言來交流一切，因為海濤聲使我們的言辭變得渺小，他走在我旁邊，我突然看見了你，親愛的，我突然看見你正朝著大海走去，在一個拐彎處，我認出了你的背影，在一團巨大的浪花碰撞你的身體時，我突然不顧一切地衝入海水抱住了你，我低聲說：你不能這樣去死……

你被我拽到沙灘，你說你根本沒有想去死，我問你為什麼要走向大海。你伸出手來撫摸著我的面頰，你說你是一個失敗者，你的工廠已經倒閉，在倒閉的同一天你拎著箱子出走了。這些情況是你伸出手撫摸我的面頰時斷斷續續告訴我的。這就是你的頹喪和厭倦嗎？我目視著你的目光，那一刻，我對你充滿了同情，一個女人在這樣的情況下對一個男人的同情會讓她滋長什麼呢？我害怕你去死，所以，我當然只好貼近你，因為這樣你就會忘記死，還有另一種東西也會讓你忘記死，那就是愛情，那就是夢露。

我突然想起了他，我的男友，但他已經不在沙灘上了，對我的男友來說，他還是頭一次看見我經歷的場面，當我撲向大海時，對他來說，他一定看到了另一個我，那個我加快了身體的節奏撲身洶湧的海浪把一個男人拉上岸來。

害怕你去死，我只好陪同你回到旅館，我讓你去洗浴一下把濕衣服換下，我清醒地操縱著你回到岸上後的生活，我給你從箱子裏取出乾淨的衣服，在取衣服時我無意中看到了一只鏡框，裏面鑲嵌著一張女人的照片，她是你的鏡子或情人都不重要，因為在你這樣的年齡，沒有女人或沒有記憶，生活就會失去避風港。

因此，似乎只有攜帶裝有女人照片的鏡框才是正常的，那個女人在特殊的時刻陪同頹喪的你重新上路，她將把你的生活照亮，然而，即使攜帶她仍然阻擋不了你，在頹喪和絕望的時刻，你仍然要走向大海。

我對你的同情心愈是上升著，我就想賦予這同情心以意義，比如，我要讓你不去死，我要讓你重新振作起來，我站在露臺上，你穿上衣服從浴室出來帶著一種香皂的清香，我們重新像今天上午一樣置身在露臺，天啊，你終於鬆弛下來，穿上了箱子裏乾淨的衣服，這是準備活下去的標誌，你還點燃了一根煙，這同樣也是活下去的標誌。

你坐在我旁邊，抽著煙，在黑暗中我看不到煙圈，但是我能嗅到煙味，是的，從你鼻孔裏散發出來的那種煙味，我想到了鑲嵌在鏡框裏的那個女人她長得嬌美，下巴上有一顆痣，我對你說也許那個女人在找你，你問我是誰？我說我為你取衣服時，在箱子裏看見了那只鏡框，你說她並不愛你，即使你永遠將她帶在身旁，她也不會愛你，所以她更不會在乎你現在的生死。

她不愛你，你卻攜帶她，這說明你是怎樣殘忍地去愛她，即使她不愛你，在關鍵的時刻你也要帶著她出門。

我在黑暗中突然問你，那麼，需不需要通知瑪麗蓮・夢露來看你？我開了一個玩笑是想利用你們男人心靈中上升的虛幻的美夢幫助你尋找到夢中的偶像和情人，但我沒有意識到你卻拉住我的手，我沒有顫抖，我已經三十六歲，在這樣的時刻你能夠拉住我的手是因為你的聲音撥動了你心靈的情弦，你只是面對一根情弦而已。但從那一刻開始，我似乎不需要同情你了，你向我談起了夢露，你說你從小就收藏夢露的照片，你從小就愛上了夢露……噢，夢露有如此大的力量，她讓你似乎充滿著一曲熱情奏鳴曲，我趁熱打鐵地補充道：工廠倒閉算什麼，只要你活下去，你就可以永遠地去愛夢露。如果你死了，你就不會感受到那種愛……

親愛的，看樣子有夢露陪伴你就夠了，她給予你勇氣，給予你幻想，甚至會給予你朦朧的愛欲，對一個已死的不朽的女人產生愛欲會使一個男人依賴於命運那不可抗拒的力量，進入漫步在金色小徑上的幻想，那種愛欲愈強烈，你就會給自己以充分的理由活下去，為了去愛夢露，為了在每一個現實環境中看到夢露並找到她，閉上雙眼，能夠觸摸到她的嘴唇，能夠觸摸到那個性感的女人已經脫離了祭坊的另一種靈魂。

讓你置身在面向大海的露臺獨自去愛戀夢露吧！我悄然離去了，我知道夢露的形象對每一個正常的男人都會產生誘惑，這是一個不朽的愛的幻象。

我剛回到客房就聽到了敲門聲，是我的男友，我請他進屋，他說他想請我去海邊酒吧喝啤酒，這原來是我的主意，只是在這中間發生了一些事，我們剛尋找到一家酒吧坐下來不久，他就問我那個海邊的男人是誰？

我沒有回答他，我問了他一個問題，在他過去的時間中有沒有愛過瑪麗蓮・夢露？

他問我為什麼問他這樣奇怪的問題？我沒有再說話，因為這證明他沒有愛過瑪麗蓮・夢露，我喝了一杯啤酒，奇怪的是我不像過去一樣侃侃而談了，在這海邊，我能與他談論什麼呢？但是，他突然說，今天晚上當他看見我將你從海水中拽上岸時他突然滋生一種嫉妒，哦，嫉妒，他在嫉妒我和你，其實我和你能有什麼？你愛的是瑪麗蓮・夢露，除她之外還有那只鏡框上的女人。

他說，他還是頭一次意識到我是一個女人，這太可悲了，他為什麼要把這些東西全都說出來，我真想問他，在他沒有意識到我是一個女人之前我是什麼樣的人，也許只是一張臉，也許只是一種聲音而已。

他解釋說在他未意識到我是一個女人之前，他還沒有意識到我會被別的男人所帶走，看樣子，他確實已經在嫉妒了，我跟他碰了碰杯說：別嫉妒我，我既不是你的妻子，也不是你的情人。就在我與他碰杯時，我看見了你的露臺，我還看見了一個女人與你站在露臺上，那個女人絕對不是瑪麗蓮・夢露，她也不可能是鏡框上那個女人。

他問我在看什麼？

我說我在看露臺上那對男女，我問他那對男女是什麼關係？我一邊問他，一邊想，也許是夢露，也許是我們幻覺中的夢露來臨了，那麼，你，親愛的你就會活下去。我說我們回去吧，他問我是不是累了，我說確實累了，我撒了謊，因為我想回去敲開你的門，我想看看夢露有沒有降臨？

上電梯時我突然看見你從另一只電梯裏面出來，你身邊並沒有一個女人，更沒有夢露，我突然意識到你要外出，在電梯即將關門時我迅速地跑了出來，我害怕你會再次去死，因為夜已經深了，確實已經深了。我跟在你身後，我已作好準備，一旦你走進大海，我就會把你重新拽回來。如果你需要我，我隨時會出現，就在那天晚上我一直跟隨你，有意思的是我的男友也跟隨著我。但你並沒有走進海水裏去你並沒有需要我，我的雙眼變得眩目，我的男友趕上來對我說：你似乎想走完整個海岸線，他看不見走在我前面的那個男人的身影，他沒有意識到我是在跟隨那個男人。噢，上帝，這個故事看來毫無意義，我睏了，我要回旅館睡覺去。

上帝讓我睡覺我就必須睡覺，在我睡著以後，潛伏在你心中的那根生命之弦突然化為力量之弦，你離開了海邊可以眺望到大海的露臺，離開了潮沙，你給我留下一封信放在大廳服務臺，那封極為簡潔的信表明你離開了，你感謝我將你從大海中拉上岸，你說你要回工廠去，重新面對那些難題，你還說瑪麗蓮・夢露永遠會是你夢中的情人。你沒有留下地址、電話，這表明你不想讓我去找到你，這表明你想永遠與我告別。

這是我三十六歲那年的故事，我仍然回憶得起來我拆開信站在海邊沙灘上閱讀信的情景，當時我的男友已經不知不覺站在我身後，他告訴我，你已經走了。他看見你走的。他有一種放鬆的感覺，是的，你的存在對他是一種壓力，這種壓力來源於你的不可知，來源於你所棲居的不被他所發現的那種門戶。

親愛的，我重新來到海灣，四年時間過去，海邊的銀白色沙灘留下過的腳印早已被潮水沖刷乾淨。哦，四年意味著什麼，那個迷戀夢露的男人置身過的那座露臺依然存在，我坐在海灘上眺望著那座露臺，突然露臺上出現了一個男人，哦，露臺，男人，我發現在面對人生時我更多時候都顯得智盡技窮，我身上所釋放的似乎只是有回憶，這是一個快死的人唯一留下的通向世界的門戶。

我迷惑的雙眼在墨鏡中睜開了，我真的已經記不清你的形象，四年前我並不留意你的形象，如果能夠記得某些特徵，那就是頹喪和厭倦。

不過，那個露臺上的男人我此刻看不清楚，即使看清楚了他的面孔我也無法與你聯繫上。親愛的，你是我親愛的嗎？哦，我這樣稱呼你並非是那種影響時間的曖昧關係左右著我，而是在某種情況下你突然變得無影無蹤了，所以，我如此稱呼你只是我內心的某種越來越遠的想把世界在我肉體之中留住的一團火焰，在那團火焰之中，如果我的聲音曾經攪亂了你的平靜，那麼請你寬恕我。

現在我充滿著一種勇氣，無論誰住在那座有露臺的客房中，我都要去會晤他，親愛的，這是你，因為你已經在消失中失去了意義，因為你已經在失去意義之中留下了那座有記憶的露臺，為了瑪麗蓮・夢露，哦，為了那個女人在我們不堪忍受時光重現的時候給予過我們愛的夢幻，我必須去敲開門。

噢，我通向你的門戶使我把那副墨鏡取下來，我必須再一次強調，無論是你還是別的男人此刻佔據著那座露臺，都不影響我去敲開門，因為我似乎是在履行上帝之責，因為置身在那座露臺上的男人有種夢幻的價值存在，而夢幻是上帝給予我們的，那源泉來自永恆的聲音，所以，我開始敲門了。

身穿黑色襯衫的男人為我開了門，你問我找誰？這是你，你剛說出一句話，你認出了我，我驚訝了嗎？這是通向你的門戶，我怎麼也難以預料你會在裏面，生活難道會是如此地巧合，你把我帶到露臺上，你告訴我，為了尋找到我，每隔一段時間你都要來海灘並住進帶有露臺的房間。

為什麼？

你告訴我離開我後你就回到了工廠，置身在那座廢墟裏你進入了一個男人真正的狀態，有一雙無形的手臂似乎時常把你拽向一面鐵皮鼓上，於是，你不停地在鐵皮鼓上旋轉，終於，廢墟上重新長出了果實，鏽跡斑斑的味道被一場又一場暴雨洗濯乾淨了。

這並不是你要尋找的原因，你告訴我，你尋找我是因為在這座有露臺的通向大海的房間裏有一個女人，她像夢露一樣震撼過你的心靈，我震撼過你嗎？親愛的，那麼當時你為什麼沒有告訴我，你為什麼不辭而別？

你說，四年前你沒有勇氣表達是因為有那座廢墟的存在，男人不可能把夢露這樣的女人帶進廢墟之中去向她抒情，男人應該在廢墟上建立一座樂園，然後把夢露帶到樂園之中去。這就是男人，還是你為你自己尋找到的原則，你告訴我你的工廠現在就是一座樂園，工人們每天在樂園裏上班，創造財富，而你卻越來越空虛，因為你的夢露丟失了。

暮色蒼茫，我們在海灘上散步，我們已經從露臺進入了沙灘，因為眺望已經不夠表達清楚我們重逢的理由及我們活著的密切關係，那麼，從海灘我們會走向哪裏去呢？

我試圖去接受你的親吻，但我避開了，似乎我用這種方式在強調著我通向你的門戶是冰冷的，似乎我用這種方式糾正你的錯誤，我並不是瑪麗蓮‧夢露，我已經四十歲，瑪麗蓮‧夢露在我之前早已死了。

你一直讓我挽著你手臂散步，你問我能不能跟你回去，你確實想把我帶到那座天堂似的工廠裏去，哦，這不是我想見到你的目的，我可以讓你吻我，但這種場景只是一種戲劇似的表現，親愛的，我看見了海面上的浪花，四年前你想被浪花捲進海底去，四年後輪到我有這種瘋狂的念頭了，因為你不了解我的肉體，所以你相信愛情，你說四年前你就愛上了我，在露臺上，在你回去的路上。

親愛的，你愛上的是瑪麗蓮‧夢露，這種夢幻使你耽迷於旅行中相遇的我，然而，一旦你把我置入你的現實，夢幻的形式將消耗殆盡，剩下的只是靈魂的魂飛魄散。

但你緊緊地拽住我，彷彿四年前我害怕你去死，你說生命是如此地短暫，這句話使我的身體突然無法尋找到自己的門戶，然而，你卻用手撫摸我的面頰，這是可以尋找到我的門戶的方式嗎？你撫摸我時我就貼緊了你，我們貼得越近，分離的可能性就越大，這就是問題的嚴重性，我們意識到了嗎？除了我，你並沒有意識到這些，你以為我們貼緊了，生命就達到了永恆，你就可以帶我回去，儘管我不是瑪麗蓮·夢露，你也仍然會帶我走，因為每一個人都會把偶像現實化，帶著偶像，現實中的偶然穿越一條有青草起舞的小路，這已經是每一個人的現實生活。

我們重新回到了露臺，哦，親愛的，這是你最快樂的時刻，你的快樂使我不敢輕易結束這一刻。

我怎麼來解釋我們之間存在的這種密切關係呢？親愛的，換句話說，我怎麼讓你相信我並不是瑪麗蓮·夢露呢？

H部

親愛的，請幫助我插上翅膀

如果有一個人帶著我去私奔，這一定是一件最激動的事情。私奔意味著我們已無法忍受面對牆壁自我搏鬥，一種隱秘的力量使我們從房子的陰暗處逃離出去。

——海男

第一天：我踏進燈光暗淡的街道並站在一團陰影之中等你，你已經向我保證過，今天晚上一定帶著我離開這座城市，並讓我十二點鐘準時在那棵紫丁香樹下等你，我當然會等你，現在你就是我的生命，我彷佛在抓住你捆我的那根繩子，那根麻繩在夜色中微微拂動，彷佛是你的聲音：抓住繩子，蘇修，蘇修，用點力氣抓住繩子你就會抓住我。

那一刻，親愛的，我似乎看見，一個人又一個人從金屬那道用螺栓固定的位置中走出來，一些發黃的彩燈照射著他們的面龐，他們宛如銀幕中的主角和配角從理髮店、結婚戒指店、鬧鐘店裏走出來——開始他們劇烈的遊戲，迄今為止，還沒有什麼東西能夠記錄他們保證過的、許諾過的東西，還沒有什麼能夠使他們那變了形的呈現在方格幕布上的身影展現在時間之中，但是語言可以替他們表現劇烈的遊戲。味覺、聽覺和觸覺在一剎那間正在這激情的、冷酷的遊戲之中感受無法消除的遊戲者敗逃的氣味，但劇烈的遊戲並沒有收場。

親愛的，在我等待你的這段過程中，我仰起頭，我渴望跟你私奔，我渴望被那根繩子帶著我去生活，而不是被囚禁在我們的肉體之中，囚禁者，我似乎已經看見那個囚禁者，讓一個人囚禁起來，讓這個人離開他的悖論離開他的現實生活，這個人並不願意被囚禁起來，但突然之間他囚禁在他人為他創造的囚禁之屋，這位囚禁者開始過起了囚禁的生活。你應該相信，沒有一種囚禁會停止一個人的生活，也沒有一種囚禁可以停止囚禁者的想像力，在深不見底的黑暗之中，囚禁者的想像力超過了一切訓誡和一切時間，「沒有一種智力活動最終是一無用處的，囚禁者的身體是那麼小，如果世界一定要囚禁他的話，囚禁者的耐力漸漸地下降，但是，誰也無法看見囚禁者的身邊是圓形的廢墟，一顆疲憊的心並沒有停止漫遊，所以，誰也數不清楚他在被囚禁之中上了多少次岸，久而久之，囚禁者的臉上看不到太陽照射的痕跡，那張面色蒼白的臉卻在面對一個圓形的場地，當他將灰燼作為火焰放進圓形場地進行燃燒時，他被自己點燃的光芒所嚇得昏眩過去，久而久之，他已經不是一位老練的囚禁者，他閉上蒼白的眼睛，每閉一次他就會想起奔跑的馬和奔跑的野獸，久而久之，他毫不驚訝地發現自己已經能夠在囚禁之中安穩地睡覺，而且他在睡夢中漫遊的地方都已經被他再次忘記。他站在禁中之門，他渴望自由，那種不需要靠想像所得到的活生生的自由，門終於向他打開了，高升的太陽使他有一種隔世之感，他揉了揉眼睛，就這樣他已經從囚禁之門走出來，當他回過頭去時，他發現囚禁之門已經變成了一座金黃色的圓形劇場，這是他夢中想像過的最金碧輝煌的劇場，他想像告訴別人，他早就在囚禁之中就進入了橢圓形劇場的中央。」所以，在那一刻，我向那個偉大的自我囚禁者致意，因為，我正在等待，渴望與你一起私奔。

你來了，帶著你的繩子來了，隔著暗淡的燈光我已經看到了那根繩子，親愛的，用那根繩子捆住我吧，你由此早已知道，各種各樣的繩索中我最喜歡的是粗糙的麻繩，一根麻繩可以在交叉中匯合在一起，將我們圍圈在其中，如果試一試，用麻繩將自己的身體捆起來，你會感覺到：這就是一切，這就是一根繩索逐漸前進，在我們體外蔓延，它的目的是將我和我們捆起來，而繩索的意義在於使我們用柔軟的肉體感受到疼痛和喪失自由後的現實。

當你彎下頭來吻我時，也是私奔的開始，那根繩子就在風中，你用手觸撫它並放在我身上，你說：蘇修，抓住它，你就抓住了我，從那一刻開始，我的命運似乎已經交給了一根繩索，那根蛇一樣的繩索，使我別無旁騖地等待著繩索交給我的那種特色的秘密的符號，這像是一種水面的幻影，一方面映現出我的身影，另一方面映現出那條繩索產生的痕跡，親愛的，我要與你去私奔，粗糙的麻繩將捆住我的肉身，它像常春藤一樣用一種無以名狀的力量使我的生命由此綿延，從母親的子宮脫穎而出之後，就是這根繩套使我的身形變化無常。

我抓住了你的手與你攀上一輛火車的梯子，在火車廂裏，你給我剝開一只橘子，我靠著你的肩，橘子的味道很好聞，你利用我的愛，對你的那種愛——上升著你的勇氣，孤注一擲的勇氣，背離了你的家庭正在轟鳴聲中帶著我去私奔。

現在：親愛的，現在我作著危險的滑翔方式回憶那次私奔生活。我正面對一只匕首，住在旅館裏，在旅館的下半夜，當我用手去觸摸一把匕首的刀鋒時，就像面對著一個十分複雜的遊戲，你知道的，一把匕首的刀鋒意味著什麼？我們會驟然想起一種冷漠而抽象的觀察事物的方式，它會影響我們在一把匕首的刀鋒面對我們時的心情，親愛的，你就在這座城市，我正在前來與你作最後一次約會，而今天晚上，我知道刀鋒是鋥亮的，它會破壞一切包括刺傷身體的部位，在一把鋥亮的刀鋒下面會發生令我們畏懼的東西，這就是那場遊戲嗎？我知道，你也應該知道，匕首是為人服務的，沒有手去撫摸它時，它就像一片荒棄的沙漠，因為它不能直接為人服務，所以，它也就喪失了刀鋒上的遊戲。

親愛的，我此刻面對刀鋒，那種冷漠的感覺彷彿可以在一個夜晚把所有的生活捨棄。但刀鋒中隱藏的東西除了冷漠之外，也同樣有激情，激情是瘋狂的，就像田野上瘋狂生長的罌粟，更多的時候，刀鋒映現出影子，它激勵我們生，它也激勵我們去死，當我面對刀鋒時就像面對千言萬語，就像在瑟瑟秋風中，獨自在一座植物國散步。

第二天：你帶著我下了火車，我跟你私奔，這意味著我已經將自我交託給了你，一個女人在她感到恐懼的時候已經將命運交託給你去判決。難以置信我們真的在一起了，親愛的，你回過頭看我，在火車上你一直保持緘默，現在你突然微笑了，我們將到哪裏去，火車已經將我們載到了邊緣之地，噢，私奔者，我們是一對私奔者，我們將沒日沒夜地前行，不顧一切道德的約束，而你會忘記你的婚姻，因為你曾經把你的婚姻比喻是墓地上的籠子，現在是你鑽出籠子的時候了，親愛的，我走在你身邊，你不會像過去一樣假意地將我疏遠，你是我的監護人，你是我的愛情的核心，我走過去將頭依偎在你懷裏，你說我們得去尋找一家旅館，是的，我喃喃道：旅館，旅館，彷彿它是一座可以沐浴身體的天堂，我們只有在私奔的時候才會感受到我們打破了枷鎖，所以旅館是展現在我們前面的一座紅色的天堂。

但並沒有一座紅色的天堂等待著你我，在那個時候我們奔往的是沐浴旅館，它既不是紅色的，也不是藍色的，它冒著蒸氣，事實上也可以叫做溫泉旅館。親愛的，我剛進入旅館就去尋找使我能夠沐浴的溫泉池，因為我滿身灰塵，只有通過沐浴才能把我不乾淨的身體交給你，更為重要的是我想通過沐浴把自己的約會看得更清楚。浴室——更靠近一顆疲憊的心靈，更靠近身體中那些為自己所保留的文字，因此，每當我走進浴室，就必有一場在泡沫和蒸氣中——把自己歸結於上帝的本質的一次活動。澎湃的波浪來源於這具角落，這間浴室，來源於人的習性「將事物一半放棄，一半扣留，那是黑暗半球的快樂。黑夜如此行事，我告訴你」，我抬起頭來，你來了，你將與我一起沐浴，而我此刻是多麼熟悉自己的氣息，就像熟悉自己所愛的那個人以某種方式被我所嗅到的另一種氣息，我置身在浴室，它們正訴說著以窺視我的身體作為理由而計算出來的我身體中最精確的衰亡以及我過去時間的青春。

從浴室上岸，我們必然回到房間裏去，你帶我過來，從某種意義上來說就是為了尋找到一間房子，在裏面，性可以不被壓抑，性將伴隨我們沿著那陰鬱、寒冷的時間之環行走，私奔者他們在尋找一間房子，可以製造性事，可以誇耀他們身體交溶後的那種幸福，我們也是這樣，第二天晚上就這樣來臨了，四處散落著星星的時辰，也是我們的性事進入高潮的時候，過了那一刻，我聽到了你進入睡眠的呼吸之聲，在我未睡著之前你已經滿足的睡著了，你就是那個男人，帶著我的身體在私奔的那個男人。

現在：我無疑在尋找隱蔽之地。軀體也需要隱蔽，愈是躲避的、虛幻的、震驚的、神秘的東西才是隱藏著本質的源地，那些拋頭露面的軀體既不模糊也看不到清晰，既不是顯得神秘也顯示不出裸露在外的光亮，讓軀體進入甕中之水中去，無疑會溶化，但在溶化的過程中也加劇了它均勻地無窮性。

親愛的，我現在知道了：隱藏軀體的地方最佳的位置是黑暗中的每一個場所，在別人無法把握住你置身何處的時候，我已經在別人不可企及的地方完成了自己夢中的某些習慣，比如，在夢中完成了一座露天廣場的訪問。

隱藏軀體的最佳位置同時也是那些有水流動，有花朵在綻放，有飛鳥振翅的地方，保持軀體旺盛的激情，並使軀體減少衰退的時間，最有效的訓練就是使軀體像自然中的水流、花朵和飛鳥那樣自然地生長，自由地流動和飛翔，軀體在自然中隱蔽的目的是為了擁有像鳥飛動時的瞬間，在那個瞬間裏，軀體早已摒棄了誘惑，以免添枝加葉。

我置身在這座城市的西郊旅館裏，軀體隱蔽的僅是一個地方並不是自己的心靈之地，而是心靈所滋生的夢幻之境，因為有了心靈才可以斟酌音韻，有了心靈才可以敏感地展現一波三折中的浪花，現在，我隱蔽在一個地方，我對發生的事件已無法把握，一切都令人蹊蹺不安，但我突然有了自己的隱蔽之地……

而在之前，在那次私奔之中，親愛的，當我穿上紅色的長裙進入第三天時，到底發生了什麼，此刻，我回憶著那種令我迷戀的紅色。紅色，紅色到底讓人類模仿到了什麼？治著紅色的根鬚，人類到底在紅色中尋找到了多少肅然起敬的東西？紅色在我內心的另一端燃燒起來，它熱切地纏繞著我，在一種已經燃燒起來的紅色之中，其代價是在紅色之中隨紅色給予你的壓力，因為紅色是瘋狂的，為了感受到你已經模仿的正在到來的紅色的光芒，你將是一個被紅色所熔煉的人。

那一刻，紅色，它無所不在，它像瘋狂的石榴樹那樣搖曳，它像一切玫瑰的矛盾無法解答，它又是人們身體中正在被耗盡的一切語言，所有人都喜歡紅色，它也許太瘋狂，它也許沒有約束你的目光和身體的繩索，然而，它是你模仿中的玫瑰，香氣和棘荊滲入到你血液之中去，它是你從未來得及解釋的那些荒謬的語言，它是固執的，不可抗拒的聲音，它是快樂，它是你被奴役時的轉移之徑。

親愛的，紅色。一個已經被紅色所折磨的人，這個人便是一個紅色的仿效者，他正吸收著紅色的圓圈；一個已經被紅色根鬚所延伸的人，這個人他將創造出一種意境，沒有什麼東西可以纏住他的腳，紅色使他的理智正在動搖，用不了多長時間，這些被紅色所折磨的人，他們在用失去的理智告訴我們，玫瑰是紅色的，風景也是紅色的。

紅色，這也是女祭司沉浸在時間奧秘之中去的顫慄。

第三天：第一天我們在路上，第二天我們在路上，晚上進入了旅館，這是第三天，我睜開雙眼時你已經不在房間，我想，你也許去散步了，我穿上了那條紅裙子，親愛的，這是我為你而穿的紅裙子，我來到旅館門外，尋找你，大廳裏的服務員告訴我，你一早就到大廳打了一個長途電話就出去了，也許到河邊去了。服務員告訴我往右拐一百米就可以看到河流，我並不在意你給誰打電話，因為我知道你有一個家庭，依賴你而存在的婚姻的家庭，你一定告訴他們你突然出了差，你現在在外地，離家很遠，這是我看電影時看到的情節，世界上也許沒有純粹的私奔者，因為在他們私奔的時候他們無法擺脫理念，在理念中裝滿了正在磨平的一只只砂輪，我已經看到你，你佇立在河岸，親愛的，進入第三天，你的那種猶豫和矛盾的東西開始暴露出來，我來到你身邊，你問我為什麼穿紅色裙子，我說因為我感到幸福，你大聲說：快回旅館換一條另外顏色的裙子……我不知道你為什麼如此討厭紅色，但我看到了你的焦躁，我問你發生什麼事了，你搖搖頭，但你卻無法掩飾住你的焦躁，所以你害怕我的紅裙子，因為紅色會使你變得更加瘋狂和焦躁。噢，我們私奔的生活到了第三天，我們彷彿正站在懸崖峭壁，而你焦躁的情緒正沿著坡往下跌落，而昨天晚上當我們在性事中，你緊緊擁抱住我大聲說：「親愛的，親愛的，別離開我，抱緊我」，為了平緩你的情緒，我回到旅館換了一條白裙子，你從河邊回來了，我問你我們今天到哪裏去？你想了想說我們離開這裏吧！而我連這座城市的任何風景都沒有看到，但我已經決定服從你的支配，你是男人，這無疑會使我喪失掉自己的個性，不過，我想起了那些窒息了的魚群，我想起了在路上，我們會尋找到讓我們變得快樂起來的真正的私奔方式，那也許在我們出發的邊緣之地，親愛的，在那裏，私奔環繞著一座有荊棘生長的圓形的水池，那座水池可以讓你遺忘掉時間和你的婚姻，有可能會讓你遺忘掉讓你焦躁不安的那種空氣，因為我一直認為，空氣會影響我們的心情，會影響那輕快的幻念，會將我們蜷縮進一團乾草之中。就這樣，第三天，我們來到了與荒原銜接的一座城市，親愛的，下了火車你就在尋找電話亭，我想弄明白，電話為什麼對你那麼重要，你說你每次出差都給家裏打電話，我明白了，與我待在一起，你給家裏出售的是謊言，只有這樣，你才能安心。

我們住下不久，你給我從街上帶來一束玫瑰，你已經察覺到了我的不悅，玫瑰替代你在這次私奔行程中的另一種謊言，以此證明你是愛我的。我將那束玫瑰放在窗頭，因為沒有花瓶，玫瑰很快就會枯萎，我探出頭去，我將玫瑰的花瓣撒向窗外，一對正在旅館的院子裏交談的男女肩頭飄滿了花瓣，那一時刻，開窗的那一刻，我得了感冒。晚上我開始發高燒，你將手伸進被子裏對我說：「你怎麼會發燒，我不該帶你出來……」你開始追究自己的責任，你開始懺悔，我在高熱中望著你的前額，進入了第三天的半夜。

現在：親愛的，躲避你並不意味著不回憶你。此刻，火焰所照亮的是事物也是人的環境，火焰緊接著來到皮膚上，我睜開雙眼，時間已到午夜，在上面，勻稱的人體，模糊的人體，想像中的，抽象中的人體……我們的軀體來到了草坪，這是一片遠離人群的草坪，從草坪中央升起一股炊煙，剎那煙柔軟的飄到額前，在它的前面，是我們的軀體，是優雅的肉中的血液，骨中的技巧，而當暮色垂臨，我們的軀體又將重新回去，回到原來的位置上去。

軀體面對著另一個人和另一堵牆，生命如此短暫，我至今仍然不知道，我是穿越那個人呢還是穿越了那堵牆，我不認為是我的臆想在帶領我前進，使我前行的是時間，而不是我的臆想，但我正將雙手重新伸出去，給我一點點撫摸影子和事物的時間吧，就是在那種撫摸中，我的軀體才會感到意外的驚喜。

從此以後我的軀體進入了另一個過程，我想一遍又一遍具體而仔細地體會到生活，於是，我將手伸進了那只甕中之水，我是女人，我正感受到我的軀體所需要感受到的一切，甚至是死亡也不會使我撤離或畏懼。

親愛的人，我穿上了一件藍色的睡衣，由此，我躲避你，現在看看我的想像，在我即將死去前夕的我，在彎起的食指和中指之間突然彌漫出一種藍顏色，這是一種憂鬱的顏色，它更多的時候只在我們的想像中間出現，通常來說，藍色來源於星空，現在我仍能回憶起來站在午間的草垛上看星空時的情景，除了星空之外，所有大海幾乎都是藍色的，在彎起的食指和中指之中彌漫出來的藍色就像詩人蘭波沉浸在藍色的條紋中的那些過早夭折的生命，藍色是屬於詩的人，它應該由詩的嘴唇吟頌，親愛的，藍色的睡衣在拂動，它區別於石榴紅睡衣、黃色睡衣和紫色睡衣，藍色在顏色中堪稱夢想的顏色，所以，當藍色的睡衣在拂動時就形成了夢幻的城堡。似乎有人可以晝夜在藍色中穿起，他們毫不疲倦，因為早就有人被藍色所淹沒，那些在藍色中跳舞的人，那些因憂鬱的藍色而死去的人已經形成了藍色的符號，已經講述了藍色的故事，現在，又有一些人被藍色所迷惑，藍色除了是星夜和大海的顏色之外，藍色把一個時代和另一個時代銜接在一起，所以，藍色就像一團難以磨滅的夢幻一樣可以使他們感受到死的氣息。

親愛的，我並沒有將手伸給你，藍顏色的上衣在拂動，我們也無法追憶到底是誰利用藍色使我們開始做夢的，不過，藍色的歷史除了牢固地繫緊我們憂鬱的心靈之外，也正在迎接我們在藍色中再一次獲得夢幻的權利，藍色在彌漫，有更多的人會在藍色中死去，也就是說，有更多的人將死於藍色，包括我自己。

第四天：高熱退去後我醒來了，你坐在我身邊，你說外面正在下雨，這是讓我高熱退去的主要原因，我問你我昨晚上是不是快死了，你正在拉開窗簾，你說我根本不會死，一場高燒怎麼會讓我死去呢？你站在窗口，我看到了你的背影，我看到窗外的雨滴，下雨太好了，看上去，雨絲使你的焦躁減弱，你又坐下來吻我，我問你今天到哪裏去，你說外面下雨，出門不方便，那就待在旅館裏吧！我順從了你，不過，我們總得找一種玩遊戲的方式，你問我會不會玩撲克牌，我說兩人玩一副撲克牌太乏味了。這句話使你很震動，似乎這句話變成了兩個人的遊戲太乏味了。在這個世界上，你我都很敏感，尤其在一條私奔的路上，除了我們的眼中還閃爍著一種狂熱之外，我們敏感地忍受著籠罩在我們面前的一層薄霧，雨點越來越大，我看著電話對你說，如果沒有其他事做，你就打電話吧！你問我是什麼意思，我穿了件外衣準備出門，在關上門的那一刻我告訴你：給你家裏打電話吧，最好告訴家裏人你什麼時候回家。我關上門將你留在屋裏，而我也並不知道要到哪裏去，我穿過大廳，站在門口，就在那一瞬間，我與另一位旅客的目光相遇，他好像對我微笑了一下，我給了他一個秋波，那一瞬間，是我私奔中最為秘密的一刻，我希望時間保留下這一刻，雨一直下著，他好像要出門，他在等雨停下來，他仍然站在那裏，平靜地注視著雨滴，半小時過去了，雨仍然下個不停，他走了過來，問我是從哪裏來，我剛想回答，一隻手拉住了我，親愛的，你，為什麼偏偏在這一刻來到我身邊，那個男的告辭了，他並不尷尬，他對這樣的事心領神會。而你卻對我說，我為什麼與一個陌生男人站在一起，這是為什麼？我貼近你的耳朵只說了一句話：兩個人的遊戲太乏味了。

現在：我們早已分開，從那次私奔失敗之後，我們之間已經各自分解了形象，曾經在多年前的某個時刻，我們已經拆散了距離，所有那些存在中的暗影把我們清晰地拉近了，在某個時刻我把我的鑰匙給了你，你也把你的鑰匙給了我，從我們交換鑰匙的那一天開始，我們就對彼此的生活開始干擾，或者說我們正在佔領由兩把鑰匙形成的空間。於是，我不斷地喊道：「愛我吧，親愛的人。」

兩者的自由正在慢慢失去，我們用各種各樣愛的理由把彼此之間拉進一道縫隙之中去，而且不斷地告訴對方，你是我最愛的人，你是屬於我的，我們正剝奪了對方與別的男人和女人交往的自由空間，我們傾聽的愛情話語只是佔據了相愛者的生活空間，我們打電話、約會、同居等等，我們使對方不斷地感到只有這個女人、男人才是愛我的人，世界上只有這個女人、男人與我正在合二為一。

愛情的關係正在蝕空相愛者的心靈，他們把心靈，抽象而裝滿時間和想像的心靈毫不保留地送給對方，他們的心靈被蝕空後，他們便佔據相愛者的肉體。

你在之前是我的誰？親愛的，不朽的偶像在另一個世界裏，當我認識你的那天，我就不斷地離開那個心目中創造的不朽的偶像，所以我告訴我自己：「偶像是沒有的，但我可以幻想一個偶像。」你使我幸福，你使我快樂，你使我患了相思病，但不朽的偶像給予了我一種不可缺少的至善至美的東西。

洛麗塔曾經是納波科夫心中的偶像，所以，他寫道：「我愛你，我是一隻五足動物，可我愛你。你可鄙、粗俗，壞到極點，可我愛你，我愛你！有時候明知你的心情，可我真該死，我的小寶貝，洛麗塔，勇敢的朵莉・席勒。」

愛上偶像可以使相愛者置於死地，所以，納波科夫寫道：「這樣的話，等讀者打開這本書的時候，我們倆就都不在人世了。但是只要鮮血還在我寫字的手中流動，你就和我一樣參加了這件倒楣事，我就還能從這兒看遠在阿拉斯加的你談話。忠於你的迪克，別讓其他任何人碰你。別理陌生人。但願你愛你的孩子，但願是個男孩。但願你丈夫永遠愛你，否則我的幽靈就會像一縷黑煙，像一個發狂的巨人落在他身上，將他一片一片撕得粉碎。」於是，我們為愛的偶像而發瘋，在我們一生中的另一些時間裏，我們猶如坐在一堆熾熱而燃燒的煤堆旁邊，我們轉過頭去望著身後，在過去的日子裏，我們到底有多少時間是為偶像而活著的，而在未來的日子裏，我們愛的偶像，又像一個變幻多端的魔鬼，用其詭計把我們不斷地拋進一個火爐般的地方。

第五天：私奔，親愛的，我仍跟隨你不顧一切地前行，因為這種道路像繩索一樣捆綁著我，捆綁著我激情和愛欲，甚至也在捆綁著你那顆男人疲憊的心和無奈的方式——似乎這是我和你在一起的唯一方式。那麼，第五天已經到來了，我們怎麼辦呢？我們是誰？我曾在第四天到來時貼近你耳朵說：兩個人的遊戲太乏味了。不錯，我們正突破一道道灰色的牆，在這當中你不斷地去給你婚姻打電話，給你的妻子，那位被虛假的幸福所徹底籠罩的女人，那位在你忠誠的行蹤中保留住想像的女人，我站在雨水裏，看著你走進了電話亭，雨一直下個不停，是的，縱橫交錯的雨絲佈滿了眼簾，我的眼簾是一幅男人的風景畫，他鑽進了電話亭，房間裏有電話，但他根本無法面對我給他的妻子打電話，因為他知道這是戰爭，這是遊戲，這是無法言喻的煩惱，所以你鑽進了電話亭，你的臉上洋溢著謊言，因為你妻子，你的婚姻無法看見這種謊言，所以你的身體在謊言中轉動，而且你也看不到我，我已被雨絲罩住，我的高燒剛退，我就在注視你的行蹤，因為我窺視你是為了了解我的私奔會不會——像一條繩索捆綁的道路，我垂眼簾，我在哭泣，眼淚溶進雨滴之中，我彷彿聽見火車在猛烈地嘶鳴，我彷彿被這種私奔的淒涼風景載動著迷失了方向。你來了，你走近我，你無話可說，你背轉身去，我問你今天到哪裏去？你拽緊我的手大聲說：你不害怕死嗎？昨天晚上你在發高燒，我又撲進了你的懷抱。

第五天，我們帶著各自的疲憊不堪的面孔和身體在那座城市的古城牆上行走，你撐著一把碩大的雨傘，彷彿想把我拉進你再三保證過的愛情的前景之中去，可我們有未來嗎？我們的愛情有未來嗎？我開始用這個話題折磨你，似乎折磨得你愈痛苦，我才會看清楚那個私奔者的面孔，似乎折磨得你愈迷惘，我才會看清楚在森林裏迷了路的那個男人的形象，後來你撐著那把雨傘，因為我寧願在雨中行走也不願意貼緊你的身體，似乎我已經看到了你的動搖，彷彿有一輪鋸齒形的光環使你無法解答，我厭倦你的這種形象不如說是已經開始看清楚了我們這種荒謬的私奔。

現在：我在哪裏？我來會見你但已經在回憶中不想再見到你。我自由了嗎？

自由——是陷在囚禁之中唯一想到的詞彙，一個深陷囚禁的人，自由就是飛翔，扶著鏽跡斑斑的欄杆，夢想以自己的身體環繞在現實範圍之中，夢想觸摸到空中的枝幹和花莖，所以，囚禁之中的我，當我佔據著禁止我的鏽色欄杆時我常盼望飛，哪怕從空中掉下來。自由，從初始階段，我們就期盼身體能夠脫離母親的手，後來我們又期盼身體能夠脫離別人的手，猶如我們在囚禁之中嚮往著一個詞：自由，自由——是一個柔和的詞，彷彿來自一團微光，使我們身體的各個器官都在敞開，只有身體是敞開的，透明的，才能感受到自由就在你身體中激盪。

我深陷囚禁，自由在鏽色欄杆外遊蕩，那是一個球，它可以自由地飄動，那是一束花，它可以自由地盛開，那是一只容器，它可以自由地使世界感到孤獨，由此，證明自由的最為重要的就是人，只有人才能淌過河流，只有人才會被囚禁，從而升起對自由的嚮往。

自由——從屋頂上空升起來的一個詞彙，使我想到我的童年，那時候我總是在南方的木柵欄中穿來穿去，你如果小時候置身過柵欄，你知道自由就像一塊冰冷的玻璃，我曾是那個孩子，用面頰貼在玻璃上，試圖想把自由給予別人。試圖想把自由給予自己，然而，我沒有忘記，那些春夏秋冬的山坡上木柵欄曾經給予過我無限的自由，那就是在木柵欄中穿越，即使踩著荊棘也穿越。

我自由了嗎？親愛的，我的圈套沒有了嗎？噢，我們各自的圈套似乎從出生時就存在了，久而久之，我們在與世界的交往之中，也就把自己的圈套送給了別人，圈套也許是嫉妒，也許是愛，也許是佔有慾，也許是篡改生活的權力，也許是一個具有悲劇氣質的人在製造危險的結局……總之，你在一點點地將自己的圈套送給別人，因為你無時無刻都在想擺脫自身的圈套，這是一幕有始有終的戲劇，你在擺脫自身圈套時，殊不知你已經接受了別人的圈套，生命就如此地延續，圈套也就不停地交往，生命就如此地延續，圈套也就不停地交換，等到我們累了，疲倦了時，圈套也就失去意義，因為那時候死亡已經來臨了，只有死亡的來臨，才會終止圈套的交換。

親愛的，你知道嗎？我們總是這樣不停地，不知疲倦地把自己的圈套一如既往地送給別人，心，我們的心從來也沒有停止過編織自己的圈套，它是一簇簇火花之上的利箭，它是戀人的泥泊，它是戀人的謊言，它是自己的彼岸之光，我們從來都是如此，從來都習慣於在圈套中跳舞或自認為是，而我們的圈套已經在不知不覺中將人置入死地，危險的圈套又是生命的綢帶，我們甘願被勒死。

第六天：親愛的，一層淚水浮在我眼簾之上，而那時你還睡著，沒有醒來。我們已經進入第六天，我站在窗口，在以前，當我愛別人時我就發現了一個秘密：這就是我被俘虜的秘密，我究竟感受到了什麼？究竟是感受到了我愛別人並被別人篡改了影子的秘密呢？還是感受到了我渾身顫抖的秘密，我被別人俘虜的那個時刻是一個所有虛幻中最虛幻的時刻，俘虜即變成奴隸，當我愛別人時我發現我變成了一個奴隸，我願意為他去做任何事情，我願意為等待他而耗盡我一生所有時間，我願意為他去死，瞧一瞧，我是不是已經變成了他人的奴隸，瞧一瞧吧，我是不是已經忘記了男人和女人這種古老的分歧，然而，我確實是那樣，忘記一切地真切地記錄了一個非現實的時刻，宛若夢幻中一個最富悲劇的形象，我虛幻得快要死去，我虛幻得變成了他人的奴隸，同時也變成了一幕戲劇中的失敗者形象，因為如此，戲劇才會上演，惟其如此，生活才會延續下去，我成為了他人的奴隸，我願意為別人去死，我看到了一切戲劇之中最終的結局的告別，「互相告別就是否認分離，等於說：我們今天假裝分別，但是明天還會再見。人們之所以發明再見是因為儘管他們知道生命短暫偶然，然而他們認為自己在某種程度上是不朽的。」

親愛的，變成奴隸的人向她所愛的人告別——是戲劇中最精彩的尾聲，噢，有朝一日我們會再次會面，到那時候，我還會感受到我愛別人時發現的秘密，成為別人的奴隸是一件幸福的事情，哪怕我將死於毀約的時刻，死於某個幻境四分五裂的時刻，死於某個醒悟的時刻。

親愛的，進入了第六天，你已經明確了目標帶著我去另一個地方，地方是陌生的：香鎮，我愕然地看著你，我全身投入到我們的私奔的情節之中去，我想，到了香鎮會怎樣，也許那是一座沒有電話亭的小鎮呢？因為電話亭讓我想到謊言，電話亭，哦，有聯繫你婚姻生活的線，此刻，香鎮，使我擺脫著一切，親愛的私奔者，我又把手交給了你，火車奔馳起來後，我便坐在你旁邊，我睡了一覺醒來已經到了香鎮火車站，我們下了火車，你就朝著一家電話亭走進去了，你並不在乎我的存在，你把所有荒唐的問題都放在我面前，從電話亭出來後，你的神情慌亂，你告訴我，你的兒子住進了醫院，哦，我睜大雙眼，我看到鏽跡之中的鐵軌伸長在一片塵埃之中，在遙遠的地平線盡頭，我們竭力做一個私奔者，似乎想維護愛情的翅翼，但我們飛得越遠，就意味著回歸原來的本性和回歸原來的生活。就在第六天，我們決定終止私奔的生活，親愛的，我站在你面前，似乎對你說：親愛的，請為我插上翅膀。

現在：與你會面已經不可能，我們又到了告別的荒謬時刻，你試圖吻我，我沒讓你吻，我曾伴隨著城裏寂靜的夜色就像一隻蟲蛻變出殼，四周那些靜寂的聲音使城市變為一座巨大的城堡，它旗杆上的旗即使在夜晚也在堅定不移地飄逸，在旗杆下面是深藍色的閃爍著霧靄也閃爍著黑色的波濤，那些螞蟻似的人群之間消失不見了，他們已經走進城堡之中去。

我過去的私奔者，你在哪裏？

而夜晚也會像一把透明的扇子張開，這時候生活在城堡裏的人們會魚貫而出，他們湧向碼頭和火車站，湧向工廠醫院，湧向道路，在透明的已經張開的扇子裏面，我們又會扮演一隻積極向前的螞蟻，焦躁不安地向前，繼續向前。我們在城堡中的湧動，投入了白晝懷抱，於是，陽光照著城堡中的銀行、學校，手術臺上的麻醉師的面孔，陽光同時也滾動著馬路上的灰塵和細菌，在那些四面天限廣闊的城的臺階深處，每一個人都在飄零中靠近了自己的心靈，他們生活在城堡之中把自己同時也融解為一片混濁的空間，就在這座城堡裏，你會發現當黑暗中的燈照亮了他們的臉，他們被黃色的霧籠罩著，如同在嘗試著去觸摸從鄉村飛來的一隻蚱蜢那巨大的腿。

親愛的，你曾經是帶著我私奔的那個男人，如今，你正帶著你的婚姻史走在城堡之中去，並以此樂不可支，此刻，親愛的，請幫助我插上翅膀。

I部

親愛的，你的咖啡色女孩在哪裏

這種愛情的不可能性我要面對去抗爭，我們沒有後退，我們也沒有救援，這是一種來自遠古的愛情，簡直不可想像，又是這麼奇詭，我們並不在意，對它我們不需要去勘察體認，我們生活在其中並經受它就像它原本現身於其中一樣，不可能，確實，但不要去干預，也不要去做什麼，以免遭殘害免受痛苦，不要逃避，不要摧殘，也不要走離。但這還是遠遠不夠。

——瑪・杜拉

酒吧：這是令人難以忘記的地址，在酒吧裏有一個咖啡色女孩，我經常到酒吧去，先是認識了那個女孩，她叫孟奴，這是一個很好聽的名字，我注意到她有兩條修長的腿，她大約十八歲，她是吧女，也是酒吧中最漂亮的女孩。那一段時間，我經常出入酒吧，直到認識了你。而從一開始，我就知道，你到這家酒吧是因為孟奴的存在。

親愛的，你的目光掠過了吧臺，孟奴正穿著咖啡色短裙展現在我們的視線之中，那時候我坐在靠牆壁的角隅，我獨自一人，在那階段，獨自泡吧是我最喜愛的生活，每到周末黃昏，我就會揣上一包女士香煙，我並不沉濡於香煙生活，只不過它可以使我在酒吧中的時光過得有煙有霧，我就是在煙霧中看到了你，我看見你正在將目光傾注到吧女孟奴身上，她為何叫孟奴，這是一個與任何女孩的名字有所區別的名字，大概只有我知道她叫孟奴，那是幾天前，我要一杯紅酒，她給我送紅酒時我問她叫什麼名字，她對我柔聲一笑說：孟奴。對這個名字，我想了好久好久，它是一串水珠從面頰流下，那張臉是孟奴的臉，那不是淚水而是水珠，是從沒有故事和事件之中流下來的大串的清澈的透明體，所以我注意到了她。除了我之外，注意到她的顯然是另一個人，另一個男人，他幾乎總是坐在那枝玫瑰花前，他面對著她，那個叫孟奴的女孩，為什麼他要面對她呢？

索倫・克爾凱郭爾說：欲望醒來了，正如我們總會意識到只有在我們醒來時我們才會做夢一樣，在這裏也是如此——夢結束了。欲望醒來時的這種清醒，這種震驚，把欲望同它的目標分開，賦予欲望一個目標。

我望著我的影子，我的影子映在牆壁上，從影子上移開我看著你，親愛的，你有一頭濃密的黑髮，你不知疲倦，或者說看不出你有什麼疲倦，只要我到酒吧來總會看到你的出場，一個男人為了一個女孩，她叫孟奴，為了她而出場，看樣子你是決意來尋找故事的男人，有這樣的男人存在，一座詩性盎然的酒吧的存在才擁有翅膀和振翼的相互飄浮不定，有這樣的男人存在，女孩孟奴的人生才會開始，親愛的，那麼，讓我注視你，你開始出場吧。

你穿著白色的襯衫，顏色很乾淨，你的頭髮，身體中的每一個毛孔都很乾淨，你顯然符合前來赴約中的那一類男人，你坐在那裏，你已經坐了很久，你讓吧女孟奴為你服務，趁她來臨時，你使用語言，你知道她叫孟奴了嗎？是的，你顯然知道了，我從你的神態中已經把握到你的進展，你優雅地向她點點頭。親愛的，你的優雅感染了我，我也在參與這故事的到來。讓我立起身子，點上一支煙，我吸煙的姿態並沒有訓練過，我知道那是一種病態的姿勢，那是一種被你吸引的姿勢。

> 索倫・克爾凱郭爾說：看吧，人群消散了；數量減少了。我沒有說：把你們的注意力給我吧，因為我知道我擁有它；我沒有說：把你們的耳朵給我吧，因為我知道它們屬於我。你們的眼睛發著光，你們在座位上探身向前。這是一場很值得你們參與的競賽，是一場比生死之事都更加可怕的鬥爭，因為我們並不畏懼死亡。可是，那回報——是的，它比世上別的任何東西都更加驚人，更加更確實……

親愛的，在你注視著她那玲瓏的咖啡色身影在酒吧裏穿巡時，我在注視著你，突然之間她來到了我身邊，我忘了帶火柴來，孟奴給我送來了一只火柴盒，我取出一根火柴輕輕地劃燃，孟奴說小心別燙著手，這天晚上客人很少，她好像對我的存在感興趣，事實上她已經習慣了我的降臨，使她納悶的只是我身旁為什麼沒有別人，沒有男人，是的，她似乎在這樣問我：你為什麼不把你的男友帶來，你失戀了嗎？

孟奴又走開了，因為你要叫她，你說你要一瓶威士忌，一大瓶威士忌，不加冰的威士忌，你似乎已經尋找到了讓她注意的情節，你似乎已經抓住了她的弱點，她給你自然送來了一瓶法式威士忌，這是她的職責，是啊，是她的職責。她的咖啡色短裙似乎在蜿蜒中穿過你熱烈地、瘋狂地、充滿激情的要求，你抓住那只瓶子，我看見了孟奴，她站在吧臺前看著你，除了我，還有一對沉溺於愛河中的情人之外，你是她唯一的客人，當然，她看慣了出入在酒吧中的每一個人的境地，但她仍然注視著你，也許她已經感受到你喝酒是為了某種原因，為了她，你喝酒是為了引起她的注意，而咖啡色女孩，那個青春期的女孩，仍然注視著你，她會被你所勾引嗎？

索倫・克爾凱郭爾說：他懂得吸入青春初期最優美、最芬芳的花朵的愉悅；他懂得它只有短暫一瞬，他知道隨後到來的是什麼；他經常看見那些沒有生氣的人枯萎得那麼迅速，以致幾乎看得見那凋零的樣子。但這時某種奇蹟發生了；常見的存在過程的法則已經被打破了。他還勾引了一個年輕的姑娘，但她的生命力沒有被撲滅，她的美色沒有衰退——她改變了，比以前更美了。

親愛的，酩酊大醉永遠是你們男人的另外一種姿態，在酒吧裏，你已經喝完了那瓶威士忌，已經到了午夜，你趴在桌布上，那是一塊粉紅色的桌布，你的雙手蒼白地垂下來，你的目的已經達到了，孟奴走上前站在你面前叫喚著你，她不認識你的名字，她低聲叫道：先生，你喝醉了，她搖搖你的手臂，你確實醉了，因為只有醉才能讓你達到這個目的，孟奴只好伴隨那個護送你回家的使者，我看見她到外面截住了一輛出租車，她又回到酒吧，她力圖把你架起來，架在她那十八歲的手臂上，經過了一番努力，她終於做到了。但她把你架起來的步履維艱，我想，她要承擔你的醉和承擔你的那個未被她意識到的目的——對於她來說就是故事的開始。

我站了起來，我跟在她身邊，我截住了另一輛出租車，我想我也要進入你的故事之中去，因為我認識這個咖啡色女孩，我認識了你是那個正在演繹好故事的男人，故事對我來說是有吸引力，不如說是你對我有吸引力，我想像著那個女孩在出租車上詢問著你，她搖動著你的手臂，她是你曾經想像過的那團令你愉悅的花朵，她是被你正在勾引的女孩，我想像著你睜開惺忪的雙眼面對著她，出租車正在拐向南邊的馬路，噢，你住在南邊；你把你的路線告訴了她，你將頭垂向她，這就是你的故事，你借用酩酊大醉尋找到了她護送你回家的機會，她將你從出租車拉出來，她仍然用手臂架起你來，面前的那幢老房子就是你住的公寓樓嗎？在寧靜的夜色中，樓頂上似乎飄蕩著羽毛，飄蕩著我們用雙手無法觸及到的羽毛，她正架著你上樓去，一步又一步，親愛的，你要把這個可親可愛的咖啡色女孩帶到哪裏去？我站在樓下看著那幢樓以及那道樓梯。過了十分鐘後她下樓來了，她的腳步聲變得輕盈，她甚至用不了多少時間就在馬路那邊消失了。

> 索倫・克爾凱郭爾說：他騙過我嗎？沒有！他向我許諾過什麼嗎？沒有！……他沒有要求同我結婚；他伸出了手，我抓住了它；他看著我，我是他的；他張開了手臂，我屬於他。我依戀他；我像一株攀接植物一樣纏繞著他；我把頭枕在他胸上，凝視著那很有影響力的面部表情，他帶著那種表情君臨世界，而那表情卻停在了我身上，似乎我對於他就是整個世界；我像個吃奶的嬰兒一樣吮吸著充實、豐富和狂喜。我還能要

求得更多嗎？我不是他的嗎？他不是我的嗎？如果他不是我的，那我就因此很少是他的嗎？

親愛的，你的咖啡色女孩在哪裏？這不是一種悲痛的標誌嗎？你不斷地到酒吧去，仍然是為了會見孟奴，而我到酒吧去，原來是沒有目的，現在卻變成了為了去參與你的故事，或者說是為了看見你，孟奴已經感受到了你的目光，我會看見她用一種偶然的目光看著你，彷彿她不是吧女，而是酒吧的客人，她依然穿咖啡色短裙，表明她的身份沒變……而她在大街上行走時並不穿咖啡色，那是一個上午，我看見她緊挽著一個男孩的手臂在穿過馬路，那一時刻我知道你如果要追求孟奴的話，得增加更多的偶然相遇，但你不可能再喝得酩酊大醉，那樣會讓女孩孟奴討厭，唯一的辦法就是加緊偶然中的機遇，對待一個女孩最有效的辦法就是讓她感到你非同尋常，你跟別的男人不一樣，所以，愛的方式很重要，你開始邀請她了，親愛的，第一次邀請當然只能在酒吧中發生，在你邀請她時，你給她送了一束粉色玫瑰花，粉色玫瑰代表著希望，這是愛情的希望嗎？當你將那束玫瑰花遞到她手中時，我的掌聲響了起來，我只是為了祝賀你，但我沒有想到，你注意到了我，你似乎是第一次注意到了我的存在。你的目光掠過暗淡的燈光看了我一眼，你接下來俯身向前表示感謝，你終於再次達到了目的，孟奴收下了那束玫瑰花，這意味著要接納你嗎？這意味著那個咖啡色女孩在試一試，如果在你愛的方式中滯留會不會給她帶來新的故事。親愛的，我放下酒杯，感到即將來臨的故事將充滿在空氣之中，我看著你的背影，接下來，除了奉送玫瑰花之外，對這個女孩你將有什麼表示呢？吧女孟奴碰到了這樣的故事，一個男人坐在酒吧，吸了一支煙又一支煙，只為了到夜深人靜的時候送吧女孟奴回家。親愛的，你要付出很多時間，愛情確實需要付出時間嗎？我也坐在那裏，成為酒吧裏最後一個客人，只為了看見你護送她回家的時刻到來，大街上有一股潮濕的氣息，你走在女孩孟奴身邊，這是愛情故事中最媚俗的情節，但終有一天你會將女孩孟奴帶到夜晚的鐘點中去，在那裏面，分秒時針帶著你們的生命陷入了愛情的結局之中，親愛的，我惘然地目送著你們消失在夜色之中，答案很簡單，我只是一個局外人，一個冰冷的局外人。

所以，我沮喪的參與你們的故事，我看著女孩孟奴的咖啡色小短裙，它就是可以使你進入謎和故事之中去的顏色。

索倫・克爾凱郭爾說：作為一個女人，她恨我；作為一個聰明的女人，她怕我；而作為一個心地善良的人，她愛我。作為勾引的第一步，我已在她的靈魂中製造出了這樣的矛盾。我的高傲，我的憤世嫉俗，冷嘲熱諷，和一切的奚落都讓她心動，但這並不是說她想愛我，不，她的心中一點愛的情緒都沒有，更不要說會愛我。她只想與我一爭高低，令她心動的是那種與別人相處時的傲然獨立，那種像沙漠中的阿拉伯馬一樣的自由。

咖啡色女孩孟奴從此卻從酒吧消失了，那是我從外地出差回來後的周末，那個晚上我想到了你與孟奴的故事，傍晚我又來到了酒吧，但卻沒有見到那種咖啡色短裙，那短裙曾經使你發現了愛情的磁場，親愛的，難道是你將女孩孟奴帶走了嗎？你能讓她遠走高飛嗎？你能達到你的目的嗎？你能將你的故事拋進火焰之中去熔煉嗎？我抬起頭來，那是一個悶熱的夜晚，似乎沒有一片樹葉在搖動，我突然看見了你的身影，你竟然出現在酒吧，而且是獨自一人，難道你也是在尋找孟奴女孩，尋找她的咖啡色短裙，難道你找不到她了？你還顧著酒吧並發現了我，因為我給你送玫瑰花的時刻送過掌聲，你對著我淒楚地一笑，這說明你的故事只是一個謎。

你來到了我身邊，因為你知道在你淒楚地微笑中——我正舉杯面對這個世界中的悶熱，黑暗和看不見的烏雲在遊動，用不著多長時間雨就會降臨，而我置身在酒吧已經多長時間了，我獨自一人並保留著我的自由，所以你走過來問我的第一句話就是：你為什麼不跟你的男友在一起，你坐下來，我問你為什麼不跟孟奴在一起，你笑了笑說，她已經有男友了，我對你說，在她沒有結婚之前，你都有權利去追求她，你淒楚地笑了笑說：她搬家了，她已從酒吧辭職了，她不做吧女了，我無法找到她。你還說孟奴身上的青春讓你感到害怕，但那是一種咖啡色的青春。你為什麼害怕呢？你沒有說話，你說，其實你已經注意我很久了。我問你是不是想打算放棄孟奴，你說不知道，你找了她很久，但孟奴似乎是想讓你無法找到她。

但這並不是結局，你找不到女孩孟奴，並不意味著你會放棄，但是在這樣的日子裏你需要尋找到另一張面孔，我就是你要尋找的那張面孔，我們坐在酒吧，轉眼之間，我們圍坐在一張桌子之前，也許是在用這樣的方式幫助你等待女孩孟奴的回來，也許是為了製造故事的另一種不可知的延伸性，開始時，我一直聽你說你與女孩孟奴的關係，你除了送她到她住的公寓樓下，沒有到過她的房間，也沒有拉過她的小手，因為你按照秩序想把故事慢慢地演繹下去，終於有一天，你看見另一個男孩拉著孟奴的手在大街上穿巡，你受不了這樣的刺激，你問孟奴，那個男孩是誰？孟奴說那是她的男朋友，你問孟奴，那我是你的什麼人？孟奴就跑了。

索倫・克爾凱郭爾說：當她感到自由時，感到自由得幾乎要掙脫我而遠走高飛時，下一場戰爭就又要開始了。現在，她具有了力量和情感，戰爭對我就變得有意義了——且聽任那些重大的變故發生吧，假若她因驕傲而變得輕浮，倘若她真的要與我分手——沒問題——她擁有自己的自由，但她仍然屬於我。想到訂婚會束縛住她是愚蠢的——我只想擁有一個自由自在的她。讓她離開我，無論如何，第二場戰爭已打響了，在這場戰爭中，我一定會獲得勝利，這是肯定的，正如她在第一場戰爭中獲得的勝利只是幻覺一樣肯定。她在戰爭中表現出的力量愈是強大，對我而言戰爭就愈加有趣。第一場戰爭是為爭取自由而戰，那只是一場遊戲，第二場戰爭才是征服性戰爭，這是生死之戰。

親愛的，我們談孟奴；談我們自身，似乎因此可以從一種深深的皺痕中把故事的節奏抓住，但是孟奴始終沒有來，她沒有來，是因為我們始終在等，而你始終沒有去找她，而你能夠等待，是因為有我在陪伴你等待，在之前，我看見過一個女人的愛情故事，我曾經藏在這酒吧裏，無數次的重溫那個故事，事實上那只是故事的結束，我想讓你理解孟奴，所以我把那個故事的結束告訴了你，親愛的，我舉著杯，對你說：從前，不，在這之前，她毫不理會世俗的斷言，她優雅地轉過身去向著她過去的戀人告別，她只握了握過去戀人的指尖，就轉過身去了，這是一個真正告別的場景。我站在人群中看到了他們所置身的位置，看到了他們之間無情的結局，那個女人，我只看得見她面龐上那副寬大的墨鏡，不過，我感到是她優雅地將頭轉過去了，她轉過了身向著臺階走去——更上面有另一種幻景在等待著她。被她所優雅地拋棄的那個人已經看不見了，他已經被人群淹沒或者被那座臺階所淹沒。她的優雅在於她轉過頭的那一瞬間，我被那看見的一瞬間所震驚了，她身上的優雅氣質——彷彿是用瓷器熔煉出來的，她發現了自己的茫然，她發現了自己的厭倦，她要開始告別了，所以她優雅地轉過頭去，也許那雙無法看見的眼睛裏充滿了憂傷，但她畢竟將頭轉過去了，她拋棄了一段昔日的生活，拋棄了她的戀人。我無法證實她拋棄他的理由，也無法揣摩出另一種解釋，不過，我喜歡她在最後告別的一刻所表現出來的優雅。

她優雅地拒絕著他，優雅地把頭抬起來，她把她的生活留在了身後，她在告別時保持著一種優雅的姿態，她已被她的優雅徹底地帶走，從那個昔日的回憶中抽身出去，她已被她所表現出來的那種優雅的氣質所帶到別處，她的舊生活無法再阻止她的腳步。

你聽完了這個故事半天沒有說話，我立即感到你現在急於了解女人，但時間不夠用，就像你急於想尋找到女孩孟奴一樣，你突然問我，孟奴的跑是不是意味著一種對你的拋棄？我們在那座酒吧裏談論著這些問題，而你似乎忘記了在尋找孟奴，你有時候對我說：孟奴太小了，其實，像你這樣的成熟女人更有魅力，從這以後，你不再跟我談論孟奴，彷彿你就是我的男友，坐在我身邊。

> 索倫・克爾凱郭爾說：就踏上那條蜿蜒曲折的林間小道吧，我的眼睛會跟著你的。只要你轉過身來看著我，我的眼睛就在那裏。你無法使我移動，並不是思念讓我出神，我平靜地坐在欄杆上抽著雪茄。——下一次吧，也許。是的，當你以那種方式半側著身子時，你的眼神充滿了神秘，你輕快的腳步還充滿了誘惑。是的，我知道這條路通向哪裏——通向那幽深之處，通向那草木輕語之處，通向那天邊的寂靜中。

但我不想替代咖啡色女孩孟奴，有一天黃昏我突然意識到了，而且就在那時，我知道我不會去酒吧了，這除了我的理性在上升之外，我知道繼續圍著那張酒吧桌——已不會是我的生活，我再不需要過那樣的生活，而正在我徘徊在酒吧門口的小徑上時，我碰到了你，你手裏抱一束鮮花，不是玫瑰，而是百合，我想你一定尋找到了孟奴，但我沒有想到你將那束花送給了我，這太突然了，親愛的，我站在小徑上，你如果晚來一分鐘，我也許已經離開了，也許已經走了，我不相信這是緣份，但我相信這是快樂，這是意外的快樂，你送給我花，我自然會快樂，就這樣我們不去酒吧了，我抱著那束花陪你在黃昏中散步，很多人都回過頭看我，他們是在欣賞那束花，他們也是在自問，我為什麼抱著一束花散步。

我們意外地發現了孟奴，親愛的，孟奴正斜背著一只小巧的羊皮包向我們迎面走來，我對你說，你等待的那個時刻現在到了，瞧，孟奴正向我們走來，但孟奴並沒有看見我們，我輕聲對你說，快，讓我們截住孟奴，我們向著那條直線奔去，孟奴就站在我們對面，她驚訝地看著你我，她看到了那束花，我急於將那束花遞給她說，這是你送給她的百合花，孟奴羞澀一笑，我看見了她的一顆虎牙。孟奴的面頰貼近那束花，我覺得我不該置身在他們之間，於是我就告辭了，走了很遠我回過頭去，我還看見孟奴抱著那束花站在你面前。無論如何，你後來一定會把女孩孟奴帶走，無論帶到房間裏去還是帶到路上去散步，這一次你都會重新抓住機會。我想，如果那天晚上，我們沒有與孟奴相遇，那麼，我們會不會有故事發生？

親愛的，那天午夜我臥室裏的電話鈴聲響了起來，無論如何我都沒有想到是你給我打來的電話，當聽到你聲音時，我回憶著我到底是在什麼時候把我的電話號碼給你的，但我想不起來了，我真的已經想不起來了。我問你是不是剛剛送走孟奴，你說你與孟奴散步一直走到郊外，於是我想像著孟奴一直抱著那束花，花上馨香在空氣中彌散，你告訴我，孟奴對你說，她和你沒有未來，我就對你說，別聽她胡說，你要堅定不移地加速追求她。第二天你又給我來電話，你說，孟奴告訴你，她才十八歲，她起碼要在十年後才會考慮結婚的問題，而你已經三十歲……在電話中，我感受到了你的困惑，你問我怎麼辦？我問你是不是非常想在近期結婚，你說是的，我開玩笑說，那你去給別的女人送玫瑰花去吧！你突然問我想不想結婚，我對你說，我有過婚姻，我現在是一個離婚女人。你不相信，我又重述了一遍，你沒有再說什麼，從那以後，你沒有再來電話，半個月以後，我住的房子拆遷，我搬了家，以後，即使我們生活在同一座城市中沒有見過面。親愛的，不要害怕我稱呼你為親愛的，所有被我正在回憶的男人都可以成為我親愛的，因為我快死了。

> 索倫・克爾凱郭爾說：事情就這麼決定了，答案很清楚，因為所有人中最不幸的一個將是那個不會死的人，幸福的人是那會死的人。幸福是老年死去的人；較幸福的是青年時死去的人；所有人中最幸福是出生時死去的人；所有人中最幸福的是從未降生的人。可是，情況卻不是這樣；死亡是所有人共同的結局，由於那最不幸的一個未被找到，所以必須在這些範圍中尋找。

親愛的，你後來尋找到了一個什麼樣的女人結婚，那肯定不會是咖啡色女孩孟奴，我去尋找那座酒吧，但酒吧已經沒有了，在一次街道擴建中，酒吧消失了。但我仍然不顧一切地去尋找，除了尋找你我過去尋找咖啡色女孩孟奴，我尋遍了所有的酒吧，因為我深信，一切回憶的源頭就是故事的依據也是故事結尾的地方。我想起那束百合花，先是我抱著那束花與你一起散步，後來是孟奴，時間也是這麼可以交換的嗎？

但我尋找到了孟奴，她自己開了一家咖啡屋，她現在也是一個三十歲的女人，她梳著髮髻，我問她是不是叫孟奴，她的微笑使我想起那天晚上我將百合交到她手中時她那羞澀的一笑，她還給我帶來了一個人，親愛的，這個人就是你，孟奴說你已經從結婚到離婚，現在又出現在孟奴身邊，而孟奴呢，確實像她所說的一樣還沒有進入婚姻生活。親愛的，你的那個咖啡色故事就在此地，我們三個人又相遇了，時間又來到這裏，從酒吧到孟奴的咖啡屋，你的香煙燒到手指了。

J部

親愛的，你的尤物在隔壁

因為露西，我深深愛著而最後一刻卻從我身邊莫名其妙跑掉的露西，是逃跑女神，是徒勞追求的女神，是虛無縹緲的女神；她的手仍然捧著我的頭。

——米蘭・昆德拉

到底用了多長時間與你約會，實際上，當我的姨媽將你引來時，我對你並沒有一見鍾情，姨媽做了媒介者，我去她家裏的第三天，在那個秋天的黃昏，姨媽便拉著你來了，你是一名商人，哦，商人，擁有的是金錢以及為金錢而奔波、以及為金錢而搏鬥的靈魂，姨媽一開始就對我說，你有的是錢，而我擁有的是美貌，美貌與金錢的交易準是一場好婚姻。我背過身去看著姨媽並沒有看見的一小隻綠色的小蜘蛛，我頭一次發現世界上竟然會冒出綠色的小蜘蛛，我見過褐色蜘蛛、粉色蜘蛛、黑色蜘蛛、紅色蜘蛛，但唯一沒有見過的是綠色蜘蛛，但那隻小蜘蛛轉眼就從窗臺移到窗下面的幔布之外的藤枝之中去了。

我轉過身來面對著姨媽，她又重述道：美貌與金錢的交易就是一場好婚姻。姨媽宣稱：一個有姿色的女人一定要尋找到金錢，惟有金錢可以讓姿色像鮮花一樣開放。我不屑於姨媽的這個理論，我趴在窗臺上想再次尋找到那隻綠色小蜘蛛，但它已經消失了。

你來了，商人的你一開始就陷入你說過的情網，你說你被我的緊懸在睫毛的那個夢所迷惑住了，接下來才是我的疲倦，我的漫不經心的遊移之中的目光，我的修長而潔白的手指托起茶杯時的典雅，這些話好像不是一個商人所說的話，但你告訴我，事實上你婚姻的失敗就在於生活中缺少這樣一個女人，見面第四次，我們走在一排懸鈴木下面，你很想知道我婚姻的失敗是為了什麼，我沒有告訴你，離婚已經有幾年時間了，我走在你旁邊，你那輛豪華轎車就在不遠處，在六十米的地方，那種黑色的顏色——使我想轉身看看你，你確實是一名成功的商人，你的印堂光潔，你的面龐證明你早已獨立，尤其是在金錢上的獨立已經使你的面龐顯示出自由，那種自由漫無邊際，是一種徹底富有的自由，你彷彿在說，世界的任何地方我都可以帶你去漫遊，你彷彿在說跟著我你也會變得自由起來，我可以用我的金錢為你去尋找到自由。

我與你就這樣開始了一次又一次地約會，我矜持地跟隨著你從散步到進各種大飯店，進入透明的玻璃屏風，在擁有木味傢俱的餐布下面，我用腳接觸著木地板，我嗅著西餐的味道和各種美酒的味道，我看著你，你此刻充滿活力，那時候你已經三十八歲，我比你小五歲，你似乎是一個勝利者，似乎可以佔據我的時間用來與你約會，你是勝利者嗎？

似乎每一次約會我都無法拒絕，不知道為什麼，我無法拒絕你在電話裏的聲音，在你聲音響起來時，我似乎看見你那輛黑色的豪華轎車載著我，裏面放著卡蓬特的磁帶，你也喜歡那個絕望的卡蓬特的聲音，她死了，你仍然喜歡，每當她的聲音升起時，我們就開始沉默，這是一種無聲之中的沉默，這是一種你帶領我穿越地平線的沉默，而我就這樣無法拒絕與你的約會，我喜歡你，不如說是喜歡卡蓬特的聲音在你的豪華轎車裏，那種感覺使我似乎已無法拒絕與你去約會。除了這種約會之外，你似乎被我身上的外在的和內在那種矜持所感染著，你甚至連手也沒有拉我一下，有好多次，當我們走在路上，香煙快要燒到你手指了，我知道，你想與我親熱，但你克制著，你是一個成功的商人，你當然已經訓練出了自己的克制能力。在我們約會了兩個多月之後，我的假期結束了，我回到了我的城市，每天晚上你都給我打電話，每天晚上你都設計著我們再次約會的地點和時間。終於，兩個多月之後，我掀開窗簾看見了你的豪華轎車，你終於來了，你要帶我去旅行，你要讓我徹底放鬆，為了保持矜持中的我的形象，你在車上等我，讓我有足夠的時間，毫不慌亂地收拾我的行裝，確實，我可以有一小段從容的時間把我的旅行中的用具、衣物收拾好，因為你是突然到來的，我沒有一點準備，當我穿著那套橄欖色的長裙鑽進車廂時，卡蓬特正唱著那首著名的哀怨的歌曲：昔日重現。不知道為什麼，我鑽進車廂的第一件事就是想吻你，也許是因為卡蓬特那首哀怨的歌曲，也許是為了你看著我的那種目光，在那目光裏，我們的轎車突然衝了出去，我看見了火車就在旁邊的軌道上奔馳，你發動車速，你告訴我你可以超過火車的速度，確實，轎車衝到火車前面去了。因此，我看到了作為競技者的你的形象，由此我可以看到你在世界的某一些角落，你像所有成功的男人一樣是一個競技者。你露出了笑容，親愛的，你並沒有意識到我想吻你。

親愛的，你問我喜歡什麼樣的旅館，也就是說在旅途中喜歡住進什麼樣的旅館中去，這是我樂於回答的問題，我對你說，我喜歡住進寂靜的旅館之中去，聽不到人聲，但醒來時掀開窗簾會看到一些人，他們是一些孤寂的旅行者，也可以說是一些自由的漫遊者，還有旅館的位置應該面對太陽升起和降落，還有旅館外面應該有小路，那些小路通向無名的蘋果園和梨園，也就是在這一刻，你吻了我，儘管我一點也不知道你為什麼在這一刻吻我。這是你第一次吻我，而且是在車上吻我。

你滿足了我的要求，你可以很自由地輕易地不需要地圖冊就可以尋找到我喜歡的那座旅館。在濺響了春天水窪的泥路上，我看到了遠處的那座白色旅館，它像雪一樣白，又像冰一樣矗立著，你看了我一眼，彷彿讓我進入風景之中去，而白色旅館是第一道風景線。我噓了一口氣，你關閉了卡蓬特的音樂，你打開車門，我們就這樣進入了想像中的旅館，你是一個商人，你拎著兩只箱子，直到侍者走過來，你已經脫去你的西裝，你身穿著銀灰色的休閒服和銀灰色的鞋子，頭髮上沒有上慕斯，所以你的頭髮被風只拂了一下，你像一個小孩子一樣十分機敏地回頭看了我一眼。

我們到了登記處，這是大廳，旅館的大廳總是面對著客人，也面對著空氣新鮮的外面，我站在大廳中看到了外面的蘋果樹和幾片起伏中的草坪，你伏在登記處的臺子上，你回過頭看了我一眼，我們相互微笑了一下，隔了一會，你走過來，將一把鑰匙遞給我說：這是你的房間，我早就知道，為了保持我那外在的矜持你不會與我同居一室，這恰恰是我需要的，因為我想慢慢地通過無限的時間逐漸地與你親近，因為我知道，太瘋狂的激情化的東西往往是短暫的。

我們的房間面對面地存在著，侍者將我的箱子送到我的房間時，彷彿宣佈我們住在這幢白色旅館的生活已經開始了。

這是黃昏，當我洗了一個熱水澡以後我坐在靠窗臺的沙發上，我的濕髮披在肩上，我等待著你敲門，當你的手指發出第一聲時，我欠起身體，親愛的，這是第一次，我感受到了你怎樣用手指在敲門，你用手指敲門的聲音同樣也是獨立的，這樣的獨立意味著你保持了精神上的魅力。我站在門後，這是你第二次吻我，你吻到了我濕髮間的香味，你吻到了我脖頸上的香水味道，但你並沒有開始進一步地與我親熱，因為我外在的矜持像一層隔膜一樣阻止著你的熱情。你問我是不是餓了，我點點頭，你說今晚有好胃口，是的，我們開始步入過道然後沿著螺旋的樓梯下樓，你說你喜歡這樣的樓梯而不喜歡電梯，我們快步下最後一級樓梯時，正好也是她上樓的時刻，她大約二十六歲左右，侍者走在她前面為她拎著一只墨綠色的皮箱，她幾乎不看任何人，她的漂亮讓我驚訝，我想她的職業只有兩種：模特兒和演員。我不知道你有沒有注意到她，但在我們走完樓梯時你轉過頭看了一眼，你是在看她嗎？但你很快就回過了頭，在這樣的時刻，我看到了你一絲恍惚，幾個月的約會之中，我還是第一次看到你的恍惚。

因為在用餐中那一絲恍惚罩住了你，所以我很少與你說話，我們用的是西餐，我小心地使用著刀叉，不讓刀叉間的聲音發出來，時間過去了半小時，當喝了半杯紅酒之後，你的恍惚似乎被風吹走了一樣，你問我想不想去跳舞。

說實話我對跳舞並沒有多少興致，但我並沒有拒絕你，從第一場約會開始，只要是你要求的，我從來就沒有拒絕過你。親愛的，我對你說，參加舞會必須穿上晚禮服，你說你在大廳等我，讓我回房間去換晚禮服，我進房間時正是她出門時，她就是那個漂亮女人，她確實漂亮，任何男人見到她都會目光恍惚，親愛的，你的恍惚也是因為她而滋生的嗎？她大概要下樓去，她已經換了衣服，她穿著白色的長裙，有點像晚禮服的那種長裙，沒有腰帶，我看見了她纖細的腰，男人如果把雙手摟住她的腰，一定不能太用力，她似乎從來不看別人，即使與她擦肩而過的人她也目不斜視，但這並不是孤傲，而是她天性就不喜歡看到別人的世界。

在我將那件黑色晚禮服穿在身上時，當鏡子映現出我的身材和面龐時，我想起了她，我想，我如果有她那麼漂亮，我會是誰呢？任何女人都希望自己長得美麗動人，現在，我得給予自己有信心，在她未來到之前，我似乎從來都沒有懷疑過自己的美貌，現在我正扶著螺旋形的樓梯；我嗅到了樓梯上的一股濃烈的香水味，我想，這一定是她留下來的味道。在樓梯的中間我抬起頭來，親愛的，你坐在客廳的沙發上，你手裏拿著一張報紙，但是你的目光並沒有在報紙上停留，你微微抬起頭來，你在看什麼？順從你的目光，我看到了她，她正坐在大廳裏酒吧臺座前面，你看到的只是她的背影以及她那纖細的腰姿和長髮，親愛的，你也喜歡漂亮女人，你也會被漂亮女人弄得恍惚，心神不定，因為你也是男人。我來到你身邊，你將報紙放下來，我問你還想去舞廳嗎？我彷彿在說：到處是遊戲，讓你勞神費心的遊戲，你還有興趣與我去參加舞會嗎？你站起來，你彷彿看到我另一種姿態，我是你的舞伴，我穿著黑色晚禮服，我絕對不是這旅館中最漂亮的女人，親愛的，你開始挽起我的手臂，你有一種滿足感，因為我為你預備好了這件典雅的晚禮服，因為我為你預備好了跳華爾茲舞的旋轉方式。

第一支舞曲是從薩克斯管裏吹拂出來的憂傷、深情的兩步舞曲，在濃郁的夜晚，你用手臂摟住我的腰，我們貼得這麼近，我們用眼睛尋找對方的眼睛，目的是為了尋找各自的靈魂，我們的魂到哪裏去了，我想，就在這舞池裏，我們的魂在起伏跳動，我們貼得那麼緊，似乎今生今世也不再想分離。第二支舞曲是我最喜歡的華爾茲舞風，你將帶著我去舞池中旋轉嗎？就在這時，什麼東西擾亂了你的目光，哦，是那個女人上來了，她獨自坐在一角隅，看樣子她並不想跳舞，她只是想做一個旁觀者，因為她的到來，更重要的是她沒有舞伴——使所有在場的男人都被擾亂了，她坐在我們對面，我知道你在想什麼？於是我說，你去邀請她跳舞吧！你有些慌亂地看了我一眼問我：為什麼？親愛的，難道你不知道這是為什麼嗎？後來我們跳起了華爾茲，但我知道在我們旋轉時，你也沒有進入真正的旋轉之中，你的目光隨同每一次旋轉都在跳躍中伸向她，那個女人，那個尤物。我對你說，她就住在我隔壁，她一個人住在我隔壁，也許她在等什麼人。沒有一個男人走上前邀請她去跳舞，因為她長得像仙女，她似乎不是生活在世俗之中的女人，她的冷豔，她的精美絕倫的身材和面龐無形之中就在拒絕著別人，所以沒有一個男人走上前去，我想，親愛的，你有這種勇氣，然而因我在場，你也同樣喪失了勇氣。她走了，我們後來又跳了三支舞曲，夜已深，我們決定回屋去休息，你把我送到我自己的房間裏，你吻了我。我躺在黑暗之中，那天晚上我對你的身體沒有一點欲望，也許你住在另一間房子裏，我想，如果是這樣，你對我的身體也許也同樣沒有欲望。因為，我們才可以分開住，這是約會中最好的辦法了，在黑暗中我想：等到我們對各自的身體充滿欲望時，真正的愛情也許就會來臨了。

陽光明媚，我們已經來到了蘋果園和梨園，幾乎一個人都沒有，你問我昨晚睡好了沒有，我說我睡得很香甜，你問我在夜晚有沒有想你，這是你第一次跟我談我們各自的感受，我說我想過，後來就睡著了，你說昨天晚上你很想我，我們為什麼要分開住，我們應該住在一起。我沒有反對，但我的身體卻沒有那種激情，也許這是白天，你舉起照相機為我在蘋果樹下拍了一張照片，午後，我們沿著蘋果園後面的山坡走了很遠很遠的路，我們帶著很多泥土回到了旅館。我們都看見了那個女人，她正優閒地坐在旅館門口的白色椅子上，你問我，那個女人會在等誰呢？我說，也許在等一個男人的到來。你又問我，那個男人會是她的誰？我不加思索地說，也許是她的情人，你又問我，那麼，誰會是她的情人呢？我沒有回答出這個問題來，是因為我們已經上完了樓梯，我們正在開門，使用各自的鑰匙打開門。

洗完澡用完餐，你帶著我到花園中散了一會兒步，你突然摟住我說，你很想要我，在夜色之中，你用手撫摸著我的肩膀上的披巾說：嫁給我吧，我真的想要你。我們回到了旅館回到了你的房間裏，這天晚上我們是絕對要住在一起的。我躺在你身邊，你剛伸出手來撫摸我，我們都同時聽到了外面有人開門的聲音，我對你悄聲說，是那個女人回來了。你一邊撫摸我一邊問我，你說：那個女人是不是很漂亮，我說，她是我見到過的最漂亮的女人，她長得像仙女，你吻了我的脖頸，我的脖頸扭動著，但我似乎看見了那個女人的脖頸，那是一個仙女的脖頸，你覆蓋住了我的身體，就在那一剎那，我突然對你說：如果沒有我的存在，那天晚上你會去邀請她跳舞嗎？你趴在我身上，注視著房間裏的那盞燈，你對我說：你為什麼現在問我這個問題。噢，親愛的，我把你的注意力轉移了，我使你的激情突然之間轉移了嗎？我們平和地躺在床上，沒有做愛，沒有撫摸，我們無話可說，只好談你那個女人，但你沒有回答我問你的那個問題。

你側過身，我想，你一定在想住在隔壁的那個女人，她在等誰？她的情人又是誰？而我也在想她，我想，如果她沒住在隔壁，如果我們都沒有看見她，那麼，我們會有很好的性愛，我們沉浸在性生活中的激情因此也不會中斷。噢，她才是男人的尤物。

她住在隔壁，在她四面牆壁的包圍之下，她冷豔的美麗給你帶來了遐思，你在我旁邊輾轉著，如果給你機會，你會去敲門，你會敲開門嗎？我也在遐思，我在考慮我們之間的關係，在黑暗之中，那天晚上，我們幾乎忘記了做任何事情，我假寐中看見了你輾轉著身體，你不能入睡，但你以為我睡著了，有一陣子，你下了床，你坐在沙發上吸煙，你忘記了我的存在，香煙順著你黑暗中的手指在上升，親愛的，她就在隔壁，你的尤物住在隔壁，這是多麼難堪的事情，我們第一天晚上在一起，你想的卻是住在隔壁的女人，親愛的，我閉上雙眼，慶幸自己還沒有完全愛上你，直到我看見了明亮的窗戶，看見太陽照在你的臉上，你徹夜未眠，你望著天花板，你第一個動作就是擁抱了一下我說，我們今天離開這座旅館，為什麼要這麼匆忙離開，你已經去穿衣服，你裸露著，我也裸露著，但我們忽視了這種誘惑，我們都在不由自主把衣服穿戴好，我問你是不是要馬上走，你堅決地說，一分鐘後離開，這麼說，你只給我少量的時間用來化妝，不過，我可以到轎車上去化妝，重要的是我要回自己的房間去收拾東西。

收拾東西是一件費心的事情，我的所有衣服幾乎全都掛在了衣櫃裏，我必須極有耐心地將它們從衣架上取下來疊好後重放在箱子裏，我們為什麼要這麼匆忙離開，是為了那個女人嗎？是為了住在隔壁的那個尤物嗎？但為什麼要離開她呢？這個問題折磨著我，不過，我希望盡快離開，也許只有離開這個女人，我們的旅途才會進入一個新的狀態，就像在她沒有出現之前那樣，我們佔據著你我之間的時間，儘管愛情的程序很緩慢，但我們卻一心一意地在一起。

我們拎著箱子下了樓梯，大廳裏站著那個女人，隔壁的那個尤物出場了，她拎著那只箱子，那只墨綠色的箱子，換句話說，那只箱子使她顯得更像尤物，男人的尤物性感、冰冷，熱情藏在密封的箱子底部，她看了我們一眼便走上前來，她走向前來是與我們說話，她說能不能讓她搭一段路程，她解釋說她是演員，她正在外景地拍戲，她是突然離開外景地的，現在她很著急，想到劇組的所有人在尋找她，她就不得安寧，而今天恰好沒有旅遊車到這座旅館來，她的意思是想盡快搭你的車回到外景地去，我猜得不錯，她是一名演員，哦，演員，她可以在電影裏扮演千千萬萬的偶像，然而，她此刻就在你旁邊，她看著你，因為看得出來她知道你有一輛轎車，大概是大廳裏的服務員告訴她的，你的眼睛並沒有像我想像中的那樣熱情，也許她來得太突然了，也許是昨夜的輾轉失眠使你尋找到了一條擺脫她的道路，而她到來時，你似乎仍在想著那條道路，但你的眼睛閃著光，沒有熱情卻閃著光，親愛的，她或許是你在夜晚野外無法看到的另一種金屬，如今，她來了，她要搭你的車，你當然不會拒絕，只不過在白天，你們男人身上有一種理性，它使你顯得神色嚴肅，但你同意了。

她坐在後座，我仍然坐在你旁邊。

三個人幾乎不說話，她問我們是不是出來蜜月旅行，我趕快說我們只是朋友，還沒有進入結婚的程序，她說了聲對不起，轎車按照她指的路線經過了一大片葱葱鬱鬱的小森林後進入一片廣闊的平坦的南方地區，她問我們有沒有看她演的電影，我和你都同時回答沒有，她說她原來都是在電影中扮演配角，這是她頭一次在電影中演主角，你驅著車，你說進入主角不容易，人生也是一樣，只有當你成為主角在生活中演戲時你才進入了撲朔迷離的人生。她坐在後座說，所以，她不能逃走，她一定得演好那個主角，這對於她的人生非常重要。我沉默著，聽著你們倆人說話，我嗅著她身上的香水味，車廂裏到處是她的香水味，我相信你們男人對這種味道會更加敏感，是的，如果這種香水味留下的時間長一些，你會更加愉快，但中午我們就到達了她的外景地，她說了聲謝謝，她鑽出了車廂，那只墨綠色的箱子拎在她手中，她說她順著山坡走下去就是她們的外景地，她舉起手臂揮了揮，你站在那裏，你沒有舉起手臂，你只是目送著那個演主角的女演員，你重新發動轎車，你說她就像你一樣正在扮演著主角的位置。我們將車子從山坡開到公路上，我打開車窗，希望風能夠將她留在車廂裏的香水味蕩漾開去。我們重新開始了我們的旅途，但從此以後我們之間似乎有什麼事發生了，我盯著車窗外的樹影和橋梁，你問我在想什麼，我告訴你我在想一個男人。事實上，我卻是在想下車的這個女人，你相信了，你問我，如果你也在想另一個女人，我們之間怎麼辦？我說，我們之間不需要怎麼辦，我們之間只需要中斷這次旅行。你伸出手來摟了摟我的肩膀說：別那樣說話，事實上我們都清楚有些東西我們是永遠無法得到的，看上去你的眼睛開始變得迷惘起來，我補充道：如果說剛剛下車的這個女人，你本來想得到她，但她不可能屬於你生活範疇之中的那類女人，所以，你只好尋找你可以得到的女人，比如，像我這樣的女人，事實上，你想的卻是她，你是演主角的男人，你為什麼要後退呢？

你將轎車停下來，你拉著我的手說：別這樣對我說話，你要理解男人，他們可以擺脫許多事，你知道我今天早晨為什麼要走嗎？我要擺脫住在隔壁的那個女人，現在我不是已經擺脫她了嗎？用這種方式，你因此會笑話我，不過生活中需要的是理性，我現在需要的是你……你吻我，我卻沒有一絲感覺，被一個男人所吻的那種愜意和迷醉。

親愛的，你已經清醒了，正像你所說的那樣你已經擺脫了她，因為事情很簡單，她是演員，她是許多人的偶像，而你卻不會讓一個偶像進入你的現實生活，最重要的是偶像永遠無法取替你的現實，而我是你的現實嗎？而我作為你需要的現實又是什麼呢？難道僅僅是因為我可以呼之即來與你約會嗎？你再次吻我，你說那個女人，那個住隔壁的女人現在永遠不存在了，親愛的，你錯了，我們還要延續的旅行，還會碰到許許多多的陌生人，住在隔壁的那個女人也許是她，也許是別人，我對著微風說了一句令你驚訝的話：你的尤物在隔壁。然後我告訴你請你將我送回去，你可以把那個女人送到外景地去，你也可以將我送到我的位置上去。你面對著我，親愛的，你的現實生活蒙上了霧幔，你聽不懂我在說什麼話，因為你低估了我，我不是住在隔壁的那個女人，我不是你的尤物，但我可以是曠野深處那個碰撞著流水的女人。這種激情使我期待著從你身邊離開，這種激情使你吻我時我沒有任何感覺。我們回到分手的地點，而你並沒有分手的感覺，你說如果可以的話你馬上向我求婚，我站在風中，在那黑暗深處低聲告訴你：別，請別向我求婚，你的尤物在隔壁。

親愛的，姨媽後來問我為什麼不接受你的求婚，我把同樣的話在電話裏告訴了姨媽，我的姨媽隔著電話線大聲問我，什麼樣的尤物住在隔壁，我笑了，我從來沒有那樣開心過，也從來沒有這樣孤獨過，我對著電話告訴姨媽，所謂尤物，就是男人的寶貝。姨媽又問我，那男人的寶貝為什麼住在隔壁呢？

親愛的，我沒有嫁給你是對的。因為我知道如果嫁給你，我們生活中永遠會呈現出一幢房屋，在那房屋的深處，每當我們進入角色之中，我就會對你說：親愛的，你的尤物在隔壁，這是一個不倦的話題，這也是兩個嗡嗡的噴著火焰的地方，在日復一日地嗆人的霧中，在那白銀色的光芒流進衣袖的時刻，我都會一遍又一遍地提醒自己同時也告訴你：親愛的，你的尤物在隔壁。

現在，我站在你居住的公寓樓下面，我並不想前來與你約會，我只是在離你很近的地方，讓你感覺到我已消失了很久的聲音：親愛的，你的尤物在隔壁。

突然我看見你房間裏的燈光滅了，姨媽說你早已結婚了，你肯定不會與隔壁的那個尤物結婚，因為在幻想降臨時你又會回到幾絲微光所照亮的鏞色之中去，我想，所有的男人都沒有力量去敲隔壁的門，因為在敲門之前，他們的尤物已經去了。但我還是要說，如果你還有幻想的話，你的尤物在隔壁。

K部

親愛的，讓我們重溫約會之物

刺痛我的是人們之間關係的具體形式：情景；或者說，被別人稱之為形式而在的體驗為一種力的東西。情景——一種令人魂牽夢縈的具態——就是物自身。戀人就是藝術家；他的世界實際上是反轉過來的，因為在這世界中每個情景都是它自身的目的。（在情景外也沒有什麼了。）

——羅蘭・巴特

瘋的理由：親愛的，我瘋了嗎？

哦，門鈴，這是世界之中的一個出口也是入口，門鈴是在一個午後響起來的，我躺在床上午休，我的第一個念頭油然升起：是誰按響了門鈴。因為連腳步聲也沒聽到，是誰在午後會按響我的門鈴呢？我腦子裏搜尋了一遍也沒有與我事先約會的人，然而，並沒有一個人會在我午休的時刻按響我的門鈴，現在，按響門鈴的人給我提出了一個問題，誰在門外。哦，我的門鈴鑲嵌在白色的牆壁上，銀灰色的一個圓點，只要用手指輕輕一碰，就會發出聲音。而我無論待在房間裏的任何地方，都會聽到這聲音，都會被這聲音干擾，是的，它就像一種突然而至的聲音，讓無聲的潛意識世界響動起來，那個突然敲響我門鈴的人，會是誰？就在門鈴響起來的那一剎那，我抬起頭來，這突然而來的聲音，我從床上起來，在一秒鐘裏我的目光在書籍、家具、牆上的照片中移動著，在另一秒鐘裏，我已在領會這門鈴的聲音中一步步來到了門後，我有些惱怒，是誰干擾了我的午睡時間，但是我仍然打開了門。

是一位年輕的推銷員站在門後，他的理由很簡單，他要讓我買下他推銷的按摩梳子，這位精明而笨拙的推銷員張開嘴，他的嘴型是月牙型的，一個男人長著一張月牙型的嘴唇可並不好看，為了節省時間，我迅速買下了那把白色的按摩梳子，我現在不用追問，是誰按響了門鈴，我只是想著那門鈴，它除了使你來到門口之外，它還會把一個十分陌生的推銷員站在門口，我耐住性子，親愛的，因為你現在不會按響門鈴了，而在過去，你的手剛放在門鈴上，電流就會停留在我身上，打開門，我們站在門的背後接吻，每當這樣的時刻，我們各自伸出手去，觸摸到世界化為繽紛的那一刻，門鈴是把時間召喚到我們面前的真實的一剎那，除非我們已經變心，變心也就是改弦易轍。

親愛的，經歷了約會的許多次門鈴，我們面臨著什麼樣的問題呢？

玫瑰花是約會中的最燦爛的花朵：我們坐在被玫瑰花枝映現的空間裏，愛情的信物，為我們盛開，但是在這樣的約會中，我們都正在改弦易轍，故事是在玫瑰的凋零中變味的，我們站在故事的情節中，從抒情到沉醉，是不是應該把一個人已經確定了的時間推翻，假如我們都想改弦易轍——親愛的，我們擁抱的雙手分開了，玫瑰花正在凋零，這樣的生活已經來到了面前，我們正在穿越著已經成為既定時間的事實。冰冷的肉體碰了碰，沒有火花了，沒有溫暖了，沒有語言了，在一個清晨醒來的每分每秒，你我都已經發現，杯子裏的水是那麼涼，窗簾布已經陳舊不堪，成群的蛾子正在焚化成灰，過去的愛情已經不再令我們激動，親愛的，真正改弦易轍的時刻已經降臨，我們都像著了魔，就在那一刻，我們冰冷地分開，兩臂垂直，這是改弦易轍的場景，我們必定是把一切時間、禁忌都拋棄了，我們看不到我們的未來但看到了我們自己的未來。從房間裏撤離，從最心愛的影子裏撤離，我們鬆開了手，戀人關係沒有了，那麼約會也就終止，這種情景讓我們各自發瘋。

你離開後我找到了酒杯，過去了多少個夜晚，我聽到附近的一個人在吹簫，我不知道這個人是誰，在黑暗之中，我想這個人一定待在黑暗之中，他捧著黑色的簫，那是一管樂器，它伸進黑暗之中去了，如同我安詳地坐在「愛情的黑色內府之中」。天長日久，我並不想追究那個吹簫人是誰，更不想有一天見到他，也許我擁有了黑暗，這黑暗對於我來說就是自身的顫動，但是，有一剎那，我也會想像那支黑色的簫，它也在顫動，隨同我的呼吸，頸、身體中的虛幻色彩在顫動，有一剎那，我承認，我想起了愛情，想起了你，就像那支簫在黑暗中每顫動一次，我的心也會浮升一次一樣，愛情在夜晚的黑暗中變得柔和起來了，它是那些簫中的嗚響，是帷幕之外的嗚響；有一剎那，我想去擁抱一個人，這個人不是你，也不是他，這個人會是誰呢？

這個人在酒杯中迷惑住了我的雙眼，我正在利用這只酒杯和你約會，你到來時我把你的酒杯斟滿了紅色的酒，喝吧，請乾杯，然後讓我們說話，親愛的，聽就像說或寫那樣重要嗎？在愛情中我看見你一邊說話一邊掉轉頭去，在另一邊是你的斜坡和深色的沙土，是你獨立的床，床上有更加獨立的枕頭，你會把它們帶給我嗎？在暈眩中的你說話，你扶著我的腰，聽你說話，相愛者在表達愛情的謊言之詞，在我視線之外，有一對男女正在親吻，你在說話，你在肯定我們繼續相愛的同時已經讓我的耳朵聽到了聲音，在聲音之上，你要讚美的肯定是我們之間的愛情，為此，我欣喜若狂，似乎我們已經就此佔領了愛情的城堡，彷彿你的聲音已經在時間之前到達那座城堡，城堡裏人群躦動，因此我感受到了你聲音的恍惚，在恍惚之中，我既可以深陷而不可自拔，又可以清醒地面對你，伴隨情動或物語，我可以等待你，但我也可以轉過身去送別你，我還可以離開你。

親愛的，讓我上妝去房間裏會見你，你看見我在上妝嗎？鏡子在前方，我要去會見你，因此我要為你而上妝，所以，坐在鏡前，渾身浸潤猶如在沐浴之中使自身感受到了關懷和體貼，今天，我要為你而化妝，這就是為男人而化妝，約會使我著了魔，為了不再讓你挑剔出我身上的瑕疵，我開始用越來越完美的化妝學包裝著自我，當我面對你的目光時我在詰問：我還是原來的我嗎？它把我帶到你的房間，你在變，親愛的，你的房間在變，你的床在變，床對於我們來說意味著性，與床的約會意味著我們的關係進入了相互的奴役之中，把我帶到床上的那一時刻，我服從了你的奴役，在床上約會——很大意義上來說是變幻我們的身體，觸摸到另一具人體其本質是為了讓我們看到悲劇的發源地——肉體的核心——只是為了演繹悲劇。在床上吻我，在無妄的掙扎和死亡中吻我與我們淋濕了細雨在蘋果枝下接吻是兩種場景和兩種宣佈為愛的滋味，咀嚼著那滋味，最親愛的人啊，讓分離成為現實吧！

電話是愛情中的一件凶器，電話中的約定就像繚繞著一根銀色的蜘蛛，我為什麼瘋了，因為電話是一件凶器，在電話中訴說愛之外也在解釋我們的貞操和謊言。有一天夜裏，接電話的是一個女人，那個女人為什麼接你的電話，親愛的，上帝無法幫助你與我溝通這件事，在我拋棄你之前你已經拋棄了我，電話，但是除你之外還有別人的電話，還有另一個你在電話線的另一端，小心翼翼地揣測我的臉上的暗影並猜測著我的房間有沒有別的男人存在，親愛的，電話它是我們約會中的親愛之物，從電話的線頭繞進屋，明天我將穿什麼衣服。

是你掐滅煙蒂的情景讓我想起了我衣裙的顏色，煙灰色，哦，衣櫃裏的那套煙灰色的長裙難道是為你而準備的，我告訴過你，我喜歡梁家輝扮演的情人角色，在那雙細長的眼睛裏，頹廢的情人色彩既是燃燒之物化為灰燼的色彩，親愛的，我迷戀過電影中的梁家輝，我曾經想過，如果與梁家輝去約會，那套煙灰色的長裙最適宜我，但梁家輝只是電影中的角色，生活中的角色是你而不是梁家輝。你，噢，你並不那麼頹廢，你掐滅煙蒂的那刻非常動人，在與你整個交往之中，使我迷戀上你的時刻就是掐滅煙蒂，眼簾垂下的時刻，那麼我將穿上那套煙灰色的時裝，前去與你赴約，與你的眉頭間的那絲頹廢還有那束縛在襯衫下面的身體那上了漿的領口束縛著你的脖頸，而我身邊的女人們，這些可愛的女人，無論是年輕的女人還是上了年紀的女人，噢，除了我你並不會看見她們，在我們約會之前你曾經與她們待在一起。她們的笑聲就像銀鈴那樣猛然迴盪起來，房間裏女人們來往穿梭，談論著令她們興奮的話題，除了談論時裝外，她們談論得最多的話題就是男人。她們盯著自己的腳和鞋子，毫無疑問，她們的腳是優雅的，她們把自己的腳放在鞋子裏去，她們叫喊著，那聲音是性感的，使她們的孤寂感減輕。房間裏女人們來往穿梭，這是一種否定的時刻，她們已經向一場遊戲攤牌，她們承認了她們的厭倦，深紅色的裙角發出窸窣聲，彷彿在幫助這些已經厭倦的女人們徹底放棄一場遊戲一場夢。在她們被褶絲中的藍色裙裝裏緊身體時，房間裏女人們來往穿梭，在經過了那些傢俱的磨擦和嘮叨不休的語言之後，她們用閉上深色紅嘴唇，片刻之間，當她們在房間裏穿梭之後，她們突然高傲地轉過身去。她們企望著從那勻稱的窗戶之中掉下去，她們的身體游動著，在夜色中，她們從房間走進浴池，她們企望在沐浴液中被粉紅色的泡沫淹沒她們的咒語，而當一群生活在城堡之中的女人，她們在城堡的深處赤裸，柔美的線條使其中的時間噓地一聲，人和城堡在這些時間中沉淪。

煙灰色的女人已經來到你身邊，很久以前，我認識一位模特兒，她不幸身患絕症，她知道自己快要死了，她睜大雙眼，死亡難道是一種最大的極限，人們在無可奈何中想到死，人們在走投無路中想到死，人們在絕望中會想到死，人們在平靜中也會想到死。死帶給我們的好處是什麼呢？死帶給我們的好處就是讓自己的身體從世界上消失。一個模特兒曾經用自己的身體穿過無數的時裝，她知道自己快要死了，她為自己選擇了一套白色的時裝，她似乎在告訴別人，她要穿著這套白色的時裝去見上帝。當人們幫助她實現自己的最後一次選擇也是幫助她找到了自己的夢想，我看見她被裝在棺柩裏面，她閉上雙眼，她化成一片白色，翻開她的時裝史，她生前從未穿過一套白色的時裝，她穿著白色的最後一套時裝躺在棺柩裏，正如她所說，她將要去會見上帝了。在她死前，她的夢是這麼純淨，時裝的魔法給予她一片沒有色彩的光線，她是那麼純淨，躺在冰冷的泥土下，她再也不會受到時裝的束縛了，在天堂的另一邊，她像來時那樣赤裸，用身體去完成最後的儀式。白色的時裝伴隨她到天堂去了，當時我想，將來有一天，我也許也會選擇白色，在那個快死的時刻，我累了，我身上的色彩儘管那麼華麗，但我已經沒有力量去伴隨那些華麗的色彩了；將來的有一天，那些白色的顏色沒有泡沫和聲音，在去天堂的路上，白色的魔法使我的身體不會再感受到那些斑斕色彩中的戲劇。

親愛的，而我身穿煙灰色的長裙來見你時，這場約會使我承擔的是猜疑，約會中的猜疑就像煙灰色，你問我昨晚為什麼與另一個男人在馬路上散步，哦，散步，昨晚。我確實跟一個男人在馬路上走著，並且去尋找一座酒吧。你問我在酒吧裏我們都幹了些什麼，親愛的，我說我們除了說話就是說話。你沉默了，那是一場不愉快的約會，我不想讓你把我帶到床邊去，帶到你猜疑之後粗糙的撫摸之中去。

現在，我們徘徊在電影院門口，我們是一對戀愛中的男女，看電影也是一種生活，親愛的，在黑色的空間裏，坐在電影院時看著漆黑中的帷幕，我的手放在你掌心，這是最好的場所，看著電影中形形色色的人在解釋生活，這種生活來源於我的童年，來源於各種地名和它的電影院。電影使我們能夠盡快地忘記現實，因為現實像一種受潮化開的泥灰，每時每刻使我們感到塵土飄揚，電影永遠在前進，因為它必須誘惑人，必須把我們這一對戀人帶到電影院去，所以，電影永遠在解釋生活。瞧瞧吧，電影中的前景和近景，臺詞或音樂像一種用之不竭的語言正在將我們在電影院中的生活載往別處去。電影讓我們熱淚盈眶，這就是說電影已經把我們載入別處的生活，不斷地讓誘惑緊隨而來，它來自遠方，但卻離你是那麼近，通過帷幕我們就可以感受到言情片中愛情那無休無止地預後的解釋，我們還可以看到我們幻想中的那些男人或女人，他們具有我們幻想中的身材和思想感情，具有我們夢寐以求的一切美德，他們在帷幕上真實地露面，隨身帶去一個秘密又把他們的秘密解釋著，他們解釋著讓我們熱淚盈眶的悲劇，解釋著令我們焦慮不安的故事，直到最後，電影將我們帶往結束的地方。

我們手牽手終於從電影院裏走出來了，旋律、音響、畫面、演員和解釋生活的熱浪都已經留在電影院中，走出電影院，意味著我們從故事情節中走了出來，意味著我們要貼近生活，生活的解釋者已經消失了，一個人或另一個人走在你前面或後面，一群人和另一群人在四周游動，他們的嘴沉默或張開，你感到的卻不是像電影畫面上一樣的誘惑，因為他們還來不及解釋就被你一一地否定了。電影院之外沒有和諧的音樂但充滿了無盡的噪音，電影院之外有電影院中偽造的喜劇或悲劇的故事情感，但卻充滿了陷阱和令你厭惡而緊張的危險……現在，親愛的，我們去哪裏，更現實的生活在等待我們，親愛的，站在電影外的黑暗中，我們接了一個吻，這是現實嗎？

拐彎再繼續拐彎就是我們談話的風口，為什麼我們非要站在風口談話呢？親愛的，因為我們在等待著戰爭，咖啡色的鈕扣掉在地上，這是撕裂中的結果，咖啡色的雙排鈕扣使我的風衣敞開了，親愛的，聲音再大一些，聲音穿透出去，我們從情人變成敵人，而在這樣的時刻，另一個男人在遠處看著我，今晚我拒絕與他的約會，難道僅僅是因為我們之間潛伏的戰爭等待我們去參與嗎？我嘴唇上彌漫著一層紫色的口紅，我已認不清楚我是怎樣去追蹤那輛郊區的末班車，我跑著，我要拋棄那些咖啡色的正被你剝離的鈕扣，我要拋棄你讓我聽膩了的那首歌曲，那是郊區的末班車站，我鑽進去，我沒有想到，他來到我身邊，我撲進他懷中啜泣，我嗚咽。所以，我們故事中的那些剝離而去的咖啡色鈕扣使我們的約會永遠地結束了。

另一場約會在黑夜深處等待我們，另一個親愛者換了面孔攙扶住我。溫情、熱吻之後，愛情的分歧點總是像一道影子一樣伴隨著我們，我的憂慮正呈現在我們的分歧點中，那一時刻我開始失望，原來你是那樣想問題，原來你並沒有想接受我的所有一切，原來你並沒有代表我的某種願望，原來在我們中間——你知道嗎？在我們中間的距離有多少嗎？原來你也有你陰沉著的臉，並用一雙游移不定的雙眼看著我們的分歧點，原來你是在證明我完全地去信賴你這是一種不可告人的悖論，哦，原來我們仍然是兩個人並用不同的語言在繼續說話，用不同的方式在玩遊戲，就像「羽毛筆在紙張上移動，議論在互相糾纏，無可辯駁……」

親愛的，愛情的分歧點把我們引向一種更遠的歧途，我們用盡一切力量，想把對方拉進自己的話語之中去，用盡一切力量，想去佔據對方的思想，但兩道影子即使交叉在一起也會分開，愛情是一種烏托邦世界，我們忍讓、遷就並接受對方，但分歧點並沒有因此而消失。愛情的分歧點只是加劇了我們對人的認識，失望並不解決問題，因為失望依然存在，而我們並不因為失望就從愛情中走開，愛情始終是一場幻想的奴役，而且是一場漫長的奴役，有了它我們會死得更快，也會更加瘋狂和疲倦。

親愛的，讓距離存在吧，我在紛亂的距離之中給你寫過這樣一封情書，我寫道：親愛的，嚴格地說這是午夜，我與一只紙人在一起，從幼年時，我記得那是五歲半，在一次遊戲之中姻親教會了我疊紙人。紙人比木偶要單薄得多，製作一座木偶需要大量的材料，而製作一個紙人，只須想著一個人的形象再需要一張紙就足夠了。人類的遊戲方式無窮計數，當我學會疊紙人的遊戲時——我已經學會或者說我已經掌握了遊戲者利用詭譎和想像獲得的一剎那的快感。親愛的，你就是紙人，我用了不長的時間已經將你的形象，我想像中的、我在別的男人那裏感受到的那種隱私的試驗寄寓在那個紙人身上，此刻，我將紙人放在我手心，女人千百年來都在世界的大玻璃窗和陌生的車站和旅行線上旋轉，直到她們否定了被縛在別人監禁中的時刻，而處於旋轉舞臺中心的她們則自以為掌握了男人的弱點，比如，如果你是一個紙人，在那瞬間的快感之中，我以為你來了，因為你已經被我塑造成一個紙人，就在我的手掌中心，而事實在哪裏呢？

在這輾轉不盡的旅途之中或者說在這輾轉不盡的人生之中，親愛的，我嗅到了男人們手指間刺鼻的雪茄味，我知道衣袖上帶著皺褶的女人們都在不停地伸出手去，她們表面上在抗議男人們用煙霧熏痛了她們的眼睛和鼻孔，事實上她們知道在那些抽雪茄煙的男人們中間有騎士也有流氓阿斗，她們也許會在迷惑之中愛上一個騎士也會愛上一個流氓阿斗。

親愛的，你是我手上的那個紙人嗎？如果是那個紙人，那麼你就是一個流浪漢，因為在疊那個紙人時，我想起了那些不顧白晝和黑夜在星空下的懷抱和被縛在機器人般的發條上，他們也不願意重複他們的危險故事，他們尋找魔鬼般的咒詞和尋找幽靈般的速度。

我把那個紙人放在桌上，我滅了燈站在暗處，我知道，在此刻，那個紙人的你會多麼孤單，孤單的你在這個世界上一定嗅到了我皮膚上的味道和玻璃的味道，但作為流浪漢的紙人，他仍然會被時間帶回馴馬場和寬闊的荒漠上去。

親愛的，火車站和飛機場是我們相逢的地方也是告別的地方，我們置身在世界之中，在這一刻我看見了一個盲者，在我們親熱時我發現了他，事實上他在我們身影之外的世界已經存在許久了。他面對著黑暗，而且是永遠的黑暗，他開始站了起來，他的拐杖就在旁邊，他的雙手開始了對那根拐杖的撫摸，在那根木質拐杖中已開始有了一些歲月的斑點，但他的雙手只在那些斑點中停留了一會兒，他就開始使用那根拐杖了，看不清楚是那根拐杖最先向前移動還是他的影子最先向前移動，拐杖的聲音發出之後他已經來到了路上。這路上走著一個盲人，他是唯一的，他走在牆後，除了使用那根拐杖試探路線之外，他伸出了另一隻沒有使用拐杖的手，他撫摸著牆，他的手可以敏感地辨別牆上的玻璃和牆上的大理石，在兩種不同的材料裏，他的手感受到了兩種不同的語言。但他的手突然移動到一只櫥窗上的女模特兒身上，他撫摸到了女模特兒身上粉紅色的乳房和金黃色的頭髮，緊隨著他聽到了身邊的人在訕笑，他的那隻手繼續前行，一直到他生命的最後一刻，從他看不到光線的那一刻開始，他就這樣一隻手用拐杖移動，另一隻手撫摸著路上的人或事物，他撫摸的東西中有銀皿、鋼琴，這些東西總是會發出聲音，有時候，他在這些聲音中停留的時間可以使他忘記來自黑暗的全部煩惱和迷茫，他用三分之二的時間停留在這些黑暗中，並靠著難以相信的忍耐力在黑暗中行走，但願他能撫摸到無所不在的世人能夠看到的鮮花和水果，事實上，他看到的比我們看到也許要豐富，因為他撫摸的時間比我們更長久。

就在盲人的撫摸之中，在另一邊，我們焦灼的雙手被彼此撫摸著，親愛的，而相逢與分別就在眼前。而我們喘著氣，在令人窒息的吻裏面，世界敞開著大門，那天晚上你病了，我瘋了似地依偎著你去尋找醫院。

銀灰色的大門終日敞開著，守門人只負責觀望和守候棲息在院子裏的那些現代轎車，這是城堡中的醫院，它沒有受到時間的限制，時間已經是淩晨二、三點了，銀灰色的大門終日敞開著，這是市中央的一座醫院，銀灰色的大門不知道已經迎接過多少客人，它的客人就是那些病入膏肓的人，就是那些奔向死神的人，就是從死神那裏逃之夭夭的人。我瘋狂地依偎著你，親愛的，昏迷中的人會不會醒來？因為城堡中的醫院向世人敞開著，每個人都無法預測，也許在此刻或者明天就會走向醫院，就會奔向敞開著的銀灰色的大門，有誰知道呢？這是難以預測的死神來臨的時刻，這是我們都無法拒絕的時刻，在某一時刻，某人將從銀灰色的大門中走進去，然後，誰知道呢？你到底是活著從銀灰色的大門中走出去，還是被送進太平間，誰知道呢？

親愛的，麻醉師從你身邊走過，他身上大量的乙醚味撲面而來使你發怵，在別的時刻，你是無所畏懼的，但當你在某一天終於走進了這座向世人敞開的銀灰色大門之後，你仰起頭看著醫生，他們是主宰你生命的神，在一眨眼之間，你有可能活著，有可能死去。

親愛的，嘗試著給你寫另一封信，我累了，我坐下來給你寫最後一封信。旅程仍在延續，然而，我突然想把自己隱遁起來，甚至不想把這個隱遁我的出口和入口告訴你，在這個世界上，一些人向上撫摸，一些人向下撫摸，而我在走出茫茫的曠野之後也許會決定中斷我的旅程。

我坐在一把雨傘下面給你寫信，一座路邊的驛站，一把碩大的雨傘撐開是為了遮擋陰影和細雨，只剩下最後一只信封和最後幾頁迎風舞動的信箋了，親愛的，我坐在一張褪了色的木桌前面，眺望著遠處。

寫完這封信，我的精神會更加恍惚，我睜著睡眼惺忪的眼睛看不清楚來往行人的一張面孔，我擔心你還沒有看到這封信之前我就已經消失了，然而，我的消失不是死亡，我也許會被別人誤認為是一名精神病患者或者夢遊病患者而住進精神病院，所以，我思念大海，我想到海邊去，親愛的，此時此刻，我看到桌子邊緣有一隻細小的螞蟻，它在遷移，所有的移動均出自我們在靜寂之中的寂寞和厭倦。瞧著那隻螞蟻給你寫著另一封信，另一只信封難道可以裝滿我對你的尋找和愛情，不，親愛的，此刻，甚至連愛也消失了，我使用這只信封和使用這幾頁信箋只是為了中斷與你的聯繫，只是為了在數之不盡的塵埃上空看到一粒塵埃落定。

好了，親愛的，面對著我身後印著落日的大客棧，我不會再住進去，在裏面接受一串密碼和接受一種啟示，所有的蜜蜂均圍繞著新鮮的芬芳的花蕊在顫抖，而作為一個女人，我滯留過的地帶和那些銘心刻骨的死亡只是溝通了我的靈魂和一個陌生世界的關係。厄普代克寫道：「也許，你並不清楚。我的願望，我的欲望是將你的身體轉化為精神。我具有這種力量，像我這樣的人有這種力量。我能給予的是極樂——立即可以獲得的尋找。」一隻螞蟻已經移動過去，而我觸撫到的信箋只剩下最後一個角落，親愛的，把我忘了吧，別再等待一個陌生女人給你的來信，也別再從她高聳的乳峰上指望會撫摸到她的完美而令人心碎的衝突和勾引你的力量，既然我會消失我就會徹底的消失，不僅僅以，地圖上和路障中，而且以我對你的永恆不變的愛情之中消失。

L部

親愛的，我能夠給你我的寂寞

我能夠給你我的寂寞，我的黑暗，我心靈的饑渴，我在嘗試賄賂你，用無常，用危險，用失敗。

——豪・路・博爾赫斯

聲音已經將我的夢吵醒，我從夢中醒來，我將用雙手接近夢中的那根繩子，在從前某個時刻，那根繩子上晾著衣服，鮮豔的衣服在繩子上蕩來蕩去，這是夢中的某地，四周是梔子樹的香氣，當我側過身來，吳里榮正看著我：「等到我們從精神病院回去後，我們倆就結婚。」從一九九一年開始，你就消失了，那是一個深秋的夜晚，我騎自行車去與你約會，我們在頭一天晚上就約好了見面的時間，因為你在電話中告訴我，有事要告訴我，我想，你一定是想與我商量結婚的事宜，因為半個多月前我們就設計了一套結婚方案，我與你達成共同協議——旅行結婚，然而，那天晚上我並沒有見到白沙濤，我站在門口敲了一會兒門，你並沒有出來開門，我在皮包裏摸索著一把鑰匙，因為鑰匙的輪邊並不那麼光滑，開起門來並不那麼容易，在平常的情況下，我並不喜歡用鑰匙開門。打開門後，你顯然沒有在屋裏，我感到口渴，當我端起你的杯子喝水時發現杯子裏的水很涼，看樣子你白天並沒有在家裏，你也許有事出門了，你最近一直在幫助一家公司的廣告設計，我坐在沙發上，等候你的歸來，然而，你並沒有歸來，而且，從那天晚上開始，親愛的，你就消失了。

一九九一年深秋，親愛的，你的消失成為了一件事實，起初，我仍在等你，第一夜帶來了第二年的等待……我的女友勸誡我說，你還是死了心吧。我卻深信你一定會回來，多年來我一直將你的名字與自己的命運緊密相連，在與你戀愛的幾年時間裏，你一直用一種平靜的姿態吸引著我，就像我們之間的性，最初我一直拒絕與你發生性關係，在我認為性應該在我們之間的某一刻到來，而現在顯然太早，然而，你似乎有足夠的耐心等待著我——一直到很長時間的一個星期六晚上，我像往常一樣照例與你約會，那天晚上我在路上淋了場大雨，到你的住處時衣服已經濕透了，你幫助我脫去了外衣，就在這時你緊擁著渾身顫抖的我，你的手臂輕輕地垂放在我的身上，我不知不覺地接受了你的撫摸，那天晚上，我就留在了你住處。自從與你發生了性關係的那一時刻就意味著我在等待，所以，無論這種等待是多麼漫長，我都囑咐自己一定要等待你的歸來。在這種等待中，不斷地有人想接近我，在一次偶然中我認識了外科醫生吳里榮，從某一天開始，吳里榮就開始了追求我的艱苦卓絕的計劃，這種追求到了一九九三年，那是一年中最炎熱的一天，我出了一樁車禍，我騎的一輛自行車與另一輛卡車相撞，我的腳受傷，並且骨折，我住進了吳里榮所在醫院治療，吳里榮很快就獲悉了這個消息，他到病室，從那以後他就變成了我的守候神，在以後的日子裏，吳里榮就取替了你的位置。

親愛的，將你的信翻開後的那一天，房間裏飛滿了深褐色的蛾蟲，在燈光下，那些從附近的啤酒廠裏飛越過來的深褐色的蛾蟲就迎著燈光飛舞，你的信和文字漂浮於燈光下面的蛾蟲之中，你寫道：「你一點也不會想到我此刻正置身在一座精神病院的底處，我唯一清醒的就是可以給你寫一封信，我要告訴你我們家族的每一個人都有輕度的精神分裂症，這是遺傳，從曾祖父的那一代開始，遺傳就已經開始了……」我盯住那隻最小的深褐色的蛾蟲，我幾乎可以聽到那隻蛾蟲所發出的聲音。我抬起頭來，我繼續讀你寫來的這封信，你寫道：「我已認不清楚我是怎麼離開你的，我真的已經忘記了那個時刻，在燦爛的孤燈下，我驚愕地證實了我曾祖父那代人遺傳下來的絕症已經在我身上再現，這是一種比死亡更殘酷的宿命，所以，我現在想起來了，我是不能與你結婚的，如果我們結為夫妻，那麼你就看到我是一名瘋子——一名真正的瘋子，也許這正是我要離開你的唯一原因」，我早已屏住了呼吸，但是這封信的魔力使我想大聲地尖叫，在頃刻之間，我簡直不相信信中的內容，除了尖叫之外，我真的無法去接受這一切的降臨。一封來自精神病院的信本來應該使我發出痛苦和瘋狂的尖叫，但是，就在我的尖叫聲即將從喉嚨發生的那一時刻，門突然被風吹開了，吳里榮已經來到我身邊，他彎下腰揀起被風吹拂在地上的那幾頁紙，他瞥了一眼並沒有看清楚上面的文字，但他斷定面色蒼白的我與這些紙面上的黑色文字有聯繫，他把那些白紙伸展開去，在密密麻麻的文字中他看不出來這個寫信的人到底在哪裏，於是他問道：「他是誰，你從未對我講起過他來？他在哪裏？」其實他是明知故問，他明明知道你在精神病院，他最不明白的只是一個問題：我的嘴唇為什麼顫抖，我是愛寫信的那個人呢，還是愛他。無論如何，吳里榮的到來阻止了我發出那聲尖叫，如果這聲尖叫一旦從喉頭發出聲來，那麼，在頃刻之間，我也許會被自己那瘋狂而痛苦的尖叫聲淹沒。吳里榮阻止了我的尖叫，吳里榮幫助我回到了現實，在這溫暖的現實中間，那封來信只是一種回憶，它用回憶的音符在頃刻之間把綴滿顫慄的另一種尖叫聲變成了遙遠的回憶，我躺在吳里榮的懷抱，在一個外科醫生充滿理智和乙醚的懷抱中間，在身體的共同接觸感染中我講述完了一個故事，但我卻提出來要讓吳里榮陪我去精神病院看望你，我把一個美麗的諾言從潔白的牙齒中散發出來，從我們共同的氣味中散發出來，那令吳里榮激動不已的謊言送給了他：「等到我們從精神病院回來以後我們就結婚。」

吳里榮被這個諾言籠罩著，這是他追求我的艱巨的過程中最愉快的時刻，他看著我在收拾箱子，他將陪同我去等候昔日的戀人，但他的神經早已在得到那個諾言之後就已經全部放鬆，他看著我修長的腿，我在房間裏走來走去，他似乎從來也沒有看見過我的身體像今天這樣充滿熱情，彷彿有火焰從一片沙礫中上升，他把我的熱情歸納為我送給他的那個諾言，所以，他願意陪同我到那座精神病院去，因為他已經等待得太久了，他想實現我送給他的那個美麗的諾言，為了這個諾言的實現，他可以陪同我到世界上任何一個地方去。我就是這樣在吳里榮的陪同下乘了一天一夜的長途火車來到了一座小鎮，我們住進了一家私人旅館時，天已經完全黑下來了。

我們坐在私人旅館的那間客房裏，沒有一點燈光，店主告訴我們，三天前的一場雷電將電路破壞了。店主給我們帶來了好幾支蠟燭，我說在黑暗中真好，吳里榮就靠近我說：「那我們就坐在黑暗中吧。」我在黑暗中睡去，我便夢到了一根繩子，也可以說是你住宅中通向陽臺的另一邊的晾衣服的繩子，總之，在夢中和現實的現狀中，我預感到一根無形的繩子正在殘酷之中在冰冷的四周散開，我從夢中醒來以後便站在窗口，我看到一個小鎮上的婦女提著一些燃盡的煤渣倒在低窪的地方，煤渣的顏色似乎是一團冷冰冰的，死氣沉沉的顏色，我抬起頭來，吳里榮從背後伸出手來抱著我的腰輕聲說：「這地方很灰暗。」

我掙脫開吳里榮的擁抱，我不喜歡聽到吳里榮剛才說的這句話，這地方確實是灰暗的，它的顏色一定像你所置身的那座精神病院。我決定獨自一人到精神病院去看望你，我主要是考慮到了在這灰暗的色彩中如果帶著吳里榮出現在你身邊，一定會讓生活在驚悸之中的你滋生被另一種現實所顛倒的痛苦，從你寫給我的那封信來推斷：置身在一座精神病院的你的神經仍然是清晰的，也許是在寫給我的信中，你的神經像水一樣清澈，時間的流逝並沒有將你記憶中的一切東西懸空之後帶走，所以，你可以給昔日的女友寫信，你可以寫上我的地址、姓名，你是我記憶中僅存下來的一些被羽毛綴滿的飛翔之物嗎？我終於將吳里縈留在了那家旅館。

我看見的只有那根繩子，那根既可以晾衣服又可以被風吹拂著，被大量的沙礫磨擦出聲音的繩子。從我走出旅館的那一時刻，我就嗅到了四周的煤渣味，我發現一些低窪的地方都被煤渣填滿了。

我除了能夠呼吸到從煤渣上彌漫上來的味道之外就是堅定不移地向前行走，我要去會見昔日的男友，你曾是我的戀人、密友，曾用身體的節奏撞擊著我的肋骨，事情就是如此地簡單，你過去可以說是我的一切，是我的中心，是我身體中一個不能消除的斑點，而現在，通往這條填滿煤渣的道路——等待我的卻是一座抬起頭來就可以看見的瘋人院，說得好聽一些是一座精神病院。

走過那條路到達另一條同樣是鋪滿煤渣的道路就是通往瘋人院的那條小路了，也許在這座小鎮裏只有那條小路沒有填上生活在煤渣中的婦女們用桶拎出來的廢棄了的煤渣，也許是她們不喜歡這條路，對這條路保持著畏懼、警惕，誰知道呢？總之，在這條路上，連一點點煤渣也沒有，所以，親愛的，我看到的是一條乾淨的路，一條充滿泥土，連礫石也沒有的小路。小路的盡頭就是那座精神病院，為什麼有時候我會把它叫做瘋人院，有時候又把它叫做精神病院呢？我移動了一下身上的包，實際上我知道無論是瘋人院也好，精神病院也好，也無法抹去那些陰影的混亂，在我看到那座精神病院之前，也許我的精神是分散的，就像水平線上的泡沫在分散中剩下了水珠和水平線上的線條，而此刻，當我的目光看到前面那些暗砂色的圍牆時，我的想像沒有了。

那些想像中的搖晃的水平線，搖晃的鏡子，搖晃的摩天大樓頂端的柱子全都紛紛退下，剩下的就是堅硬的暗灰色的圍牆，除此之外，我看到了一道門。

從暗灰色的大門中走進去，我碰到了守門人的目光，一種僵硬的、麻木的目光，本來那目光是停滯不動的，當他看到我的身影時卻變得活躍起來了，他問我進去幹什麼？

我說看一看病人，他將我從頭到尾打量了一番說：「進去吧！病人們正在院子裏做廣播體操呢！」我果然聽到了從錄音機裏傳來的廣播體操的音樂，那架錄音機似乎已經很疲倦了，但仍然旋轉出沙啞的旋律，當我走進去不遠處就看到了瘋人院中做廣播體操的隊伍，他們身穿綠顏色的豎條病服正站在陽光下做擴胸運動。

親愛的，我在人群中尋找著你的身影，我的目光剛停留在一個瘦高個子的病服在陽光下面，那個人的身體就在陽光下痙攣了一下，不錯，那就是你，你也認出了我。就在這時，病人們卻突然停止了做廣播體操，他們的手臂垂直下來，他們的所有目光都集中在我身上。

在慌亂中我看著自己，我認為自己的衣服出了毛病，但當我低下頭來時你已經來到了我身邊，你對我說：「你別害怕，因為你太漂亮了，所以，他們忘記了自己是在做廣播體操。」親愛的，你那瘦高的身影晃動在陽光下面，我驚異地看著你，我覺得你思維清晰，就連你看著我的那種目光也是清晰的，你對我說話的那種聲音就像我們置身在戀愛中的聲音一模一樣，而你卻置身在另一場景中……

親愛的，你周圍的聲音和環境難道會與你有關係嗎？你將我帶到了你自己的那間病室中，剛一進屋之前我就嗅到了一陣濃郁的油畫顏料和松節油調和的氣味，過去我經常被這氣味彌漫著。我已經接近你的病室，一塊畫布釘在牆壁上，你給我倒了一杯水，我看到那塊亞麻布製作的畫布上還沒有一點兒顏色，就是說你正在調和顏料，你正準備畫畫。

我告訴了你，在你消失的這幾年，我一直在等你，直到我碰見了吳里榮，本來我並沒有想把吳里榮的名字告訴你，但我已經將那個名字說出來了，當我與你的目光相遇時我才意識到這個名字對你來說意味著什麼，你的面色突然之間變得一片蒼白，你低下頭去問我是不是想嫁給吳里榮？

你的思維確實是清晰的，我把吳里榮的名字只說了一遍，你馬上就已經記住了，我搖搖頭，我知道這是一個謊言，我不得不在此時此刻送給你的一個謊言，我剛把這個謊言說出來，我的嘴唇就在顫抖著，你抬起手來，你用手指撫摸著我的嘴唇輕聲說：「如果這片嘴唇不這麼顫抖，那麼我就相信你的話，問題是這片嘴唇卻是顫抖的，你在撒謊，是不是你已經準備嫁給吳里榮了？」

我噓了一口氣，因為你的手指已經從我嘴唇上移開了，因為你的手指已經不再像從前某個時刻一樣掌握我的心跳和一些秘密的顫抖了。然而，我卻沒有馬上回答你，我繞開這個問題，繞開這件讓我在說謊時嘴唇顫抖的事實，這時，你對我說：「其實，我曾祖父那代人的絕症還沒有真正遺傳到我身上來，我只是感到恐怖，一種從未有過的恐怖從幾年前我決定從你身邊消失的時候就已經包圍著我，所以，我消失，直到我來到這座瘋人院——確切地說，我已經感到我曾祖父那代人的絕症也許在明天或者今天就會一點點地降臨到我身上來，所以，我一直在等待，這是一種無法改變的命運……」

我現在終於明白了，原來你是在恐怖中走進了瘋人院，而你現在卻是一個正常人，你的思維方式是清晰的，我對你說，你應該到瘋人院之外去生活，就像從前一樣去生活，也許你曾祖父那代人的絕症根本就不會遺留到你身上呢？也許它們永遠也不會遺留下來，永遠不會。

當你再次走近我，你的右手舉起來，手指似乎是摸索著過來的，當你將手指輕輕地放在我嘴唇上：「過去我從來沒有重視過你的嘴唇，你的嘴唇有著較好的彈性和深不可測的預言，它在表明一個世界……你的嘴唇是顫抖的，你在說話，我喜歡聽你說話，如果命運就像你嘴唇展開的那樣，我們可以說抓在手裏放在夢中那該多好……」你的手終於離開了我的嘴唇，這是因為有人在外面敲門，所以我們的手輕輕移動開了，你去開門，我看著你的背影，我被你剛才手的觸摸和聲音震盪著，我說話是因為我的靈魂正在抗拒著你曾祖父那一代人遺留下來的命運，我的嘴唇猶如一只樂器發出共鳴聲，樂器用全部聲音抗拒著一個謊言和一種死亡，而我力爭抗拒的卻是你置身於瘋人院的事實，在你未成為一個精神病患者之前，我竭力想把你召喚出去。

敲門的是一個精神病患者，他站在門口對你發出一種奇怪的哭聲便走過去了。你再次掩上了門，我感到很沉悶，我知道自己不能再待下去了，我對你說：「我要回小鎮上的旅館去，我今天仍住那裏，你今天考慮一下，如果考慮好了，我明天帶你出瘋人院」，我完全不知道自己為什麼會如此理智地決定這件事，但我似乎已經看清楚來自現實的選擇。

我要走了，我沒有毅力去阻擋一座瘋人院對我的影響，這種沉悶的影響使我想出去。我站起來，你看著我，我看了你一眼，我從前是愛你的，我現在弄不清楚是否還愛著你，總而言之，我想把你帶出去，並不是因為我仍然會感覺到你的身體撞擊著我的肋骨的回憶使我無法忘記，而是一種清晰的力量。

我回到旅館，我走完了那條小路就來到了那些鋪滿煤渣的路上，我對這些鋪滿煤渣的路說不上喜歡，也說不上討厭，我想奔往的只是那座私人旅館，而這並不是因為我的男朋友吳里榮在旅館裏等我，而是另一種空間，可以讓我擺脫那座瘋人院的空間在以前只是那座小旅館，我甚至忘記了吳里榮的存在，當我用最快的腳步穿越完另一條鋪滿煤渣味的小路時，我抬起頭來，我看到了旅館和一個人。

吳里榮正站在旅館門口，等待著我的歸來，他的目光是灼熱的，充滿了牽掛和憂慮，但我終於回來了，對於等待之中的吳里榮來說，看到我的身影出現就意味著我的憂慮已經結束了。我看著自己的男友，我的目光很平靜，當我們回到客房時，吳里榮告訴我，他已經訂好了明天的返程火車票。

我的嘴唇顫抖著：「不，不，我並沒有告訴你明天就要回去」，「但你已經從瘋人院出來了嗎？你已經看到了他……你肯定已經看到他了……事情嚴重嗎？……」我一直用背影對著吳里榮，我不喜歡吳里榮把精神病院說成是瘋人院，我想阻止他，但他仍然在說話，等到他終於說完了時，我已經不再想說什麼，我現在不再想敘述，我只想閉上雙眼，最好是單獨一個人在一起，我有點後悔不應該讓吳里榮陪我到這裏來，我應該獨自來面對這種現實，因為我深知在這種現實中，只有我和你被置身其中，而其餘的人都是局外人，所以，我閉上了嘴不再想把今天的情況告訴吳里榮。

吳里榮像往常一樣走過來開始擁抱我，我在無意識地與吳里榮親熱著，但是我的目光似乎一直穿巡在那座暗灰色的瘋人院的圍牆之中。

那天傍晚下了一場驟雨，我們坐在旅館對面的那家小餐館品嘗了當地的小吃，吳里榮很想聽一聽我白天到精神病院看望你的情況，當他試圖說到這個話題時，我就掉轉身去看著細雨淋濕的煤渣塊。吳里榮帶著我離開小餐館回到旅館時他對我說：「在一片僻靜和荒涼的地方，如果你想忘記時間的最好方式就是造愛」，我不知道這是吳里榮自己的語言呢，還是從某一部電影中學來的語言，不管怎麼樣，吳里榮說這些話時顯得很幽默。

我們躺在床上時已經是十一點鐘了，吳里榮睜著雙眼傾聽著窗外的細雨，開始時我們都平靜地躺著，並沒有一點激情。

當我感受到吳里榮的雙手伸過來撫摸自己時，我想起了你，我不是故意的，我並不想在這種時刻想起你來。

但是，我越是想在這樣的時刻忘記你，但你似乎正在擁抱我，我伸出手去，那肯定是一種幻覺，然而那種幻覺使我充滿了快感，我觸摸著幻覺中你的影子，但影子卻是你的身體，直到現在，我才意識到自己愛的仍然是你，我被那種幻覺所折磨著，正當我想用力推開吳里榮時，我聽到了敲門聲，然後是你的叫聲。

我愣住了，忘記了吳里榮的存在，就在這時我似乎已經忘記了整個世界的存在，門被推開了，我們忘記了鎖門，門僅僅是關上而已，所以，門已經被你推開了。

兩個半赤裸的人面對著你，我聽到了一陣叫聲，聲音是從你的嘴裏發出來的，吳里榮輕聲說：「他瘋了，他是真的瘋了」，此時此刻，你已經不知去向，你消失得那樣快，我趴在窗口，試圖想尋找到你的影子，但我只感到黑夜就像一層布幔遮住了雙眼。吳里榮的聲音卻沒有消失「……他可是真的瘋了，難道你來這裏就是看這樣一個瘋子嗎？」

我想大哭一場，但我感到這並不是我哭的地方，那天晚上我沒有回到床上去睡覺，我坐在沙發上終於等到了天亮，當我從沙發上站起來，我已經重新歸於平靜，所以，我得去精神病院去會見你，吳里榮驚訝地說：「他的病情很重，你得早些回來」，我抬起頭，我本來想把你的情況告訴給吳里榮，但我卻走了出去。

仍然是鋪滿煤渣的路等待我去穿越，我感到自己似乎用腳尖在煤渣上跳獨舞，煤渣劃破了我的足尖，但我仍然得將獨舞跳完，這是我的舞蹈，這是我一生中最重要的舞蹈。我穿過了鋪滿煤渣的道路來到了精神病院，守門人瞇著雙眼告訴我，我是今天瘋人院進來的第一個客人，我呼吸著瘋人院中青草的氣息，我來到了你的房間，已經瘋了的你站在牆壁下面，正像吳里榮所說的那樣：你是真的瘋了。醫生告訴我，昨天晚上整座精神病院都沒有一刻安寧的時候，親愛的，你開始生病，你在院子裏大聲嚎叫的時間足有六個小時。

也就是說從昨天晚上開始你就變成了一名精神病院的患者，你真的瘋了，我很清楚，你是受到了刺激，當你推開門看到半裸的我與吳里榮時，曾祖父留下來的精神病在那一刻遺傳到你身上，很顯然，你再也無法認出站在門口的我就是你過去的未婚妻，你害怕的事情終於降臨了。

我試圖想嫁給外科醫生吳里榮，在煤渣上跳獨舞的我經常在夢中醒來，我顫抖著嘴唇回憶著自己的夢，我不明白為什麼總是夢到自己的足尖在一條鋪滿煤渣的道路上旋轉，我沒有把這個夢告訴給任何別人，三年後的早晨，精神病院的醫生打電話告訴我，你死了，我吁了一口氣，從那以後我再也沒有夢到自己在煤渣上跳獨舞。

親愛的，我無法再與你踐約，這個故事已經充滿了無法言說的辛酸的踐約，因而，在過去的日子裏我們的約會好像一根繩子在窗外蕩來蕩去，在那被歲月所磨損的故事裏面，你是唯一的用一種帶藍色的粗深灰泥層的牆壁說明一個悲劇故事的男人，而此刻，我已無法與你踐約，也無法通過零星斑落的牆上的灰塵呼吸到你的叫聲。

M部

親愛的，我交給你一個
從不忠誠的人的忠誠

我交給你一個從不忠誠的人的忠誠。
我交給你，在你生前多年，在日落之際看見的一朵枯黃的玫瑰的記憶。

——豪・路・博爾赫斯

你開始離婚的日子是你一生中最糟糕的日子，你被灰色的空氣和許多斑點窒息著，你像一隻展翅飛翔的鳥突然把頭垂落，你的前妻是我的好友，所以我能夠真相地面對你們婚姻的麻木到厭煩、蔑視，直到你們開始談論離婚問題，每當你們進入這個話題時，你們就給我打電話，因為我一直是你們的婚姻生活的調解人，已經有三年時間了，只要你們的婚姻中出現問題，我的電話鈴聲就會響起來，給我打電話的是你的妻子，有時候是你，我知道你們婚姻最大的問題是平淡，然後才是厭倦，後來你的前妻愛上了別人，她跟別人約會時被你看見，她愛上的另一個男人是一個房地產商人，面對這樣的現實，在你們脆弱易碎的神態中，我彷彿看見了灰色的泡沫在起伏。

你吸煙，你依賴著那些黃色的煙絲，那嗆人的煙霧，因為它們可以使你像懸在一根看不見的線上，你的思緒在那根看不見的線上掙扎並跳躍著，而你的前妻——那個敏感而需要激情的女人站在窗口，她告訴你，她就是愛那個房地產商人，你們的婚姻已經無法繼續了，像是從那聲音裏面彌漫出一些不連貫的碎裂的片斷，從一個凹凸的場景之中，你已經看不到婚姻的明天，那是最後一次調解，是一次失敗的調解，即使是上帝出場也無法挽救你們的婚姻。我是那個安慰你們兩者的人，我看到你的妻子很堅定，因為她擁有愛，對那個房地產商人的愛使她竭盡全力想盡快擺脫你們的婚姻，而你呢？你身體似乎蜷縮在一座冰山上，你感受到了寒冷，你的雙翅上結滿了冰渣，你顫抖著，需要安慰的是你而不是你的前妻，我剛說話，你的前妻就走了，她臨走時留下的唯一一句話是等待著你在離婚協議書上簽字，她的高跟鞋聲響動著，直到消失，我留下來，看著你那麼絕望，我只好留下來安慰你。

在那個冬天，親愛的，我扮演的就是這樣的角色。離婚的時間已到，我照例走在你們中間，正像你前妻說的，我是你們這場失敗的婚姻的證人。在街道辦事處，當你們得到離婚證書時，你的前妻的嘴角出現了一絲笑容，她對我點點頭說她得先走，我知道，憑經驗，她是去把這本手中的離婚證書交給她的房地產商人，這是一本重獲自由的契書，而你呢？你站在一道淺色的斑點下面，我對你說我請你去吃飯，那時候已經是下午了，我們用的是晚餐。

我竭力想把你帶到一家充滿溫馨的餐館之中去，你走著神，懷裏揣著那本離婚契約書，你自由了，但是自由並沒有給你帶來人們想像之中的那種快樂，在餐桌旁，你走著神，我鼓勵你說離婚意味著美麗新世界的到來，你點點頭，事實上，我知道你只是不習慣婚姻生活的解體，我對你說，你會盡快地碰到你中意的女人，你說像你這樣的男人並不招女人喜歡，我就對你說女人們會喜歡你身上的許多東西，樸實、謙遜、乾淨、善良等等，你瞧著桌布笑了笑，謝天謝地，我終於讓你笑了笑，這說明你看到了希望，你的軀體抖動掉了那些覆蓋住生活的雲翳，你告訴我說你今後一定要找一個忠誠於感情的女人，你害怕有人背叛你，你一邊說一邊忍受著刺痛你目光的那種回憶。

我表示理解並對你說，我認識許多女人，如果可能的話，我會引領你與她們認識，我對你說事實上大多數女人對感情都是忠誠的，你的妻子背叛你是因為你們的婚姻在這之前就已經出了問題，你點點頭表示贊同。從這以後我就沒有忘記我的承諾，並時刻留意著我周圍的女人們的行蹤，我想幫助你尋找到一個與你的妻子有所區別的女人，我尋找到的第一個女人是朱眉，她是醫院裏的護士，一張娃娃臉上洋溢著快樂，我為什麼要將她介紹給你，我的理由是她是一個單純的女孩子，據我所知，離婚男人大都沉浸在以往婚姻經驗的失敗之中，只有單純的女孩可以伸出手去擦乾淨他們眼裏痛苦的雲翳。

見面的機會已到，我帶著朱眉坐在公園的椅子上，朱眉是一個性急的女孩，她問我你長得怎麼樣，我說你是那種成熟的男人，有過一次失敗的婚姻，朱眉伸了伸舌頭說有過婚姻生活的男人，記憶力很頑固，談戀愛時總喜歡將別人與他的前妻相比較，原來貌似單純的女孩朱眉竟然也有這方面的防範。我說，比較一下也不是壞處，生活總是在比較中前進的，朱眉聽到後一句話開心地笑了，她又露出了她那張單純的娃娃臉。你遲到了兩分鐘，你坐在我們對面的那把椅子上，我介紹了朱眉，也介紹了你，你們相互笑了笑，我就說我的任務已經完成，你們到底會不會有故事，那是你們的事了，故事需要兩者去演繹，如果是獨角戲演了也沒用。

你看了我一眼，我看不出來你對朱眉到底有沒有好感，你的氣色有些不好，這說明你最近生活很沉悶，所以我從內心希望你快點進入你戀愛的角色，對於你這樣的離婚男人來說，新的戀愛無疑是一副修補劑，是的，所以我把單純的女護士朱眉引領到了你面前，我把她交給了你，讓你們置身在美麗的公園世界，這是一個談情說愛的好地方，是的，如果我能戀愛，我也會把我的戀人帶到這座公園裏來，然而，對於我來說，那段時間似乎與戀情無緣，我是一隻蜘蛛只環繞著別人的生活進入網絡，比如說環繞著你離婚後的生活，進入一種別人的世界也會給我帶來快樂。

親愛的，那一刻，在我離開時我全然沒有感受到你的目光，你站起來送我，你把我送到公園門口，我問你對朱眉的印象如何，你張了張嘴說還沒有什麼印象。你看著我的眼睛，你說晚上你會給我打電話。

親愛的，你為什麼不告訴我你的感受，直到你躺在病床上你才告訴我，事實上在你們的婚姻剛出現沉悶的東西時你就愛上了我，在你的妻子有了房地產商人之前你就因為我的出現而厭倦了你們的婚姻，而在這時刻，在你正在猶豫彷徨的時刻，你的妻子向你攤牌了，你不能接受你妻子背叛了你，但你也沒有勇氣告訴我你早在你妻子背叛你之前就已經愛上了我。親愛的，從那以後你就壓抑著你的自我，你任隨我為你安排與別的女人相見，後來你才告訴我，你答應與別的女人見面是因為只有這樣你才能經常見到我。

那天晚上我在家裏等你的電話，你告訴我，你在公園裏與那個女孩待了兩小時，我問你在這兩個小時裏，有什麼樣的感覺，你說什麼樣的感覺也沒有，你很麻木，我握著話筒輕聲說：不要緊，多接觸一段日子就會有感覺了。你說你不想再與朱眉見面了，你說你不可能愛上她那樣的女孩子，我問你是不是她太年輕了，似乎我已經幫助你尋找到了一個理由，你承認了這個理由，我只好安慰你，不要緊的，我可以幫助你重新找一個成熟的女人見面，你並沒有否定，我也就很高興，因為這個世界上女人多的是，我深信我會幫助你尋找到一個稱心如意的女人。你問我今晚有沒有事，我說沒什麼事，我正面對電視發愣，你說想不想到茶館坐坐，我就說這是一個打發時間的好辦法。

你在茶館等待著我，我當時想，如果你對護士朱眉有感覺，這個晚上應該是你們倆人一塊度過，但你們之間缺少緣份。我知道緣份這東西怪得很，它牽制著人們的命運。親愛的，在茶館中我對你說，也許朱眉並不適合你，不過她那張娃娃臉確實能給人帶來快樂。你很少評論，彷彿朱眉與你沒有任何關係，事實上你們曾經有過兩小時待在公園裏，噢，兩小時對於你來說難道一點意義也沒有嗎？我在記憶中搜尋別的女人的面龐，噢，親愛的，我認為你失神的面龐是因為你的生活喪失了婚姻生活，所以我要盡快幫助你尋找到一個女人，而在那一時刻，你與我坐在一起並不是為了談論別的女人，而是為了看到我坐在你面前。

我給你帶來的第二個女人是瓊，她有一頭垂到腰下的長髮茂密而健康。笑起來時她的牙齒白得像剛降臨的雪，但她的身材卻很柔軟，她離過婚，比你小兩歲，是一位資料員。我沒有把她帶到公園去，而是將瓊帶到你家裏，頭一天晚上我給你去電話，告訴你我要將一個叫瓊的女人帶來與你會面，你的聲音聽上去並沒有多大興奮，你說，哦，一個叫瓊的女人，一個怎麼樣的女人，我說離過婚，比你小兩歲，是一個成熟的女人，還沒等你開口我就說就這麼定了，我會把瓊帶到你家裏來與你見面。

瓊下午兩點正準時與我在約定的一家玩具店門口見面，五光閃耀的兒童玩具店門口站著瓊，她將長髮用夾子束在後面，她今天穿一套莊重的黑套裝，她纖柔的身材與身後的玩具形成明顯的對比，她顯然希望這次見面能給她帶來不錯的結局，與她談論這件事時，她說她渴望再結婚，婚姻對於她來說並不可怕，她一個人生活才是一團糟，她忍受不了孤獨，所以她必須重新找到她的港口。

我想瓊配得上你，瓊的莊重，瓊的纖柔，瓊那份期待婚姻的熱情一定能夠配得上你，而且她是一個心靈成熟的女人，她會與你重新建立婚姻生活的秩序，她會忠誠於你們的婚姻。於是，我熱情地帶著瓊上樓，敲門時，瓊站在我的旁邊，這是神的旨意嗎？我希望不久以後，瓊就是這裏的女主人。

你打開了門，你穿著白套衫，你在家裏時穿著隨意，你喜歡穿各種套頭衫，你看著我的目光，你並沒有急切地尋找瓊，一直到進屋，你似乎也沒有看她一眼，直到我向你介紹瓊，我當時想，你這種態度也是另一種莊重的態度，你要盡力使自己顯得莊重，因為你是一個男人，在這樣的場所中，男人應該對女人有一種距離。你給我們沏咖啡，你沏的咖啡味道很好，我品嘗著你沏的咖啡，在無意中也是向瓊介紹你的為人，瓊微笑著品了一口咖啡說味道確實不錯，你坐在我們對面，我想我現在應該溜走了，我已經將瓊帶到了你面前，我不能參與這場戲，你們都是經歷過約會到婚姻的男人女人，你們知道應該將這場戲如何演下去，如果沒有戲演下去，那說明你們的命運不會碰撞在一起。

我要走，你送我到樓下，我在樓下問你印象如何，你說你一開始就沒印象，現在你不喜歡她的黑套裝，她穿著那黑套裝好像去赴喪一樣，我想用手將你的嘴封上，但你已經改變了話題，你說你晚上給我去電話，並說你會非常有禮貌的對待這個女人，直到將她送出門去。

你走後，我感到一陣悲哀，我已經意識到你與瓊約會的敗局，我有些沮喪地搭車回家，我不明白你們男人為什麼那麼挑剔女人，難道你們沒有弱點，如果女人也這麼挑剔你們，那麼，根本就不存在著任何約會。

噢，我把瓊留在你樓上對你們實在是一場錯誤，親愛的，你受到過傷害，然而，這並不意味著你看到的都是灰塵，瓊事實上確實應該配得上你，但不管怎樣，你正在與瓊約會，也許你回去後對瓊的印象會迅速改變，因為瓊是一個溫柔的女人，如果今天有失誤的話，那就是瓊的黑套裝，瓊不應該穿著那套黑套裝前來赴約。

我向左轉，左前方就是我自己的家，我已經好久沒有愛情，也沒有人愛上我，也許上帝讓我去幫助一個男人，所以我想，我認識的女人還多，如果你不喜歡瓊，我會重新給你介紹，在這個世界上，每個男人都會找到他自己的女人。

樓下有一個身影，我隔著二十米已經看到了，他是我過去一個情人，他叫鄭來，我已經好多年沒有見到他了，他是一個麻醉師，我好多年沒有見到他是因為他出國深造去了。我甚至可以回憶起來他身上的那種味道，一個麻醉師身上特有的味道。他回來了，他從國外回來了，他站在我的樓下用那種很久沒有見到過我的目光看著我，他興奮，因為我獨自回家的模樣是那樣孤獨，他自以為我需要他，男人都是這麼盲目地想問題，他們以為一個女人如果孤獨時總會需要一個男人，她們在孤獨時最容易重溫舊情。

我站在他面前，見到他我根本不會激動起來，我想是時間，在微風中我想起來他臨走時那付得意的模樣，他以為出國深造是一件提高他身份的事情，他站在我窗口，幾年前他已經三十二歲，他已經有一個老婆和孩子，他說他老婆的父親是原某廳的副廳長，所以他老婆總是看不起他，而他從內心也看不起那個退了休的副廳長的女兒，但他告訴我他永遠都不會離婚，談到我們的關係時他說有愛並不需要結婚，他太自負，而在那段時間裏我為什麼與他在一起，因為我身體極為虛弱的時候認識了這位麻醉師，我睜著雙眼看著他給我帶來許多治癒我憂鬱的藥，有一次發高燒時，他還在我家裏為我拎來了吊瓶為我輸液，他好像是我身體的守候神，我就那樣做了他的情人。他詛咒他老婆時我就看著他的嘴型，過了很長時間我終於意識到他並不是我所愛的那類男人，正當我提出要分手時，他要出國深造去了。這是一個分手的最好時期，但我沒有想到他回國後又會來找我。

他給我從國外帶來一條項鏈，他想親自將那條項鏈帶到我脖頸上，我裸露著脖頸拒絕了他，他手裏拿著那條繫有藍色寶石的項鏈問我為什麼。我只好平靜地告訴他，在他去國外的這麼多年發生了很多事情，他說無論發生了多少事情我現在還是孤身一人，我解釋說，我孤身一人並不意味著我的生活沒有變化，他說：你愛上別人了？你做了別人的情人？

我仍然得耐著性子告訴這位麻醉師這些問題始終是我個人的問題，哪怕是我愛上了別人，做了別人的情人仍然是我自己所面對的問題。

他說：這怎麼是你個人的問題呢？你與我有關係，所以你必須講清楚。

我能夠講清楚的只是在多年以前我們就已經分開了，你今天回來並不意味著我們又要重新回到從前去。

他有些沮喪地說：我老婆現在不再挖苦我了，而你呢？你為什麼這樣對待我。

我感到噁心，我盡力克制自己，我想這是最後一次了，上帝啊，就讓我最後一次面對我過去的情人，面對這位永遠不了解女人的麻醉師吧！

這時候，電話鈴響了起來，我知道是你的電話，我知道鈴聲對我有多麼重要，我捂住話筒第一句話就告訴你：我們現在就在老地方見面，等到見面後我們再細談，好嗎？這無疑是在暗示這位麻醉師，我馬上要出門，我要去為別人約會去，這樣他就能盡快地從我房間裏撤離，這是我求之不得的事。他果然站起來，而且是很不高興的非常不情願地站起來，一句話也沒有說，而且走的時候沒有忘記將他送我的那條項鏈帶走。這是另一類男人，是我們女人必須面對的另一類男人，他們確實進入過我們的生活，並帶著他們身上的敗絮走進來，他們也許成為過我們生活中的情人，但是他們使我們的回憶充滿了蒼蠅飛過之後的那種味道。

現在，我終於擺脫他了，一路上我急匆匆地前去與你赴約，親愛的，整個空氣中洋溢著我已經擺脫開麻醉師的那種味道，也許是紫藤花樹的花粉味道，也許是我內心強烈期待的那種清澈流水的味道，因而，見到你，我感到我是那麼親切，儘管我氣喘吁吁。

等到我仍在那家茶館坐下來，我才想起來你與瓊約會之事的結局，我一直扮演著為你介紹對象的角色，你的神色有些暗淡，我知道你對這次會面又是沒有什麼感覺，我仍然用語言來寬慰你，你打斷我的話說，你不想再見任何別的女人了，你咳嗽，你好像一直經常不間斷地咳嗽，現在，你的咳嗽聲是那麼劇烈，我勸你去看醫生，然後我們談到瓊，你說你不可能再見別的女人，也不可能愛上別的女人，因為你心目中已經有另一個女人，我慍怒地目視著你，並責問你：為什麼你如此戲弄我，你心目中已經有別的女人了，為什麼還讓我介紹別的女人與你見面。你說：所有這一切都為了讓我一次又一次地有機會見到你。你說，一個捷克作家說過：「一個男人在等一個女人時，他發現要想她是非常難的，除了在她凝固的肖像踱來踱去之外什麼也做不了。」你說，「在我妻子背叛我之前我就已經愛上了你……」

我屏住呼吸，我不知道拿我自己怎麼辦，我搖搖頭說：我一點也看不出來你會有這種念頭。我意識到我們坐在一起時的尷尬，我意識到你說的話表述了一件令我十分震驚的事。接下來，我們坐在一起的關係突然被改變，我望著你，你是我所需要去愛的那個男人嗎？然而，我根本無法進入，我側過身對你說：對不起，我們之間不可能，你說：我愛你，我要強調這一點，在我妻子背叛我之前我就已經愛上了你，所以，我的情感是認真的。

這怎麼可能，正當我竭盡全力為你尋找會面的女人時你突然改變初衷，這到底是怎麼一回事，為了讓你取消那個念頭，我只好告訴你我對男人無法忠誠起來，而且永遠也不可能忠誠，愛上我這樣的女人簡直是一種災難。

你側過頭去咳嗽，你用一塊紙巾捂住嘴巴，我突然看到紙巾上一滴血漬，我驚訝地問你，這樣的狀況已經有多長時間了，你說已經有兩年時間了，我問你為什麼不去看醫生，你說兩年前你的婚姻就已經出了問題，每到咳嗽時你就背對著你前妻，她從來也沒有發現過你紙巾上的血漬，接下來是離婚，再接下來是無法有真正的勇氣把你的愛告訴我。你突然望著我說：如果你現在接受我對你的愛，我馬上就去看醫生，親愛的，你把一個孩子做的遊戲拋給了我，面對你的生命，我只好用雙手猶豫著把遊戲捧住，親愛的，你們男人總是這樣，強硬地讓別人接受某種東西，這是你們的本領，因為你們了解女人的另一種本能：柔軟的軀體。

第二天我就陪你去看醫生。經歷了各種各樣的機器的檢查之後，醫生說必須馬上住院，你看了看我，我寬慰你說那就住院吧，我會每天陪著你。幫助你辦好了住院手續之後，我們找到了你的病室，你說有生以來你是第一次住院，我讓你躺在床上，趁你躺下後我想去外面買一些水果回來，其實我是想去問問醫生你到底患了什麼樣的病。

主任醫生是一位四十多歲的女人，她嚴肅地問我為什麼不早點到醫院來檢查，你是他的妻子應該有責任……我趕快說，醫生，我並不是他的妻子，我只是他的好朋友。醫生哦了一聲說：對不起，不過他的病很嚴重，他已經到了肺癌晚期，估計不會有太長時間了……

親愛的，你無法想像我當時的神態，我不是你的妻子也不是你的親人，我答應過你但我並沒有進入你那樣的狀態，但你卻是我熟悉的一個朋友，尤其是你的婚姻出現問題以來，我突然之間就被捲進了你的生活，現在也是這樣，只有我一個人站在空曠的走道上承擔這種驚悸，怎麼會這樣，親愛的，你怎麼會患上這樣的病，而且還到了晚期，為什麼兩年前你不到醫院治療。我是你的誰？我為什麼要站在醫院來承擔這種痛苦的驚悸以及驚悸之中的折磨。

我望著我的影子，親愛的，你看見過我的影子嗎？既然你愛我，既然你已經愛上了我，我就不能逃走，就這樣我充當了這樣的一個人。

我交給你一個從不忠誠的人的忠誠。

我交給你，在你生前多年，在日落之際看見的一朵枯黃的玫瑰的記憶。

我將我的手伸給你，醫生說你的生命已經非常垂危，我知道垂危意味著什麼，就在那一時刻，我成為了你生命垂危之中的戀人，你並不知道你的絕症，因為愛情包圍著你，恐怖和死亡就隱去，我坐在你床頭，攙扶你到小花園中呼吸新鮮空氣，我是你的誰我非常清楚，我是你在生命垂危之中抓住的戀人。所以，在你的目光中看不到無妄的東西，你沒有想到你會在醫院中陷入愛情的狂熱之中。

在離死亡越來越近的你告訴我你做了一個這樣的夢：刮風了，沙漠上的大風真是比風景更加漂亮，比死亡這種歡樂更加痛苦。據說，能夠在沙漠上刮大風的時候直挺挺地站在風中是許多人做不到的事情。你在這時候站了起來，伸出手去，沙像一股股腥熱滾燙的血擲給你，你詢問你自己：「我一個人能站到大風停止的時候嗎？」就在你盡心盡情地在沙漠中被風襲去的時刻，就在你軀體被風吹得麻木起來後又凝固起來的時刻，就在你回頭的那一刻，一個女人隨著一場大風捲進了你的手臂。她緊緊地抱住你，你緊緊地抱住她，你們兩個人在沙漠中像一座雕塑一般擁抱著。

直到風漸漸平息下去。這個女人解開你的衣服，你們在沙漠裏翻滾著，在乾燥的季節中根據那種生命的自然現象做了一件遠遠超出那場沙漠上大風暴的運動。它是那麼地熱烈，分不清是地獄還是天堂。可以說是你一生最燦爛的時刻。就在臨近黎明的災難中女人從沙漠中站起來，你知道她在沙漠中站著，她一直在觀察你，觀察你的眼睛，那種最筆直的凝視使你的軀體翩翩起舞，使你的雙眼猝然消失：「我看不到你，但我知道你是誰？」「我需要的就是你看不到我」，女人在沙漠上消失了，徹底消失了。第二天、第三天你去沙漠上渴望碰到這個女人，但這只是妄想。

故事講完後你的生命就到了真正垂危的那一刻，然後，你死了。

親愛的，我此刻尋找著你的墓地，在墓地上我與你的前妻相遇，她給你送了一束百合花，她經常用這樣的方式尋找理由來看你，她還說事實上你是一個不錯的男人，她事實上並不想離婚，只不過你有一天深夜談到離婚之事，於是，她寫好了離婚協議書請你來簽名，你的前妻告訴我也許你喜歡忠誠於愛情的女人。

你的前妻對我說：「也許你就是那種可以忠誠於情愛的女人，所以他需要你」，我點點頭，親愛的，「我交給了你一個從不忠誠的人的忠誠」，在你生命的最後時刻，那時刻，生活中幾乎沒有什麼事情可以絆住我的雙腳，我一刻不停地伴隨著你，沒有愛情，但我確確實實給了你一種東西，「我交給了你一個從不忠誠的人的忠誠」。

你前妻問我到底是在什麼時候我愛上你的，我說在你生命垂危之中，你的前妻不相信，她問我是不是在你的婚姻出現問題時我就愛上了你，哦，我開始否定這個問題，在你的墓地之外，你的前妻問我：如果他還活著，你會不會嫁給他？

親愛的，我沒有回答這個問題，我過去跟你前妻是好朋友，但她並不了解你的另一些東西，尤其是她結婚以後，你的前妻說她已經在多年前就與那位房地產商人離婚了。所以她很懷念你們的婚姻，每年她都要頻繁地來看你。親愛的，你看得見你的前妻嗎？

從現在開始，你應該忘記我，你不應該在我的睡夢中出現，從現在開始，事實上從你安葬在墓地之後，我們的故事就結束了。而且從今以後我也不會有機會再來看你。

而你的前妻仍留在那裏，她離你很近，她很後悔你們的離婚，甚至後悔背叛了你。而在她背叛你之前你已經告訴了我，這是你親自告訴我的。

如果生活能夠解釋清楚，那麼人肯定不會死。

親愛的，好了，輪到我死的時間為期不遠，把所有難解之謎帶進墓地去是上帝的意思。我與你的故事就這樣講完了，沒有愛情，但「我交給了你一個從不忠誠的人的忠誠」。

N部

親愛的，
在你的秘史中充滿了懸念

眾所周知，愛情是盲目的。不管怎樣您可不該笑啊，因為盲目是悲哀的。

——羅伯・格里耶

當你將那輛藍色的跑車拐進尚義街的胡同時你覺得恍惚了一下，首先你看見的是一位盲人正攜帶著另一位盲人在胡同中慢慢行走，他們是一男一女，男的走在前面，右手拉住走在後面的女人的手，他們的身影緊靠著牆壁，影子依偎著慢慢從牆壁下面走過去，你將車子停在離盲人二十米之外的地方，你有一種極為敏感的想法，如果不讓跑車停下來，那麼，車子的每一絲響動都會使那對盲人感到驚悸，不知所措。你點燃一支煙，那對盲人走得很慢，一個騎自行車的人從他們身邊擦身而過，那個年輕人臉上輕輕地包含著一個疑問，他的疑問是肯定而複雜，那就是一種憐憫。他們的影子照耀著影子，從這條胡同走出去就是喧鬧的馬路，他們的一生就是依靠這種私人關係的影子互相照耀著往一條小巷走去，再進入一條人聲鼎沸的街道。年輕人早已過去，上述的這種疑惑現在出現在你的臉上，你吸了一口煙，你想，盲人行走的腳步聲是那麼輕，他們在牆邊行走的聲音幾乎是聽不到的，由此正是無法證實的。

你的目光從盲人的臉上移開，不知道為什麼，他們的面孔會使你想起火焰，那火焰從喪失明暗的雙眼裏上升，也許會恢復那對盲人雙眼的明亮，也許會使那種火轉化為鏡子的另一面，日夜不息地照射著他們的身影。

你抬起頭來，你剛才一直低頭沉思，一支煙已經化為了灰燼，在這種過程中，那對盲人已經從你的視野中消失而去了。這不過是短促的時間，那對盲人現在就像成了你的記憶，很多記憶中的一種十分短促的記憶。

你的雙手慢慢地啟動了車子，到了那條胡同口，你覺得你要尋找的那片公寓現在已經變成了一片公園。你將車開到一家街邊辦事處門口，辦事處的一位老人操著南北相交的土語告訴你，那片公寓三年前就已經搬遷了。你試圖問清楚在你記憶中那幢面向那座池塘的樓房，但是老人告訴你，搬遷後的居民都安置在這座城市的不同城區，如果你不知道你所要尋找的人的單位是很難找到的。你搖了搖頭，時間太長了，那遠是二十多年前的往事，那個女人使你想起一種敘述，二十多年前那個有月光照耀的夜晚，那個女人將少年的你帶進了她的臥室，年僅十九歲的你不知道那個女人為什麼要那樣做，她所教會你的一切都是令你恐怖的，包括性和接吻。就在那個下半夜你便逃之夭夭，你先是謹慎地赤腳穿過了那個女人的房間，你只記得那個女人的下巴上有一顆痣，因為那顆痣使你在那個夜晚感到了一個女人的存在是因為你的抗拒和恐怖，而那顆痣便是一切。在你被那個女人帶進臥室中的那一刻，窗口上映現的水光使你看到了窗下的那口池塘，於是你便記住了這座公寓的地理位置。

你逃離這個女人的那天晚上的下半夜開始，你就開始整夜整夜想著女人，你曾經再次出現在窗口下面的池塘邊緣，你仰起頭來看著女人的那個窗口，但是那個窗口經常遮蔽著你的目光，有時候你會從窗口上看見另一個男人的身影，那張看不清楚的面孔正將頭探出窗口看著窗下這座漆黑無比的池塘，你開始出神地想像著那個女人的面孔，但是除了下巴上的那顆痣外，你幾乎無法想像。

在這種緩慢的過程中，另一個女人來到了你的身邊，這就是你的第一個妻子，她為你在婚後不久便生下了你們的孩子，一個女孩在此後的漫長生涯中佔據了你的生活，在此後的無數天中你與妻子共同撫養著這個孩子，當那場大火湮滅了你的妻子和女兒時，你當時正在新西盆地的荒原上追趕著一隻兔子。

偶然間的那一刻你正從街道辦事處出門，我看見了你那輛跑車，因為在不久之前我父親驅車在南方的公路上時被席捲在車輪之下，而父親的那輛跑車幾乎與這輛車一模一樣。父親與母親早已離異，但是，父親的猝然離去使我對公路、車輛、速度都產生了懷疑，這種懷疑便是恐怖。

你的目光是沮喪的，你尋找那片公寓變成了公園，二十多年前那個面臨池塘的窗口現在變成了一顆記憶中的痣；二十多年前那個有著勇氣將一位十九歲的少年帶進自己臥室的女人，你夢見過她的肌膚和身體，但是，她給予你的是一個深不可測的空間，正是這種不可知性使你在二十多年後帶著勇氣和遲疑前來尋找那個女人，但是她已隨同那些高聳如雲的房屋遷移了。

你抬起頭來看到了我。在你藍色的跑車前你看到了我的目光凝固在車輛的平面上，那些藍顏色籠罩著我的嘴和我的面龐。後來，你帶著我去旅行是為了平息你尋找一個已消逝的女人的迷惘，而我跟著這輛藍顏色的跑車去旅行是為了證實死亡跟活著的最大區別是什麼？父親在一輛藍色的車輛中喪生了，而另一輛藍色的跑車仍然奔跑在去海邊的公路上。這種速度的力量導致了我與你的相遇，這時候，你已經四十多歲，跟二十多年前那個十九歲的少年相比，你的最大變化也許就是你的雙眼中蒙上了一層層悲觀的色彩。你已經開始厭倦堆集在記憶中和現實中的日復一日的生活，厭倦是無窮無盡的，最初你厭倦的是那場災難之後晃晃悠悠面對的一座工廠的巨大噪音的轟鳴，你擁有一座工廠，所以，你要養活你手下的三百多名工人，你厭倦了你面對的一座用圍牆圍起來的工廠，後來你慢慢地忍受著一種獨寂的煎熬，一位漂亮的女人默默地來到你身邊，你開始了第二次婚姻生活，你的婚姻就是你白天黑夜幻想的逃出困牆時的那個早晨，第二個妻子的雙手撫摸著你的心事和歷程，第二個妻子還為你承擔了那座工廠的全部事務。這就是第二次婚姻使你在時間和心理上的變化，你可以有足夠的時間去厭倦突然飛來的一隻小鳥的聒噪，你因此也可以有足夠的時間去追憶命運中的斷了線的風箏，比如，二十多年前那個女人下巴上的痣。

上述這一些是你在車上告訴我的，你的那座工廠離我們的這座城市有一百多公里的路程，那天黃昏我們的旅程到達之處是一座小城，你告訴我你得去給妻子打一個電話，你的聲音有些含糊，為了告訴我這樣一件事，你委婉中講了許多事情，你說你的妻子在嫁給你之前就已經喪失了所有的親人，她目前和未來的生活中你和她同時承擔著那家以生產大理石而著名的工廠。你講這些話時，車速很慢，藍色的跑車在風中就像一首令人神思恍惚的音樂，而一個人的命運很可能就是你在風中觸摸到的一首自己喜歡的樂曲；一個人的命運很可能就是他的克制力，環繞著他的，迎著他而來的那種風中的氣息。我知道，你告訴我這些是因為你第二個妻子同樣也是你生活在別處的危及著你命運的對往事的回憶和對未來的生活的中心——這也許就是你的婚姻生活的意義和重要性，如果沒有這一切，你就不會在旅程中給遠在幾百里之外的妻子打電話。

我跟隨你去尋找長途電話亭，我們都感覺到了肚子的饑餓，上路後我們就沒有吃任何東西。但是你似乎很堅定，在我們吃東西之前你一定要給你的妻子打電話。總之，你堅定地走在前面，你的目光尋找著每一個角落，終於我們倆都同時發現了一家商店的櫃臺上有一架電話。你看了我一眼，你的眼神使我感覺到了你在目光中試圖解釋你與那架電話，與那串電話號碼不可分割的聯繫。我阻止了那眼神，我想我正在接受你內心那種虛弱的掙扎。

風吹來，已經是深秋了，我站在那家商店的石階下面看著你的背影，就像你向我講述那對盲人沿著牆壁行走時，你點燃一支煙目睹著一個男人與女人的身影相互偎依時的情景，一種介於圖像之間的清晰而朦朧的東西映現於你的身影，電話已經通了，你正在說話，你說話的聲音我聽不見，這是因為我所站立的位置離你的聲音很遠。你拿起電話筒似乎總共才說了三句話或者五句話，因為你很快就放下了電話，付完電話費後你回過頭來。

秋風正輕輕吹起一張街道邊的舊報紙，那張報紙才是重要的，它上面的每一行文字都真實地記錄著一個失敗的人物和一個獲勝的場景。我還有一個秘密沒有告訴你，這趟旅行除了感受這輛藍色的車輛的速度之外，我還要在旅途中去尋找一個人，那是一位很老的瞎子，他在很多年前曾經是我的鄰居，他用他粗糙的手掌觸摸過我的手紋，但他並沒有告訴過我我的命運，第二天一早他就消失了。我一直在想他的消失是不是與我的手紋有關，有一個從陽宗海回來的人告訴我，算命的瞎子老人正坐在陽宗海那座島嶼上，他每天都給經過島嶼並路過他身邊的人算命。由此，我一直想到那座島嶼上去，但是種種原因我一直沒有機會啟程，你的到來使我的願望終於實現，我還一直沒有去過陽宗海，這座水深一百米的高原湖泊，現在已經是一座聞名於南方的旅遊度假區。

我們倆在一家餐館吃完晚飯後繼續上路。在這種黑暗的旅程中，我還知道了你的許多事情，而下面的這件事你告訴我除了故事的製造者知道之外，第二人就是我。

而你記憶中最羞澀的一段篇章正是從那裏開始的。當你開始敘述這段經歷時車子必須經過新西盆地荒原，我對這個地方記憶猶深，這是因為新西盆地荒原在我還是一位十六歲少女的年代就使我目睹了一件終身難忘的事件，那件事除了我是唯一的目睹者之外沒有第二個看見。那是一次跟隨我父親的旅行，父親一生酷愛車和旅行，在某種生活方式上就像你，當然，你們還有另一個共同點就是喜歡女人。

你將車子開進了新西盆地荒原，你明確地告訴我很久以前的一個夜晚一個女人試圖逃跑，但是你殺死了她。

你剛說到這裏我就用手捂住了你的嘴，在相當長的一段時間裏我和你分別佇立在新西盆地荒原的草地上，黑暗像一種濃密的墨水染黑了我的雙眼，你以為是我害怕殺人這個字眼，你輕輕地來到我的身邊，你的聲音就像從草尖上吹拂而來的苦澀的氣息，你說，你殺死她是因為她已經被恐怖糾纏不息，她因為嫉妒用火燒燬了你的房屋，你的妻子和女兒葬身在大火中，她忍受不了這件事件便將事實告訴了你，在這之前你完全不知道這個女人，而你的生活卻進入了她的視野，在很多年中她像遊魂般跟隨著你，她說她殺死你的女兒和妻子是因為愛你，當她來到你的身邊時，她是那樣美，她的美是一種圈套，在新西盆地荒原正當你們交媾時她把那件事告訴了你。

後來你便殺死了她，在我十六歲那一年，我的父親來到新西盆地，那些富於想像無邊無際的精神生活的人大都喜歡驅車到這片荒原上過夜，荒原像伸展的波濤之地憑著它的秘密似乎永遠在風聲合唱一支充滿孤獨的歌。在我十六歲的那一年我就透過汽車的窗玻璃看見了你用雙手掐死另一個女人的情景。而你並不知道這一切。你走到我身邊，你一遍又一遍地告訴自己同時也告訴我，如果那晚上你不用雙手掐死這個女人，那她也會自己死去，她太美了。你放下她脖頸的時候，她那有著纖細的靜脈血管的身體似乎仍然在抽搐。在這之前，你曾在喪失妻子和女兒的痛苦中帶著她旅行並跟她做愛。你掐死了身下的這個女人並秘密地安葬了她，你幫助她結束了自己的恐怖，她的恐怖是猛然的，她經常會抱住你的脖頸低聲說：你會殺死我嗎？我快死了，你就要殺死我了，於是，你便殺死了這個女人。

我感到你的嘴唇在顫抖，你的秘密轉化了，你的身體開始變得輕鬆，你轉過身體，你抱住我的頭自言自語地說道：那個秘密從此在我心中已經結束了。

秘密，我從你的手臂中掙脫出來，而我在十六歲觀望到的那個夜晚，新西盆地荒原上的風吹打著車窗，我看到的那張晃動在秘密的悲愴中的面孔我已經認不清，我只記得一個人的力量集中在一雙手上，那雙手掐死一個女人的情景不是一個十六歲的女孩可以就此結束的。

此刻，你再次來到我身邊，你請求我保證不要把這件事告訴給第二個人。再也沒有第二個人會將這樣的故事告訴我，在這片新西盆地荒原，再也不會發生類似這樣的故事。在你的生活中再不會有第二個這樣的故事，我開始呼吸到了你身體中那些秘密的隱私，那個愛你的女人，因為嫉妒毀滅了你的妻子和女兒，而你卻幫助那個女人殺死了她。再也沒有這樣的秘密可以放到那些風中去詛咒，這是一支混濁的歌曲，沒有誰會解開歌中的謎語。

我保證不會成為你的妻子，不會成為你的情人，而我會成為你秘密中的一首吟唱的歌曲，因為如果不這樣，我就不會遠離你，遠離你的秘密，而你的秘密在你講過的過程中已經放在了我的肩頭，我就像你的迷宮，你的鑰匙就放在我迷宮中的一只古老的匣子裏面。

對於這一切只有那位算命的瞎子可以從我的聲音和掌紋中觸摸到一切，他可以因此而告訴我，我是需要靠近你還是需要擺脫你。如果稍不留意我就會為此走進去，也許會變成你的妻子、情人，也許會變成你一生的摯友。

新西盆地荒原已經不是我十六歲面臨的一個地名和環境，這時我已經不是十六歲時那位體會一場謀殺案並為此保守那場景的少女，我站在這裏，你披露了那場事件，我開始體會到，你已經開始相信個人的秘密可以在某一個時刻用嘴唇說出來，並且尋找一個人，猶如尋找一個舞臺就可以用布景裏起一包敗絮，也可以將一個秘密交給對面的人。那個人無疑可以陪同你跑遍整個世界，當然，這個世界中的主人公就像我掛在嘴唇邊的那個秘密一樣充滿了善惡和渺小，如今我正掌握著你身上一個秘密的恐怖的故事，你將帶著我去旅行，當我們回到車上的時刻，你說陽宗海已經不遠了。

那位算命的瞎子，他的那張蒼老的面龐開始變得具體起來，我感覺到他的雙眼並沒有真正失明，那雙眼睛正在不朽的黑暗之中穿透每一個行走者的身影。如果你站在他身邊他會看見那個多年以前謀殺的夜晚嗎？

你已經控制了方向盤，你的方向盤現在面向一條無限伸遠的道路，在你厭倦了金錢、工廠裏的繁複和矗立的大片堅硬的大理石；厭倦了嫉妒轉化成謀殺者的火焰和死亡的種種生活方式的同時，你首先是回憶起了那個下巴上有一顆痣的女人。

在驅車去尋訪那位二十多年前將你攜往性愛生活的那個女人的路上，在一條胡同中你看見兩個盲人。你稱他們為盲人——這種稱呼是領悟力和有較強的憐憫感的人維護世事萬物的一種傷感而有道德的稱呼；而我將那個喪失光明的人稱為瞎子，每當想起這個詞彙時，我感到我正坐在那個算命先生的對面，他覺得他可以昭示每一個人的命運，因為他深信每個人的聲音和影子最終都將經歷劫數，而每個人的劫數都會通過人的手心展現出來，算命的瞎子用他喪失光明的中心尋找著他身旁的每個人的每一種命運，一個人的命運也許就是他開始相遇到的第一個人手中展開的那把有淡綠色波紋的扇子。

進入陽宗海時已經快凌晨了，這片被南方人稱為的湖泊其存在的方式就像鏡子一樣深沉和平靜，多少年代以來它已經淨化了海岸線上的天空的顏色和石頭的懷古似的一首經歌，開發者們在岸上修建了大片的旅遊度假村，在陽宗海的島嶼上現在住滿了預言家和思考者，同時也住滿了商人、妓女，那多數是一些隱名的女性，她們也許是喜歡在島嶼上生活，在生活的同時她們樂於尋找夥伴在島嶼的波濤聲中交媾和睡覺，她們出現在島嶼的石灰岩旁，她們是那樣嬌美、豔麗，感傷的雙眼注視著每一個來人，肉慾的大腿上兩側隱藏著她們性慾的信號，她們的唇張開時，猶如在呼吸著玫瑰花上的香氣，她們是這樣一類女人；她們沒有習慣去時間和速度中湮埋白天性感的嘴唇，她們習慣於在平和的海潮的聲音中使自己順應於自然的倫理和金色陽光的照耀靜悄悄地衰竭死去。

你將車開進了通往陽宗海的那條臨海的公路，我聽見了海濤的拍擊著石灰岩的聲音，那些聲音是潮濕的，可以湮滅一路上我們心中經歷的那些晦澀、迷惘的境遇。我側過頭看了你一眼，車燈映照著你的下巴，你的雙眼我看不清楚，你看著車燈照耀的路和模糊的海岸線。過了很久你告訴我，上次來陽宗海你碰到一個女人，然後你就沒有說話，直到車子到達陽宗海海灘，晨曦輝映的海灘上已經有許多人在散步，白色的沙灘綿延著整個海岸線。

你對我說：「你可以隨意去你喜歡的地方，從現在開始我們分頭行動，」你指著島嶼說：「你最好乘船到那座島嶼上去，我們會再次在那座島嶼上相遇的。」說完，你就像一陣風一樣消失了。

我背著我的那個包緩緩地走在沙灘上，你的疲倦感在沙灘上全面呈現出來，你已經厭倦我的在場，甚至已經厭倦了我們的交談。你需要獨自一個人，承擔記憶和時光交叉時呈現在島嶼上的那片含糊不清的世界，所以，當我坐在沙灘上時，我看見你搭上了第一趟遊船進入了那座島嶼。你或許去看那個女人，你記憶的那個女人，你現在不需要去用力地回憶那個下巴上有痣的婦女，那種回憶缺乏波瀾起伏的故事情節，在很大意義上，你是一個冒險家，而每一個冒險家的樂園通常是跟傑出的死亡方式和不朽的女人相聯繫的——這一切是一場永不疲倦的戰爭。

你現在奔赴那座島嶼，你將作為一個厭倦蒼蠅、蚊子，厭倦黑夜交替的時間的敘述者奔赴一座島嶼，你將像一名夢遊症患者一樣到一座島嶼伸展的秘密之中去。

而我到達那座島嶼的時間是那一天的午後，準確地說，我到達島嶼時我感受到了中午十二點太陽十分的濕潤的溫度。此刻我拾級而上，臺階的青苔差一點使我的雙腿受挫，就在那瞬間，我感受到了我已經受到一種孤立於陽宗海島嶼的敘述語言的限制，它的夜晚發出的曖昧氣息使島嶼上的居民保持著海風般的寧靜。在快要到達臺階時，從我身旁擦身而過上一位婦女引起了我的注意，我從未看見過這樣包含著尖銳的憂傷的下巴，最重要的不是這一切，而是下巴上那顆醒目的痣，她身穿黑色的寬大風衣，風衣很長蓋住了她的腳踝，只看見她黑色的高跟鞋加快了速度，向著島嶼上的一片濃蔭走去。

她下巴上的那顆醒目的痣使我似乎為你的秘密而找到了一種線索，我想盡快地將這個信號轉告給你，作為秘密的敘述方式，這顆鑲嵌在一位陌生婦女下巴上的痣，它就是引起你狂躁不安的一種事實。我不知道當你出現在這位婦女面前時，她會不會認出二十多年前那個曖昧不清的夜晚——她帶著勇氣和波瀾起伏的心情將一位十九歲的少年帶回那座面臨一片池塘的臥室中的情景，那位少年現在已經是一位四十多歲的男人，她知道不知道由於她的出場他的命運開始相遇到了女人和婚姻。

島嶼上的手工藝人不斷地走到我的身邊，他們花籃中陳列的貝殼、海螺、石頭房子和石頭梳子像一種純樸的抒情符號使我不知所措。我抬起頭注視著他們的臉龐，他們的微笑是單純的，就在他們的微笑蕩漾起來時我看見一位妓女模樣的女人正從陽光中走過來，她的目光敞開著猶如一股從噴泉中洶湧而過的泉水，我想來到這座島嶼上的男人都將面對著這樣的泉水。

整個下午我在島嶼上活動時既沒看見你也沒有看見我在尋找的那位算命瞎子。有這樣的人，在一明確的地點去尋找一個人也許是為了錯過與這個人的永遠邂逅，你在尋找那些記憶中的女人的同時實際上是為了忘記宇宙之間無窮無盡的循環的原理；是為了忘掉自己曾經厭倦的一種經歷，忘掉災難中的悲嘆；是為了忘掉自己的整個記憶。而我尋找那位算命瞎子是為了伸出我的右手，男左女右，這種劃分暗示著男人跟女人永遠情離又永遠在一起，在一起是為了參悟各自的命運。

那天晚上島嶼上突降大雨，我站在窗口看著島嶼上的雨幕，我發現這座島嶼可以清醒地告誡我們許多事情，比如，你如果記不起一個人來，那麼忘掉他的最有效的辦法就是確定這個人到底是你的誰？他從哪裏來，他到哪裏去。他的雨傘和說話的口吻到底會不會吞沒你從前說話的速度。比如，你如果曾經在生日中憎恨一個人而又飽受憎恨的折磨，拋棄這種憎恨的辦法是去一個遙遠的夢鄉，在一個猛獅出沒的夜晚站在猛獅中遭受它們的襲擊，在夢境中你應該無數次地為自己證實你是害怕那群猛獅還是喜歡跟猛獅在一起搏鬥。比如，你如果愛一個人，忘掉他的最好的理由是在一首樂曲中看見他的身影已經模糊了。

雨幕中我看到一家電話亭，我看到了你站在電話亭中握著話筒，你，如果存在的話，如果果真是在打電話的話，毫無疑問是給你的第二位妻子打電話，這座島嶼上斑斕的色彩和雨水限制不了你的回憶的憂疑，你站在那家電話亭，你的身影無法湮滅你被各種各樣的事物和人限制起來的那座迷宮，用鐘點、分秒限制的那座充滿著憂慮和記憶的迷宮，使你永遠厭倦的迷宮永遠使你走不過去。

我剛想抓住一件衣服走過去，我看見你身旁站著另一位女子，那就是你在島嶼相遇過的另一個女人。我看不清楚她的容貌，毫無疑問，你決不會跟一個醜陋的女人在一起，那個女人必須是憂慮，是幻影，是謀殺，是一個無法闡述清楚的謎。

那天晚上的雨水一直下個不停，不止一次，我面對著窗戶對自己說：一定要找到那個算命的瞎子，我已經不能承受命運這種事實的折磨，但要在今夜找到那算命瞎子是根本不可能的事情。我已經被嫉妒的可能性所糾纏，自從看到你在電話亭中打電話的那一刻，我就在釋讀你電話中的聲音，你可能對你妻子說過的許多話語；自從看到那個在電話亭等待你打電話的陌生女人的開始，隨著時間的流逝——他們的活動使這座島嶼變得那麼具體，你接觸的那位女人有可能是一位來島嶼旅行的人，有可能是島嶼上那些褻瀆著秘密的妓女——這兩類女人的可能性很大，因為你喜歡在毫無規律和形狀的漫長歲月中想起一種又一種魔法時刻的到來，而匆匆經過你身旁的女人無疑可以體現創造秘密時的特殊聲音，女人們的舌尖和牙齒可以咬噬你的屬性之一：那就是你的全部歷程的綿延下去的心靈語言。

那個下巴上鑲嵌著痣的女人在另一個下暴雨的下半夜死於一根尼龍繩。我不知道她為什麼要用這種方式結束自己，法醫將她的屍體用三個車輪的車子推到我所居住的那家賓館的花園中驗屍時，我還認為聚攏的人群是在觀看一場遊戲表演，那些聰明而喜愛漫遊的中原人就常常帶著一隻猴子走遍城鎮或鄉村，用一隻猴子就可以做完一場歡快遊戲。當我擠到人群中去時，我差一點沒有昏眩過去，我看到了那個女人下巴上的痣，在陽光照耀下她是那麼疲倦和衰老。

對我來說，這個女人就是引領十九歲的少年的你上樓去的婦女，當時她對這個少年的把握已經明察秋毫，她看透了那位年僅十九歲的少年在白天和黑夜之間遊蕩的那座熱烈的迷宮是她過去曾經幻想過的迷宮，所以她下決心使少年「墮落」，首先，她要教會少年考慮到性的無窮連續會讓人憐憫宇宙的各種身影，她沒有讓少年牢記自己的身體和容貌只讓少年記住了她下巴上的那顆痣，這就是那個女人堅定地賜給少年的你的那個夜晚的夢境和刀刃。只有那個女人才可能在這座島嶼上自縊，當我退出人群時，法醫正舉著他手中的電筒照著死者的眼睛，我覺得茫然若失，法醫不可能看見這個婦女自縊前的全部企圖，也許他看見了死者臨死前潔白的牙齒和唯一的幸福，但他不會看見她下巴上的那顆痣秘密地讚美著它所面對的那些痛苦肉體中的記憶。

算命的瞎子終於出現在我面前，他坐在島嶼的西邊那塊面臨著波濤和夕陽的石灰岩下面，他幾乎是坐在柔軟的沙丘上，他就是我的那位鄰居，就是那位很老的算命瞎子，現在，他彷彿更老了，當我來到他的身邊時，他剛從沙丘上站起來，他手中的那根拐杖又斑駁又古老，拐杖彷彿是用不會折斷的石頭製作的。他好像準備回去了，他已經很累，在夕陽中他站起來要回島嶼上的住處去了。我目送著他衰竭的身影，我想明天太陽升起時，他還會來這片沙丘，我將來沙丘上拜訪他，我的命運將通過他的聲音傳播出來。

那天晚上我在島嶼上的一家酒吧裏看見了你，你跟那個女人坐在一起顯得心神不定。我坐在裏面你並沒有看見我。後來我看見你走到電話機旁開始撥電話。再後來你跟那個女人說了幾句話就單獨出去了。

那天晚上我睡得很熟，我好像夢到了許多的刀鋒。下半夜突然有人敲門，我聽見你用低沉的聲音在叫我。在這種聲音裏，你似乎在叫喚你的妻子、情人、摯友，我打開門，你衝到屋裏低聲說：「我們現在就離開島嶼。」你已經找好一條船，半小時後我們已經在路上，黑夜長時間地覆蓋著那輛藍色跑車；再後來，過了許多的日子，我們的車仍然在路上奔馳。

有一天我們分手的時候，你站在一片城市的花園，我們決定在這裏中斷這趟旅程，你仍然得回到那座生產大理石的工廠裏去，在這期間你已經在路上給你的妻子打了無以計數的電話。我曾經暗示過你，我與你的命運只有一個人可以告訴我們，你問我這個人是誰？我說那個人是一個瞎子。你對我笑了笑，你的笑從未那麼冷漠。

站在那座花園口，你可笑地告訴我，在那座島嶼上你殺死了一個人。我剛想轉身，你抓住我的手低聲告訴我：我殺死了那個算命瞎子。說完你便走了，那輛藍色的車輛消失在馬路中間。很久以後我們再次見面，你說你想帶我去旅行，你問我想上哪裏去？我說我要去那座島嶼證實那個算命瞎子有沒有被你殺死。你駛著車輛將我送到了陽宗海，並再一次指著那座島嶼說：你不會找到那個算命瞎子，我說過我已經殺死了他。我問道：「你為什麼要殺死他？」你看著島嶼說：「最後那天晚上我與他度過了幾小時，他掌握著我的全部秘密和命運。」

我抬起頭來，親愛的，風吹來，現在是一個夏天，風吹走了我想去島嶼的全部願望。我相信那個算命的瞎子已經死了，如果你沒有殺死他的話，他也該死了，他是那麼老，我從未看見過那麼老的人。我再也不想證實算命瞎子是活著還是已經死去，還是已經被你謀殺。

現在我突然想起那個下巴上有痣的女人，我看見過她的死亡，而你並不知道她已經死去。

我來到你的身邊，你正在脫衣服，你想去陽宗海游泳，我想，在這個時刻告訴你那個女人的消息並不是好時機。我坐在沙灘上看你游泳，我第一次看見你的裸體，一個人的身體就是一座迷宮，這個真理改變不了這命運的悲劇性。

0部

親愛的，我已推遲了我葬禮的時間

你是我踐約中的最後一個人，你是時間和至高無上鏡子垂照著我，親愛的我來了，親愛的，我夢見了你，在這最後的時刻，似乎我仍然「從未生活過。我要成為另一個人」。親愛的，敞開那道灰金屬窗戶，請探出頭來，請看見我並與我約會，最後請吻我。

——海男

事實上我原來想我們之間的會面應該推遲在多年以後。多年，意味著我想在我們徹底變老的時候見面，但我沒有想到我已經趕到了我出生之地，四十多年前我就出生在這裏，四十多年前我的肉體和精神按照自然規律在上升成長。一塊手帕能夠包裹起來的小鎮，已經沒有一個人可以認出我是誰了。

Ａ和Ｂ同時出現在我居住的那座旅館裏面，當我看見他們的身影穿過樓下的交叉山徑再進入一道窄門進入我的視線時，親愛的，我的頭正劇烈地疼痛著；Ａ和Ｂ很年輕，他們是一對年輕的情侶，而且是來自城市的情侶，這意味著他們在旅行中開始了私奔。私奔是一個帶著溫度和冒險的詞彙，Ａ和Ｂ正在這個詞彙中以抵禦外部世界的寒冷。

寒風吹拂著小旅館的窄門。我坐在窄門裏的舊沙發上，我的頭痛加劇了我的隱居生活。

我想這座小鎮應該是我最後的踐約之地了，在這最後的時刻我抱著雙手從客房串到窄門裏的舊沙發上，我想是一種最後的渴望在糾纏著我，人在最後一刻確實應該是慌亂的，隨著我的頭痛的頻率加劇，我總是像一個將頭從木窗中探出去的女人，嗅著附近殘存的灰漆味，我無法說清楚我將頭探出去是為了什麼。

我坐在沙發上，我看到了Ａ和Ｂ，除此之外，在那天上午我沒有看見任何別人。我忍受著劇烈地疼痛，佯裝出一絲微笑，因而我想，人在最後一刻總會在臉上保持著微笑，我想，這微笑也許是上蒼賜予我的。

我數著窄門內的第三根柱子上的木紋，這座用木柱和木柱上的木紋撐起來的小旅館大約應該有四十多年到五十多年的歷史了。我出了門，沒有誰可以判斷我的身份，他們中沒有誰知道我出生在此地，而且我也不知道我出生後發生的什麼事情，因為在我出生後不久，父母就帶著我遷移了。

我站在街上回過頭看了旅館一眼，我看到了一道窗戶，Ａ和Ｂ正趴在窗口，他們也許已經看到了我，看到了我就是坐在窄門內沙發上的那個女人，但他們一定感受不到我的慌亂的疼痛，他們評判著我，分析我是什麼人，從哪裏來？我知道在陌生的旅行者之間存在著一種好奇的猜疑，他們在旅行中推測別人的命運勝於對自己的命運的好奇。

如果有一個真正的陌生人突然之間在此刻闖進我的生活中來，他應該是誰呢？我沒有用雙手抱住我的頭，那樣很容易落入別人的圈套之中，他們會將我歸入精神病患者之中，所以，無論頭痛怎樣厲害，我都忍受著。我知道我在最後一刻應該保持精神，因為人的精神是有穿透力，我希望來自我身上的精神在我最後一刻表現在我的目光和姿態上，無論如何，我總是告誡自己，在我有呼吸之前我決不能讓別人看出我是一個快死的人。

我這個人似乎一生都在戀愛，容易陷入戀情的女人大都是一些忘記目的地的女人，她們望著高懸長空中的太陽和月亮，她們在寒冷和炎熱中，在黑暗和白晝都會找到自己戀愛的機會，她們從不讓神經麻木，她們在侵入健康狀況很良好的情況下希望讓愛情為自己插上翅膀，她們在臨近死亡時企望在愛情中死去。難道我就是這樣的人？難道我快要死去了？

我捂住嘴唇，寒風令我的嘴唇乾燥，在這寒冷之中我獨自一人走在一座小鎮的街道上，我到底是為了什麼？當然，在我周圍到處是陌生人的身影和腳步聲，我看見了A和B，他們是不願意待在那座旅館的，他們已經手牽手出來了，他們來到了我面前，A是那個年輕的男人，B是年輕的女人，我愕然地望著他們，男的開口了，他說：我們是來找你的，剛才我們對面住進來一個男的，他問我們有沒有看到一個女人，他說的那個女人好像應該是你，我們恰好要出門，我們告訴他，如果碰到你，我們就讓你回旅館去。

我搖搖頭，怎麼會有男人來找我，我一路上沒有跟誰聯繫，而且我從未暴露過自己的計劃，我到哪裏去從未與人商量，也沒有人可以商量，那個男人難道認識我？A和B已經走了，他們操著南方城市的濃濃的口音，捲入了這座小鎮的暴風呼嘯之中，他們將城市的約會帶到這座小鎮，他們私奔著，行走在粗劣的老式石鋪路上，他們有令我羨慕的年齡以及健康的身體，他們不害怕生活中有轉瞬即逝的東西存在，比如，月光會在你閉上雙眼時輪轉一圈消失，而太陽就消失得更快。

而旅館裏竟然有一個男人為我而來，他在等待著我，我望著A、B的身影，他們有他們的故事，而我則剛轉過身。我以為我的故事已經全部結束了，但卻有一個人在旅館中等著我。

你難道就是我生命中最後一個與我篡改命運的那個人，一個男人可以在我意想不到的時候來到旅館並在那裏等待著我，哦，一路上我在寒風中朝前移動著腳步，彷彿在最後一刻移動著我的命運，我透過這朦朦的灰色的寒冷看到你了嗎？每一個男人都用左側的臉，右側的臉，正面的臉與我相遇過，他們陌生過，他們後來給我帶來了某種機會，一個女人的大都故事是在男人那裏開始又在男人那裏結束的。當我面對他們的臉時，我知道我是在面對時間，有時候我的雙手會變成弧形，我用弧形面對著時間，他們遠在天邊是因為他們曾經在咫尺之內，哦，每一個男人都可以是在這弧形之中消失的一輪光芒或者星星。

親愛的，我上樓時，你正看著我，你並不認識我，因為你並沒有叫出我的名字來，而你對我來說卻是陌生的，我從來也沒有見過你，從來沒有。你打量著我並走近我說：很顯然我會在這座小旅館碰到你，一個星期前我做了一個夢……

我不想讓你站在上了樓梯的過道上將這個夢講完，我把你帶進屋，是我住的那間客房，即使你是陌生人我也不害怕你，因為到了我這樣的時刻，人世間要降臨的所有一切都是我最後咀嚼的東西，即使是一個強盜進屋我也會讓他拖走他需要的一切東西。

你進屋，你是遲疑的，你一直在看著我，我讓你坐在那只木沙發上，只有一只沙發，我只好坐在床頭，窗戶是開著的，我喜歡呼吸新鮮空氣，我不害怕寒冷，我還喜歡從窗口看風景，看那些夜晚在寒風中紛紛散落的某種昆蟲的翅翼，看它們的小身體在顫動，我會讓它們飛進窗來。

現在你開始重新講你的那個夢了，你說，一個星期天的一個深夜，準確地說是下半夜，你夢到了一座旅館，這座旅館叫木味旅館，在旅館裏住著一個女人，她在夢裏拼命地抓住你的雙手，她說別放開我，我害怕，別放開我，你甚至還看清楚了那個女人的模樣，在夢裏，她的臉異常蒼白……接下來的第二天、第三天你一直在尋找一座木味旅館，當然你的目的性很強，你已經離異多年，但一直沒有尋找到別的女人，你想那個住在木味旅館中的女人，也許就是你要相遇的女人……

我知道我們住的這座旅館就叫木味旅館，為什麼叫木味旅館呢？因為這座旅館基本上是用附近森林中一種散發出木味的純木製造，即使過去了多少年，只要你住進來就會嗅到好聞的木的味，而那個在你夢中出現的女人她會不會是我，如果是我，我又為什麼會出現在你夢中，因為我與你素不相識，也許那個女人並不是我，而是別的女人，我把我的這種猜疑告訴了你，你搖搖頭說：別的東西可以否定，然而，你的面孔卻不可能否定。

A和B的身影出現在窗外，我立起身子，你問我看什麼，我說我看到了A和B，你突然問我，如果我就是你夢中的那個女人我能不能跟你走？

跟你走，我站了起來看著你，原來這個世界上還有比我更難以思議的人，而且是男人，我看著你的那張面孔，這張臉從未在我的任何夢境中出現，這張臉上有一道重要的疤痕，我對你說：也許那個出現在你夢境中的女人確實不是我，你對我說，你的臉是那樣蒼白，只不過你沒有抓住我的雙手；我對你說，如果我跟你走，你會將我帶到哪裏去呢？你對我說，你想到哪裏就到哪裏去，我們可以多接觸，以便雙方互相了解，當然，我們最後將完成婚姻的儀式……

哦，完成婚姻的儀式，這儀式是一個陌生男人從夢境中尋找到的一個女人，你對我的期待最終是為了完成婚姻的儀式，因為你相信夢境，不如說是相信超越生活的另一種虛無的安排，你為了夢中的那個女人前來木味旅館，我真的是你夢中的那個女人嗎？

親愛的，親愛的，我沒有答應你也沒有拒絕你，我聽見了A與B上樓的腳步聲。

我看著你臉上的那道疤痕，你解釋道：兩年前一場車禍，所有人都在車禍中喪身，只有你活著並留下了這道疤痕，那場車禍使你感覺到人生莫測，所以，你想抓住生活中偶然的一切，所以，你在尋找著木味旅館，尋找著夢境中出現過的那個女人。

A與B就住在我隔壁，他們同居一室，我會聽見他們的聲音從旁邊的木牆中傳來，他們戲笑，他們說親密的話語，而在這樣的時刻一個陌生男人也同樣住在我隔壁，第一個夜晚，我躺下來後就會看見他臉上的那道疤痕，然後是我的頭痛，我會想著大腦中的那個核正在身外蔓延，於是，我痛苦地吞食著大量的止痛片。

第二天，當疼痛消失之後，你來了，你問我為什麼要到木味旅館來，我告訴你說這是我出生的小鎮，你似乎不需要我多說什麼就理解了我的心情，你說，你可以陪我到小鎮上去走走，我問你有沒有去尋找過你出生的地方，你說，男人跟女人也許不一樣，我問你為什麼不一樣，你掏出火柴，我第一次看見你抽煙，我突然問你，你現在最想做的事情是什麼，你說跟一個女人在相愛以後突然結婚。

A和B在敲我們的門，他們問我們想不想結伴合租一輛小馬車到三十里之外的地方去看瀑布？你馬上說這是一個好主意，似乎你的決定就是我的決定。儘管我出生在這座小鎮，可我並不知道三十里之外有一座瀑布。

你問我喜不喜歡風景，當時我正在箱子裏尋找我的另一件大衣，那件棗紅色的大衣，箱子打開以後彌漫著一股香水味，幾本供我在旅途中消遣的書放在上面，我忘記了去回答你提出的問題，因為在我閱讀過的昆德拉的小說《玩笑》中有一段話曾經被我用藍色圓珠筆勾劃過：「拋開事件和人，愛情故事還有什麼內容？儘管我是個懷疑主義者，我還是一直懷有自己的迷信——例如，我奇怪地深信，我生活中發生的一切都有一種超過它自身的意義，都意味著某種東西，生活通過它每天發生的事在向我們講述它自己，在逐漸揭示一個秘密，它採取一個寓意，必須譯解的畫謎的形式，我們生活中的故事構成了我們生命的神話，在這部神話書中存在著一個揭示真理和神秘的線索。這完全是幻覺嗎？也許是，很可能是，但是我似乎無法擺脫不斷地去譯解我生活的這種需要」。

為了你的那個夢，為了我最後的那種期待，我把我那件棗紅色的大衣找了出來，我忘記了我夜晚的頭痛，忘記了我頭腦中那個正在向外蔓延的癌。親愛的，A和B在外面等我們，你也在等我，生活，噢生活，我現在不害怕死，我只是害怕會讓我終止生活，我想，你就是那個讓我延續生活的人，那一刻，我忘記了絕望，我穿上大衣，房間裏沒有穿衣鏡，而你看來就是我的鏡子，你對我說：「你看上去很漂亮……」在這樣的時刻，有了這樣的讚美詞，我當然會忘記一切。

A和B站在門口，他們一直互牽著手，你看了看他們又看了看我，你一定想到了你更年輕的時候，在你初戀時，你也是這樣拉著一個年輕女人的手，在這延續下去的路上，我們租到了一輛小馬車，這意味著A和B、你和我將在這個冬日上午出發，去看三十里之外的瀑布，我突然想起你問過我的話：你喜歡看風景嗎？

A和B在我們對面，馬車奔馳著同時也敞露著，A和B互相依倚著，在寒風中他們可以互相取暖；A和B確實是一對沉溺於愛河中的男女，他們沉浸在幸福之中。

我和你坐在小馬車上，我們不是戀人，你為了你的那個夢而來，而我則是為了將生活延續在最後一刻而跟隨你而去，我想，如果你此時此刻把手伸過來摟我的話，我絕對不會拒絕你，但你要保持你的自尊心，也就是保持一個男人最初的穩重，因為你必須給我留下最佳印象；因為你的目的很清楚，你想帶我走，你想在我們相愛以後結婚，你根本不了解我，你根本看不到我身體中那種包裹起來的絕望，所以你只看到我的生而無法看到我的死。

親愛的，有時候我會在猛然間看到你臉上的那道疤痕，那次車禍只剩下了你，真不容易，所以，你可以抓住一個夢境並找到夢境中那個女人，而且你認為我就是你夢中的那個女人，你帶著A和B內心沒有的另一種冒險的快樂坐在我身旁，你認為你可以把我帶走，因為從現在開始我已經跟你走了，這是一個開始，是一個愛情故事的原始階段，是啊，A和B坐在對面，在他們認為我們是一對戀人或者情人，但是他們顧不上追問我們為什麼不像他們那樣相互依偎著，手拉著手在一起。

A和B叫了起來，他們總是比我們早看到風景，他們看到了那座白色瀑布，我聽到空中的鞭聲，我側過頭從你肩頭看過去，一道白色的瀑布在遠處垂掛著，你的手伸過來碰了碰我的手指，親愛的，這次手指相碰跟以往不一樣，這是我最後一個故事，親愛的，你回過頭看我，你的目光那麼潮濕而溫情，你似乎在為那個夢而生活，親愛的，就在那一刻，我知道我已經推遲了我葬禮的時間。

我知道我踐約完畢之後就會有一場關於自己的葬禮，那是一場無人參加的葬禮，我也許會帶著祈禱之詞為自己舉行葬禮，那是冬天的最後一個夜晚，我會死在那個冬天，我會為自己鋪蓋上白色的床單……

親愛的，在那一刻我卻推遲了我葬禮的時間，A和B已經互相攙扶著跳下了馬車，當我站在馬車上正準備往下跳時，你突然伸出手來抱住我的腰，你把我放在地上時我對你充滿了感激，那些還有更多時間準備活下去的人們不會意料到我對你充滿了感激是因為你給一個女人，一個病人膏肓中的女人帶來了用身體融合情感的那個支撐點。

Ａ和Ｂ手拉手奔往那片瀑布去了，我們走在後面，你當然是走在我身邊，你穿著一件黑呢大衣與我的棗紅色大衣形成明顯的對比，Ａ和Ｂ突然回過頭來，舉起他們手裏的照相機為我們拍攝了一張照片。那張照片中的你和我想互相靠近，但是我們始終沒有靠近。

因為我們在Ａ舉起那架照相機之前一直保持著我們的理性，直到我們佇立在那座白色瀑布前面，我聽到了瀑布的落差所濺響的聲音，Ａ和Ｂ忙著互相留影時，你站在我身邊，你突然拉住了我的手，你說看過許多瀑布，但這次不一樣，因為你跟你夢中的女人在一起。

我的精神在向你靠近，我們突然面對面，那是我們的精神每一次接觸的地方，親愛的，有可能我確實在你夢中出現過，因為在我最後一刻我在與自己的肉體作一次最後的拼搏，而對於一個像我這樣的女人來說，我必須尋找一種現實來作一次拼搏，此刻，就是我的肉體拼搏的場景，我在驗證我的個人生活有沒有結束，所以，我讓你握住我的手時，我問我自己：這是一雙男人的手嗎？

如果是一雙男人的手說明我正在拼搏之中，因為只有現實生活才能考驗一個人拼搏的力量有多大，親愛的，如果你吻我，我沒有拒絕的話，證明我有希望把最後一次生活延續下去，那麼，親愛的，請看見我並吻我吧！

A和B發現了瀑布下面的那口池塘，A站在風中像一個年輕的男子漢，他對你說：「我們應該到那池塘中游泳，你敢不敢去池塘中游泳，你害怕冷嗎？」你看了我一眼回答A：「我習慣冬泳，我的身體能抵抗寒冷。」於是我們來到那口池塘邊緣，在這裏不適宜說什麼話，因為瀑布的聲音覆蓋住了一切，你站在岸上脫衣服，你把衣服扔在我懷中，A也把衣服扔在B的懷中，我們兩個女人互相看了一眼，你們是演員，而我們是觀眾。

親愛的，在這樣的一刻，我已經感受到了你們男人的拼搏，因為你們男人深知只有面對女人時男人之間的拼搏才會變得有意義，你們跳進了水池中，我和A抱著你們男人的衣服站在岸上，親愛的，是你創造了一個機會讓我重新感受男人的勇氣在拼搏之中給我們女人帶來的那種刺激；幾天前我曾認為我不會再有機會為感受男人而興奮了，幾天前我的軀體似乎已經死亡過，親愛的，此刻，我看著你穿行在池塘的冰塊之中，你自由地拼搏著，你和A都有一個目的，你們必須讓我和B看到你們確實是男人，B驚愕地張開嘴，她搖搖頭說，這是她第一次看見A在冬天游泳，B走過來大聲問我：你以前有沒有冬泳過？我回答B：我也從來沒有看見過你冬泳過。

是的，親愛的，你的過去我不了解，但我認為你是第一次冬泳，A為著B而冬泳，而你卻為我在冬泳。

當你們上岸時，我和B同時撲上前去，我首先脫下大衣用衣服上的體溫給予你溫暖，我看見A在吻B，你穿著我的大衣，在那一剎那，在我沒有絲毫準備時你吻了我一下。親愛的，這個吻似乎是你上岸時給予我的一種所向披靡的武器。

我們又重回到我出生的那座小鎮上。親愛的，我是不是你夢境中的那個女人，那天晚上你仍住在隔壁，這是我的主意，我害怕半夜我突然頭痛，我害怕你察覺到我的疾患，我那奄奄一息的生命，我害怕我在你身邊會死去，哦，親愛的，所以我一定要讓你住在我的隔壁。因為到了明天早晨，我就有可能多活一陣子，你也許會帶我走，A和B明天也要走，我們也該會和他們同時離開。

把我的葬禮推遲，生活中被偶然點燃起一團火焰照亮了生命的旅途，第二天凌晨，我起得很早，我將披散的頭髮，正在長長的頭髮盤成髮髻，因為我知道，改換自己的形象使生活會重新開始。

你站在門口敲門的那一瞬間，親愛的，我知道這樣的感受對我已經不多了，但我已經一次又一次地陳述過；為了你的到來，為了我已經撲進你懷抱的那種偶然性——我已經將我的葬禮推遲。

我看不到我葬禮的任何細節，也看不到葬禮中我已經凋零的花瓣，看不到愛過我的人們出現在葬禮中與我踐約的情景。

敲門，說明有人前來赴約，說明我的葬禮已經被我推辭了，我已經提前穿上我的那雙典雅的黑色靴子，穿上這樣的靴子意味著我的雙腳可以穿過冰川，可以到達我們遊戲邊緣的地方。

你站在門口，看著我的打扮，你很高興，我是你夢境中出現的那個女人嗎？A和B來了，A建議我們能不能再次結伴去穿越一次有意義的旅行，A解釋說昨天晚上他和B談到昨天的感受，覺得這是一種難以磨滅的回憶，他們願意與我們結伴去感受新的東西，你知道我會同意你的想法，所以你同意了。A和B拉了拉手，他們總是用這樣的方式表達他們內心的溫柔。而你呢，則用更多的目光，男人的目光，在夢境中尋找過我的那種目光。

我們搭上了一輛小馬車，坐在你身邊，我突然想起一個人來。伊通過一次又一次的流浪，不停地又來到我身邊，他感到自己有些荒唐和毫無道理……伊站在我陰影的下面對自己說，我能夠準確地猜出伊每天想說出的話語。

譬如有一天他說：再繼續向西方走一圈，你身邊還會是我嗎？我身邊又為什麼是你？還有，如果換了別人，另外一個人……你告訴我，告訴我呀，如果身邊走的是另外一個人，一個陌生人……十分陌生……非常陌生……我們稱這個人是誰？這個是我們的誰？還有你倘若換一個稱呼，你又是誰？

然後我們去那條大街，那時，除了這唯一的願望之外，再沒有什麼了。我說的一定不止這些事實，構築時間的未來每時每刻都有警鐘泛出煙霧，我們看著熱熱鬧鬧的人群回到鏡子前面，他的夢是那麼沉重……在那場毀滅性的地震中，伊也死了。

伊確實沒有逃出南方邊緣上那場突然襲擊牛群、大理石房屋和遍地水果的七點五級地震，他已經死了——埋在他家鄉的大理石欄杆下，那是肋骨和血液的休息，只有灰色的候鳥們往返拍擊著沉沉廢墟上的殘牆斷壁。我遙望著遠窗的漆黑感嘆又一次哭出聲音來，我凝固在鏡子的背景中，兩手綴滿從宿命的無奈中傳播出來的這一殘酷的窒息。

把我同樣的帶去吧，最親愛的人。

這語言哽咽在慌亂的嘴唇裏始終沒有發出來。活著的本質或許就是這麼一回事。就像昨天夜間曾經面對著一個人細訴關於情感和鋼琴的聯繫……那時，從容、堅定、猶豫、憂傷，全然沒有在另一雙眼睛裏聽到自然因果支配的哲學，我們在內在稟性中生活的每一時刻不是靠死亡所籠罩的，只有當我們脫離了「親愛的」這個詞語的時候，才用微弱的雙手撫摸到了理性的死亡和生命緊緊拴在一根繩上。

親愛的。

我是多麼懼怕瘋狂，如果世界上有一個人面對死亡的降臨仍然在脫去鞋子赤腳跳過那些碎玻璃、城牆、畫框、金薔薇、河流、沙漠的話，那肯定是我的金色情人。是他……或者他們。對於這一切，我承受得住嗎？我怎麼辦？我只有讓他們或者他們都遠離我才會平靜。

伊死了。他是我親愛的。

風將所有嘶嘯的力量襲捲在我頭頂時，我才感到失去他時的聲音，陰影會更加冰涼，這陰影是通過那座村莊的河流時由那座廢棄的橋梁所形成的。那年暮夕的帷幕中我們來到一條沙流的岸上，這條寬闊的河流擋住了我們。面對這條湧滿冰凌的河流我們不能泅渡的河流，伊看見了前面橫著一條橋梁。這條已經被新時代的人們所拋棄的橋梁長滿了蒿草和野玫瑰的殘跡，就是說在夏天它們曾經非常火紅，我看著橋梁上指著的警告牌對伊說我們不能去殉難。伊用粗糙的手掌理了理我兩鬢前的亂髮。

「我應該去試一試。」

「你不該去死……」

「如果要死的話。第一是我，第二才是你。」伊的聲音堅定得像鋼鐵一樣擲在冰冷的冰層上面，順著冷風又飄走了。

「記住，如果我利用這座橋梁走到對岸去，那你才能上這座橋，明白了嗎？」

從那座廢棄的橋梁到另一座橋梁的完成，伊不斷地增添著自由的幅度，維繫著我對審美和夢境的追尋。

親愛的，你摟了一下我的腰，我的面頰似乎在緊貼著你的那道傷疤，到了新的旅館，我已經離開了我的出生之地，這是頭一次，我沒有去自己登記房間，你替代我，A則替代B，這時候已經是黃昏。我祈禱著，親愛的，今晚我們很可能會共居一屋，我祈禱著，我的頭痛減弱，既然我已經推遲了我葬禮的時間，那麼，我祈禱著，我們應該和A與B那樣進入我們各自的房間，在裏面，快樂像泉水一樣奔湧著。

P部

親愛的，在玫瑰色中我已經向你告別

玫瑰的那種顏色
一點一滴，在突如其來的
風景裏，在嘴唇的佐記裏
升起這新的一天的氣息
黑手套的秘密已經被我明察
而那雙被銀手鐲晃動的手
是你的逃跑身體
為你所預備的一把砂礫中的樂曲。

——海男

向最親愛的人告別：

我已經戴上黑手套，在我們已經長吻之後，我看見了你手腕上的錶針指向黎明，我彷彿聽見了你向我索取愛情和婚姻，你向我索取肉體和黑夜的時刻，親愛的，我側轉身，我看見了我的箱子，我正是帶著我的箱子與你踐約的，最親愛的，我抬起頭來，我們居住的是一座旅館，而我似乎要說清楚我們踐約的時刻，然而，當我已經抽身拉開門，我似乎看見一個隱身人站起來，穿越了走廊和陌生旅館，我們曾經在走廊深處長吻，現在讓我與一座旅館告別。

向一座旅館告別：

親愛的旅館，我此刻看見一團玫瑰色，我還看見我的心跳，我最心愛的人帶著微暗的暗灰色遠離了我的臉，他不得不離開我，親愛的旅館，現在讓我向你告別吧，你那深藍色的菱形窗戶在我的旅行之中曾經收藏過我的秘密和快樂，我居住在最裏層的房子，看得見牆壁上的玫瑰色，這使我隱藏並且深藏自己的畏懼，在裏面我與別人踐約，我的踐約者來到旅館，我似乎感受到：玫瑰的那種顏色使手指變得纖細，直到抓住那團燃燒的雪茄煙，嗅了又嗅，直到鐵軌中間，游移的車廂和空曠的鏽色，可以暫時中斷我的旅程，我站起身吻那個人時，我已經轉身，蓋伊・戴文坡說：「這世界，對所有人來說永遠都是同一的，既非神亦非人所創造；它過去一直是，現在是，將來必定還是：一團按節律熄滅復又燃起的永恆之火。」

向舞廳告別：

親愛的舞廳，我的舞伴曾經在此與我踐約，他的手臂伸過來邀請我參加化妝舞會。我此刻卻要向你告別，那身體熱情如注的時刻已經過去，我的舞伴掀開幕帷對我說著世界的情話，那是遠離了弓箭、帆船和沙漠後的情話，在你之中，男人和女人的遊戲規則受到時間和上帝的驅使，受到奴役的隨意集合，而此刻，我已掀開幕帷將頭探出去，呼吸到了黑夜的味道。

向黑夜告別：

親愛的漫漫長夜，我正深陷其中，這裏是本制車輪滾動的地方，像母親晚年無法忍受的一種想像，她們戴著深藍色的草帽，把我父親死去的靈魂抓住，此刻，我的嘴正在申辯：我不是別人的影子，在乾草中燃燒，我並不是那個在乾草中在熾熱的爐火旁面對編織手套的女人，此刻，聽得見寂靜在生長，讓我和你一起來強調在黑夜裏，我們看見了什麼，那些踏著豎琴而瘋狂地生活著的人們是我的前輩，他們穿著曳地的長裙踐約過，所以蓋伊・戴文坡說：「軀體是一座備有使我們活下去的機器之墳墓。然而，我們還生活在意願與欲望之中，在透明的智力之中。將事物的兩半區分開來，明白我們的軀體是泥土，與種子和動物相近，與海洋、風雨、岩石所造就，而我們的心靈卻以另一種方式活著，心靈是一隻我們驅趕到牧場去的野獸」，那麼黑夜呢？親愛的黑夜，我在裏面寬衣，我在此使秘密變幻為肉體的記憶，如今，我需要與你告別，親愛的黑夜，我早已深諳自己的身體，我早已掌握了自己體內的黑暗，所以我要向你告別，瞧瞧我的形象吧，與別人踐約之後的形象：一雙長絲襪，又黑又長，我過於敏感，身穿駝色外衣，用手碰碰乾燥的嘴唇，彷彿在黑暗中看見一頁頁紙片在噼啪作響。

向親愛的鐘點告別：

親愛的，你是我的時間，你每時每刻都在衡定我的快感、束縛我的節奏，你幫助我並追逐著我，因為——「我們活著，我們並不孤單。」夜裏，我們滅燈就寢，死時我們滅燈就寢。現在，我能看到在你的延續性中放棄了與別人的踐約時間，時針並不指向該去的地方，我放棄了到灰褐色的海岸線上散步的情人，同時也放棄了約會黃綠色的地平線上那個為我而製造風鈴之聲的伴侶；一陣風捲來，似乎想在我的生命之間激起層層水波，迷信的人來了，沒有人給我寫信，因為我已經放棄了給他們寫信，並沒有給他們留下地址，一切不再具有偶然性，親愛的鐘點，在你的導引下，過去我曾擁有彩色的飾帶，我用腳或者用你的指針遺棄了一條回家的路，或者說遺棄了對他的思念，我像霧一樣追行那趟夜行火車，對我而言，我的時間，已經耗盡在持久的屏風之外，就像一陣雷滾過，忽然一聲喝彩，戲劇已到了尾聲，男人，你如衰老，就難以抵抗戲劇的尾聲，倦聲猶如你們的臉，已滲入不絕如縷的倒敘之中去。

向永恆的時刻告別：

永恆的瞬間早已過去，那雙捕風捉影的眼睛並不能把我在此的機會挾裹進他們的舊夢之地去，天空。還是我看見的天，像飄然而去的盛開野花的草地上，有一根鏈條長時期使我的身體抽搐，在那永恆的時刻裏，從過去到現在，「靈魂，赫拉克利特解釋說，是一種極細微的粒子組成的煙霧樣的物質，(這些粒子)與以不同方式交融起來構成其他事物的粒子是同樣的。它們質量最小，而且這些粒子，永遠處在運動之中」，而我已經起來與你告別。最危險的事必將來臨，它是一層層的水泥，它是一個偶然，把另一個人帶來，而我對你的愛正在逐漸減弱。

向情人告別：

親愛的情人，這並不是一束玫瑰的顏色所帶來的陰謀，這並不是來自幻想的那種白色，使我們終止了幽會。把吻我的那張嘴移開，親愛的情人，把幽會的狂歡遺忘，把我們的身體中的往事清滌乾淨以後就變幻了另一個世界，身體，身體到底給我們帶來了多少宿命的色彩，到底給我們帶來了多少昏厥的香味，到底給我們帶去了多少隱私的回憶，從此刻開始，我要忘記你的面龐，你的身體，「心靈是一隻我們驅趕到牧場去的野獸。意識，是全向的。它能夠審視自身審視全身。不論你如何努力，你都找不著忘記的界限。它是一面內在的大海，沒有岸。它有底，我想有，但這底在體內那麼深邃，我們永遠都無法了知。聽。聽。」親愛的情人，在一次次踐約之後，聽，我們坐在屏風下面，嘴和嘴同時到達了極限，我們已不能同時感受兩個人變成一個人後的時刻。直到我們已經厭倦了某物，才在那天傍晚徹底攤牌，求生的欲望折磨著我們，我們在水中游來游去，我們盡可能游到岸上，只有到了半夜，厭倦，像鉛一樣沉重，如今，終於到了告別的時刻，我們始終是兩人，一男一女。可這並不是一束玫瑰所帶來的陰謀，這並不是來自玫瑰的那種白色，使我們終止了幽會。

向親愛的玫瑰告別：

在玫瑰中踐約一次次來臨，男人送我的禮物似乎永遠是玫瑰，此刻，他們已經忘記了為多少個女人奉獻過多少枝玫瑰花，「因為事物相互分享」，必然以遺忘來完成法則，此刻，沒有人來將夏日的白玫瑰花送給我，我在房間裏走著，玫瑰的那種顏色，沿著桌布的夜鶯的神話，虛擬出的一張嘴，哦，我的嘴，對於疲憊已經心領神會，對於恐怖的侵入已經可以為常，我將乾枯的玫瑰拋進了一只裸露的垃圾桶裏，天正在下雨，在這樣的時刻，向親愛的玫瑰告別，這並不是全部的困難，就像在七月之夜，我將手竭力伸進他皮膚之中去，裏面和外面一樣溫暖，而我需要的是一隻冰冷的鳥，看見鳥在飛，我就飛出來，風聲的響動就像驚動一架鋼琴，他們的雙手在樂語間游動，而我倆低頭時發現了漏洞，發現了與另一隻鳥相比我並沒有飛。親愛的玫瑰，到了你凋零、乾枯的時刻，到了把你徹底拋棄的時刻。

向親愛的床告別：

親愛的床，我睡過的各式各樣的床，那是黑夜在波浪中的一架鋼琴，無論是我獨自一人在床上，還是我與另一個人在床上，在日日夜夜的輾轉時刻，床為我帶來了一個特定的時刻，一些箴言正在喪失，一個名字被忘記，肉體中那些柔軟的、清脆的、金屬般的寂靜通過親愛的床變成了腐朽的鈴聲，因為「我們上次踏進的河流，不是我們此刻立於其中的河流」，親愛的床，我躺在上面，昨天我還在追問：現在他到了哪裏，他是唯一的，還是全部的把破碎的風景作為禮物送給我的男人，他似乎是唯一的在我床上留下過記憶的男人，但是我始終喜歡鐵軌，對飛的那種時刻保持警覺，在床上，我經常視而不見的眺望天際，黑暗中的馬車，用木輪再次旋轉出餘燼之後的結局；昨天，在床上的情慾裏，我忽略了他的需求以及忽略了他對我的全部佔有慾，我知道不遠處有一口噴泉，我嚼著一只橄欖，那只熱帶雨林中的一只橄欖，我來到有噴泉的地方，這就是我在床上逃離了他的唯一訣竅。

向親愛的踐約者告別：

親愛的你如期而來，然而，經過了我們力所能及的努力……經過了爭吵和寬容之後的平靜，親愛的，我此刻已經能夠深藏進迷宮深處去，我並不會介意你將到哪裏去。親愛的踐約者，你曾經是我的戀人、情人，此刻，在一片玫瑰色中，我正在溜進樹根之下的暗影之中去，別到處去尋找我，在一切黑色的暗礁到來之前，一只壺，還有另一只箱子，是我的幻想之物，總會有好消息，從電話中傳來，從鳥巢中傳來，每當夏夜，風呼嘯著吹響晾衣繩。

親愛的踐約者，我們已經完成了我們人生的踐約，在這樣的時刻，我只能點頭認命，我跑得那麼快，站在懸崖邊，親愛的踐約者，別到懸崖邊去尋找我，也別為我哭泣。

一九九九年二月～三月昆明嚴家地

三民叢刊書目

①邁向已開發國家　孫　震著
②經濟發展啟示錄　于宗先著
③中國文學講話　王更生著
④紅樓夢新解　潘重規著
⑤紅樓夢新辨　潘重規著
⑥自由與權威　周陽山著
⑦勇往直前
　・傳播經營札記　石永貴著
⑧細微的一炷香　劉紹銘著
⑨文與情　琦　君著
⑩在我們的時代　周志文著
⑪中央社的故事(上)
　・民國二十一年至六十一年　周培敬著
⑫中央社的故事(下)
　・民國二十一年至六十一年　周培敬著
⑬梭羅與中國　陳長房著
⑭時代邊緣之聲　龔鵬程著
⑮紅學六十年　潘重規著
⑯解咒與立法　勞思光著
⑰對不起，借過一下　水　晶著
⑱解體分裂的年代　楊　渡著
⑲德國在那裏？(政治、經濟)
　・聯邦德國四十年　郭恆鈺 許琳菲等著
⑳德國在那裏？(文化、統一)
　・聯邦德國四十年　郭恆鈺 許琳菲等著
㉑浮生九四
　・雪林回憶錄　蘇雪林著
㉒海天集　莊信正著
㉓日本式心靈
　・文化與社會散論　李永熾著
㉔臺灣文學風貌　李瑞騰著
㉕干儛集　黃翰荻著

㉖作家與作品　謝冰瑩著
㉗冰瑩書信　謝冰瑩著
㉘冰瑩遊記　謝冰瑩著
㉙冰瑩憶往　謝冰瑩著
㉚冰瑩懷舊　謝冰瑩著
㉛與世界文壇對話　鄭樹森著
㉜捉狂下的興嘆　南方朔著
㉝猶記風吹水上鱗
・錢穆與現代中國學術　余英時著
㉞形象與言語
・西方現代藝術評論文集　李明明著
㉟紅學論集　潘重規著
㊱憂鬱與狂熱　孫瑋芒著
㊲黃昏過客　沙　究著
㊳帶詩蹺課去　徐望雲著
㊴走出銅像國　龔鵬程著
㊵伴我半世紀的那把琴　鄧昌國著
㊶深層思考與思考深層
・轉型期國際政治的觀察　劉必榮著
㊷瞬　間　周志文著

㊸兩岸迷宮遊戲　楊　渡著
㊹德國問題與歐洲秩序　彭滂沱著
㊺文學關懷　李瑞騰著
㊻未能忘情　劉紹銘著
㊼發展路上艱難多　孫　震著
㊽胡適叢論　周質平著
㊾水與水神
・中國的民俗與人文　王孝廉著
㊿由英雄的人到人的泯滅
・法國當代文學論集　金恆杰著
51重商主義的窘境　賴建誠著
52中國文化與現代變遷　余英時著
53橡溪雜拾　思　果著
54統一後的德國　郭恆鈺主編
55愛廬談文學　黃永武著
56南十字星座　呂大明著
57重疊的足跡　韓　秀著
58書鄉長短調　黃碧端著
59愛情・仇恨・政治
・漢姆雷特專論及其他　朱立民著

60 蝴蝶球傳奇 ・真實與虛構 顏匯增著
61 文化啓示錄 南方朔著
62 日本這個國家 章 陸著
63 在沉寂與鼎沸之間 黃碧端著
64 民主與兩岸動向 余英時著
65 靈魂的按摩 劉紹銘著
66 迎向眾聲 ・八〇年代臺灣文化情境觀察 向 陽著
67 蛻變中的臺灣經濟 于宗先著
68 從現代到當代 鄭樹森著
69 嚴肅的遊戲 ・當代文藝訪談錄 楊錦郁著
70 甜鹹酸梅 向 明著
71 楓 香 黃國彬著
72 日本深層 齊 濤著
73 美麗的負荷 封德屏著
74 現代文明的隱者 周陽山著
75 煙火與噴泉 白 靈著

---

76 七十浮跡 ・生活體驗與思考 項退結著
77 永恆的彩虹 小 民著
78 情繫一環 梁錫華著
79 遠山一抹 思 果著
80 尋找希望的星空 呂大明著
81 領養一株雲杉 黃文範著
82 浮世情懷 劉安諾著
83 天涯長青 趙淑俠著
84 文學札記 黃國彬著
85 訪草（第一卷） 陳冠學著
86 藍色的斷想 ・孤獨者隨想錄 陳冠學著
A・B・C全卷
87 追不回的永恆 彭 歌著
88 紫水晶戒指 小 民著
89 心路的嬉逐 劉延湘著
90 情書外一章 韓 秀著
91 情到深處 簡 宛著
92 父女對話 陳冠學著

⑨③陳冲前傳　嚴歌苓著
⑨④面壁笑人類　祖慰著
⑨⑤不老的詩心　夏鐵肩著
⑨⑥雲霧之國　合山究著
⑨⑦北京城不是一天造成的　喜樂著
⑨⑧兩城憶往　楊孔鑫著
⑨⑨詩情與俠骨　莊因著
⑩⓪文化脈動　張錯著
⑩①桑樹下　繆天華著
⑩②牛頓來訪　石家興著
⑩③深情回眸　鮑曉暉著
⑩④新詩補給站　渡也著
⑩⑤鳳凰遊　李元洛著
⑩⑥文學人語　高大鵬著
⑩⑦養狗政治學　鄭赤琰著
⑩⑧烟塵　姜穆著
⑩⑨河宴　鍾怡雯著
⑪⓪滬上春秋　章念馳著
⑪①愛廬談心事　黃永武著
⑪②吹不散的人影　高大鵬著
⑪③草鞋權貴　嚴歌苓著
⑪④是我們改變了世界　張放著
⑪⑤夢裡有隻小小船　夏小舟著
⑪⑥狂歡與破碎　林幸謙著
⑪⑦哲學思考漫步　劉述先著
⑪⑧說涼　水晶著
⑪⑨紅樓鐘聲　王熙元著
⑫⓪寒冬聽天方夜譚　保真著
⑫①儒林新誌　周質平著
⑫②流水無歸程　白樺著
⑫③偷窺天國　劉紹銘著
⑫④倒淌河　嚴歌苓著
⑫⑤尋覓畫家步履　陳其茂著
⑫⑥古典與現實之間　杜正勝著
⑫⑦釣魚臺畔過客　彭歌著
⑫⑧古典到現代　張健著
⑫⑨帶鞍的鹿　虹影著
⑬⓪人文之旅　葉海煙著

⑬1	生肖與童年	小　民著 喜　樂圖
⑬2	京都一年	林文月著
⑬3	山水與古典	林文月著
⑬4	冬天黃昏的風笛	呂大明著
⑬5	心靈的花朵	戚宜君著
⑬6	親　戚	韓　秀著
⑬7	清詞選講	葉嘉瑩著
⑬8	迦陵談詞	葉嘉瑩著
⑬9	神　樹	鄭　義著
⑭0	琦君說童年	琦　君著
⑭1	域外知音	張堂錡著
⑭2	遠方的戰爭	鄭寶娟著
⑭3	留著記憶・留著光	陳其茂著
⑭4	滾滾遼河	紀　剛著
⑭5	王禎和的小說世界	高全之著
⑭6	永恆與現在	劉述先著
⑭7	東方・西方	夏小舟著
⑭8	嗚咽海	程明琤著
⑭9	沙發椅的聯想	梅　新著
⑮0	資訊爆炸的落塵	徐佳士著
⑮1	沙漠裡的狼	白　樺著
⑮2	風信子女郎	虹　影著
⑮3	塵沙掠影	馬　遜著
⑮4	飄泊的雲	莊　因著
⑮5	和泉式部日記	林文月譯・圖
⑮6	愛的美麗與哀愁	夏小舟著
⑮7	黑　月	樊小玉著
⑮8	流香溪	季　仲著
⑮9	史記評賞	賴漢屏著
⑯0	文學靈魂的閱讀	張堂錡著
⑯1	抒情時代	鄭寶娟著
⑯2	九十九朵曇花	何修仁著
⑯3	說故事的人	彭　歌著
⑯4	日本原形	齊　濤著
⑯5	從張愛玲到林懷民	高全之著
⑯6	莎士比亞識字不多？	陳冠學著
⑯7	情思・情絲	龔　華著

⑱說吧，房間　林　白著
⑲自由鳥　鄭　義著
⑰魚川讀詩　梅　新著
⑰好詩共欣賞　葉嘉瑩著
⑰永不磨滅的愛　楊秋生著
⑰晴空星月　馬　遜著
⑰風　景　韓　秀著
⑰談歷史　話教學　張　元著
⑰兩極紀實　位夢華著
⑰遙遠的歌　夏小舟著
⑰時間的通道　簡　宛著
⑰燃燒的眼睛　簡　宛著
⑱月兒彎彎照美洲　李靜平著
⑱愛廬談諺詩　黃永武著
⑱劉真傳　黃守誠著
⑱天涯縱橫　位夢華著
⑱新詩論　許世旭著
⑱天　讀　張　放著
⑱綠野仙蹤與中國　賴建誠著
⑱標題飆題　馬西屏著
⑱詩與情　黃永武著
⑱鹿　夢　康正果著
⑲蝴蝶涅槃　海　男著
⑲半洋隨筆　林培瑞著
⑲沈從文的文學世界　王繼志　陳　龍著
⑲送一朵花給您　簡　宛著
⑲波西米亞樓　嚴歌苓著
⑲化妝時代　陳家橋著
⑲寶島曼波　李靜平著
⑲只要我和你　夏小舟著
⑲銀色的玻璃人　海　男著
⑲小歷史　林富士著
⑳再回首　鄭寶娟著
⑳舊時月色　張堂錡著
⑳進化神話第一部　陳冠學著
・駁達爾文《物種起源》

203
大話小說
莊因 著

作者以其亦莊亦諧的筆調，探觸華人世界的生活百態，這其中有憶往記遊、有典故，當然還有他所嗜好的飲食文化，綜觀全書，不時見他出入人群，議論時事，批評時弊，本著知識份子的良知良行，期待著中國人有「說大話而不臉紅的一天」。

204
人禍
彭道誠 著

太平天國起義是近代不容忽視的歷史事件，他們主張男女平等，要解百姓倒懸之苦。而戰無不勝勢如破竹的天朝，卻在攻下半壁江山後短短幾年由盛而衰，終為曾國藩所敗，何以有此劇變？讀者可從據史實改編的本書中發現端倪。

205
殘片
董懿娜 著

讀董懿娜的小說就像凝視一朵朵淒美的燭光。她筆下的女主人翁大都是敏感又聰明的人物，明明知道等待著她的是絕望，她還要希望。而她們的命運遭遇，會讓人覺得曾經在塵世間匆匆一瞥。本書就在作者獨特細緻的筆觸下，編排著夢一般的真實。

206
陽雀王國
白樺 著

中國施行共產主義，在政治、文化、生活作了種種革新，人民在一波波浪潮衝擊下，徘徊新舊之間。本書文字自然流暢，以一篇篇小說寫出時代轉變下豐富的眾生相，可喜、可憎、可愛的人生際遇，反應當時社會背景，讀之，令人動容。

207
懸崖之約
海男 著

「男人與女人在此約會中的故事，貫穿著一個幸運的結局和另一個戲劇的結局」。一個患腦癌的四十歲女子，她要在去天堂之前去訪問記憶中銘心刻骨的每一個朋友，也許是密友、情人、前夫，她的生活因為有了昨日的記憶，將展開一段不同的旅程。

208
神交者說
虹影 著

人的情感總是同時交雜著出現，很難只用喜悅、悲傷、恐懼等單純詞語完整表達。而本書作者細緻地記述回憶或現實的片段，藉以呈現許多情況下（如養父過世，或只是邂逅陌生人等）人複雜多變的感覺，使讀者能自然地了解書中的情境與人物的感受。

209
海天漫筆
莊因 著

或「拍案叫好」或「心有戚戚」或「捫心自思」，作者以其多年旅居海外經驗，與自身文化激盪的心得，發為一篇篇散文，不但將中華文化精萃發揚，亦介紹西方生活的真善美。且看「海」的那片「天」空下，作者浪「漫」的妙「筆」！

210
情悟，天地寬
張純瑛 著

本書乃集結作者旅居美國多年來的文章，娓娓細述遊子之情。其文字洗鍊，生動感人，處處展現羈旅之心與赤子之情。作者雖從事電腦業，但文章風格清新雋永。值得你我風簷展讀，再三品味，從中探索「情」之真諦！

211

誰家有女初養成

嚴歌苓 著

「巧巧覺得出了黃桷坪的自己，很快會變一個人的。對於一個新的巧巧，窩在山溝裡的黃桷坪和窩在黃桷坪的一切人和事，都不在話下。」踏出黃桷坪的巧巧會有怎樣的改變呢？如願的坐上流水線抑或是……

212

紙銬

蕭馬 著

紙銬，這樣再簡單不過的刑具，卻可以鎖住人的雙手，甚至鎖住人心，牢牢的，讓人難以掙脫更不敢掙脫。隨便揀一張紙，挖兩個窟窿，然後自己把手伸進去，老老實實地伸直了手，哪敢輕易動彈，碰上風吹雨淋，弄斷了紙銬，一個個都急成了哭相……

213

八千里路雲和月

莊因 著

本書可分為兩大部分，雖然皆屬於記遊文字、同在大陸地區，時間，卻整整相隔了十八年。作者以其獨特的觀點、洗鍊的文筆，道出兩段旅程中的種種。從這些文章，我們可以看見一些故事，也可以看出一位經歷不凡的作家，擁有的不凡熱情。

214

拒絕與再造

沈奇 著

新詩已死？現代人已不讀詩？對於這些現象，作者本著長年關注現代詩的研究，對現代詩有其深刻的體認，無論是理論的闡述或是兩岸詩壇的現況，甚至是詩作的分析，都有其獨特的見解。在他的帶領下，你將對現代詩的風貌，有全新的認識與感受。

215
冰河的超越
葉維廉 著

詩人在新生的冰河灣初次與壯麗的冰河群相遇，面對這無言獨化、宇宙偉大的運作，面對「雪疊著雪雪疊著雪疊著永不溶解的雪／緩緩地積壓著／冰晶冰層冰箔相連覆蓋九萬餘里」的景象，喜悅、震撼、思涉千載而激盪出澎湃磅礴的——冰河的超越。

216
庚辰雕龍
簡宗梧 著

基於寫作興趣就讀中文系，卻因教學職責的召喚，不得不放緩文學創作的腳步。本書作為政大簡宗梧教授創作成果的集結，不僅可讓讀者粗識簡教授於教學及研究著績外的創作成果，也將是記誌簡教授今後創作「臺灣賦」系列作品的一個始點。

217
莊因詩畫
莊 因 著

因心儀進而仿效豐子愷漫畫令人會心的幽默與趣味，作者基於同樣對世間生命萬物寬厚博大的關注與愛心，以他罕為人知的「第三枝筆」，畫出現今生活於你我四周真實人物的喜怒哀樂，並附以詩文，為傳統的中國詩畫注入了全新的生命。

218
換了頭抑或換了身體
張德寧 著

換了頭抑或換了身體？當器官移植技術發達到可以更換整個身軀時，我們要擔心的是生理上的排斥或心理上的抗拒？該為人類創造的奇蹟喝采還是為扭曲了人的靈魂而付出代價？藉作者精心的布局與對人深刻的觀察，我們將探觸心裡未曾到達的角落。

219

黥首之後

朱暉 著

政治上成分的因素，他曾前後被抄三次家，父母也先後被送入囹圄和下放勞改。他嚐盡世間的殘酷悲涼，看透人性的醜陋自私，但外在的折磨越狠越兇，內裡的親情就越密越濃。人性中最陰暗齷齪的一面與最光明燦爛的一面，都在這裡。

220

生命風景

張堂錡 著

每個人的故事，如同璀璨的風景，綻放動人的面貌。透過作者富含情感的筆觸，引領出成功背後的奮鬥歷程。文中所提事物，與我們成長經驗如此貼近，讓人油然而生「心有戚戚焉」之感。他們見證歷史，也予我們許多值得省思與仿效的地方。

221

在綠茵與鳥鳴之間

鄭寶娟 著

不論是走訪歐洲歷史遺跡有感，或抒發旅法思鄉情懷，抑或中西文化激盪的心得，作者以其一貫獨特的思考與審美觀，發為數十篇散文，澄清的文字、犀利的文筆中，流露著一種靈秘的詩情與浪漫的氣氛，讓讀者在綠茵與鳥鳴之間享受有深度的文化饗宴。

國家圖書館出版品預行編目資料

懸崖之約 ／ 海男著 -- 初版.-- 臺北市：三民,
民89

冊；　公分.--（三民叢刊；207）

ISBN 957-14-3143-5（平裝）

855　　　　89001894

網際網路位址　http://www.sanmin.com.tw

© 懸崖之約

著作人　海　男
發行人　劉振強
著作財產權人　三民書局股份有限公司
臺北市復興北路三八六號
發行所　三民書局股份有限公司
地址/臺北市復興北路三八六號
電話/二五〇〇六六〇〇
郵撥/〇〇〇九九九八——五號
印刷所　三民書局股份有限公司
門市部　復北店/臺北市復興北路三八六號
重南店/臺北市重慶南路一段六十一號
初　版　中華民國八十九年八月
編　號　S 85543
基本定價　肆元陸角
行政院新聞局登記證局版臺業字第〇二〇〇號

ISBN 957-14-3143-5（平裝）

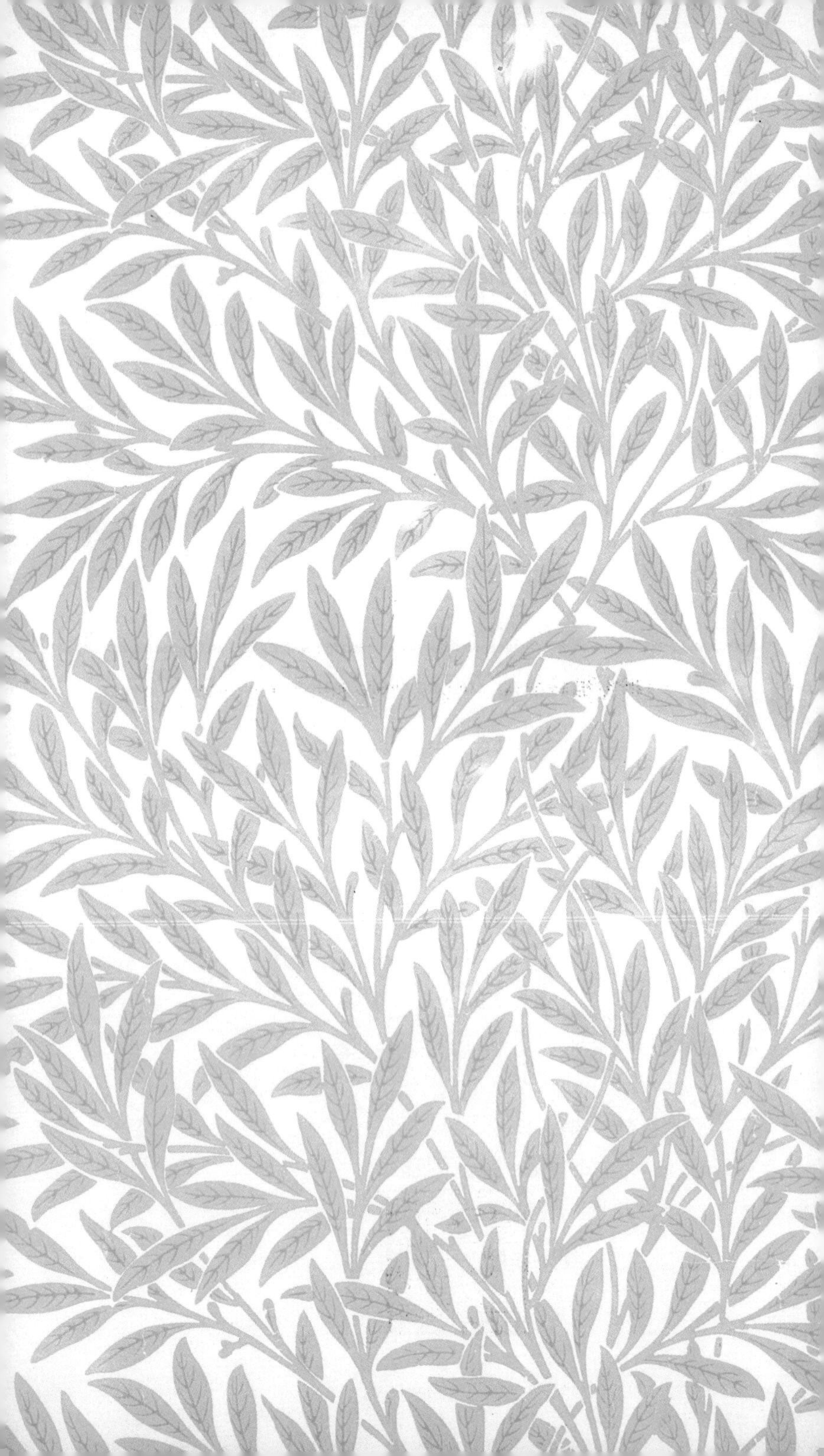